LE TOUR DU MONDE
EN
QUATRE-VINGTS
JOURS

LE TOUR DU MONDE EN QUATRE-VINGTS JOURS

LES VOYAGES EXTRAORDINAIRES
COURONNÉS PAR L'ACADÉMIE

LE

TOUR DU MONDE

EN

QUATRE-VINGTS JOURS

PAR

JULES VERNE

DESSINS PAR MM.

DE NEUVILLE ET L. BENETT

BIBLIOTHÈQUE
D'ÉDUCATION ET DE RÉCRÉATION
J. HETZEL ET Cie, 18, RUE JACOB

PARIS

I

DANS LEQUEL PHILEAS FOGG ET PASSEPARTOUT S'ACCEPTENT RÉCIPROQUEMENT, L'UN COMME MAÎTRE, L'AUTRE COMME DOMESTIQUE

En l'année 1872, la maison portant le numéro 7 de Saville-row, Burlington Gardens — maison dans laquelle Sheridan mourut en 1814 —, était habitée par Phileas Fogg, esq., l'un des membres les plus singuliers et les plus remarqués du Reform-Club de Londres, bien qu'il semblât prendre à tâche de ne rien faire qui pût attirer l'attention.

A l'un des plus grands orateurs qui honorent l'Angleterre, succédait donc ce Phileas Fogg, personnage énigmatique, dont on ne savait rien, sinon que c'était un fort galant homme et l'un des plus beaux gentlemen de la haute société anglaise.

On disait qu'il ressemblait à Byron — par la tête, car il était irréprochable quant aux pieds —, mais un Byron à moustaches et à favoris, un Byron impassible, qui aurait vécu mille ans sans vieillir.

Anglais, à coup sûr, Phileas Fogg n'était peut-être pas Londonner. On ne l'avait jamais vu ni à la Bourse, ni à la Banque, ni dans aucun des comptoirs de la

PHILEAS FOGG.

Cité. Ni les bassins ni les docks de Londres n'avaient jamais reçu un navire ayant pour armateur Phileas Fogg. Ce gentleman ne figurait dans aucun comité d'administration. Son nom n'avait jamais retenti dans un collège d'avocats, ni au Temple, ni à Lincoln's-inn, ni à Gray's-inn. Jamais il ne plaida ni à la Cour du chancelier, ni au Banc de la Reine, ni à l'Échiquier, ni en Cour ecclésiastique. Il n'était ni industriel, ni négociant, ni marchand, ni agriculteur. Il ne faisait partie ni de l'*Institution royale de la Grande-Bretagne*, ni de l'*Institution de Londres*, ni de l'*Institution des Artisans*, ni de l'*Institution Russell*, ni de l'*Institution littéraire de l'Ouest*, ni de l'*Institution du Droit*, ni de cette *Institution des Arts et des Sciences réunis*, qui est placée sous le patronage direct de Sa Gracieuse Majesté. Il n'appartenait enfin à aucune des nombreuses sociétés qui pullulent dans la capitale de l'Angleterre, depuis la *Société de l'Armonica* jusqu'à la *Société entomologique*, fondée principalement dans le but de détruire les insectes nuisibles

Phileas Fogg était membre du Reform-Club, et voilà tout.

A qui s'étonnerait de ce qu'un gentleman aussi mystérieux comptât parmi les membres de cette honorable association, on répondra qu'il passa sur la recommandation de MM. Baring frères, chez lesquels il avait un crédit ouvert. De là une certaine « surface », due à ce que ses chèques étaient régulièrement payés à vue par le débit de son compte courant invariablement créditeur.

Ce Phileas Fogg était-il riche ? Incontestablement. Mais comment il avait fait fortune, c'est ce que les mieux informés ne pouvaient dire, et Mr. Fogg était le dernier auquel il convînt de s'adresser pour l'apprendre. En tout cas, il n'était prodigue de rien, mais non avare, car partout où il manquait un appoint pour une chose noble, utile ou généreuse, il l'apportait silencieusement et même anonymement.

En somme, rien de moins communicatif que ce gentleman. Il parlait aussi peu que possible, et semblait d'autant plus mystérieux qu'il était silencieux. Cependant sa vie était à jour, mais ce qu'il faisait était si mathématiquement toujours la même chose, que l'imagination, mécontente, cherchait au-delà.

Avait-il voyagé? C'était probable, car personne ne possédait mieux que lui la carte du monde. Il n'était endroit si reculé dont il ne parût avoir une connaissance spéciale. Quelquefois, mais en peu de mots, brefs et clairs, il redressait les mille propos qui circulaient dans le club au sujet des voyageurs perdus ou égarés; il indiquait les vraies probabilités, et ses paroles s'étaient trouvées souvent comme inspirées par une seconde vue, tant l'événement finissait toujours par les justifier. C'était un homme qui avait dû voyager partout, — en esprit, tout au moins.

Ce qui était certain toutefois, c'est que, depuis de longues années, Phileas Fogg n'avait pas quitté Londres. Ceux qui avaient l'honneur de le connaître un peu plus que les autres attestaient que — si ce n'est sur ce chemin direct qu'il parcourait chaque jour pour venir de sa maison au club — personne ne pouvait prétendre l'avoir jamais vu ailleurs. Son seul passe-temps était de lire les journaux et de jouer au whist. A ce jeu du silence, si bien approprié à sa nature, il gagnait souvent, mais ses gains n'entraient jamais dans sa bourse et figuraient pour une somme importante à son budget de charité. D'ailleurs, il

faut le remarquer, Mr. Fogg jouait évidemment
pour jouer, non pour gagner. Le jeu était pour lui
un combat, une lutte contre une difficulté, mais une
lutte sans mouvement, sans déplacement, sans fatigue,
et cela allait à son caractère.

On ne connaissait à Phileas Fogg ni femme ni
enfants, — ce qui peut arriver aux gens les plus
honnêtes, — ni parents ni amis, — ce qui est plus
rare en vérité. Phileas Fogg vivait seul dans sa maison
de Saville-row, où personne ne pénétrait. De son
intérieur, jamais il n'était question. Un seul domestique suffisait à le servir. Déjeunant, dînant au club
à des heures chronométriquement déterminées, dans
la même salle, à la même table, ne traitant point
ses collègues, n'invitant aucun étranger, il ne rentrait
chez lui que pour se coucher, à minuit précis, sans
jamais user de ces chambres confortables que le
Reform-Club tient à la disposition des membres
du cercle. Sur vingt-quatre heures, il en passait dix
à son domicile, soit qu'il dormît, soit qu'il s'occupât
de sa toilette. S'il se promenait, c'était invariablement, d'un pas égal, dans la salle d'entrée parquetée
en marqueterie, ou sur la galerie circulaire, au-dessus
de laquelle s'arrondit un dôme à vitraux bleus, que
supportent vingt colonnes ioniques en porphyre
rouge. S'il dînait ou déjeunait, c'étaient les cuisines,
le garde-manger, l'office, la poissonnerie, la laiterie
du club, qui fournissaient à sa table leurs succulentes
réserves; c'étaient les domestiques du club, graves
personnages en habit noir, chaussés de souliers à
semelles de molleton, qui le servaient dans une por-
celaine spéciale et sur un admirable linge en toile
de Saxe; c'étaient les cristaux à moule perdu du club
qui contenaient son sherry, son porto ou son claret

mélangé de cannelle, de capillaire et de cinnamome;
c'était enfin la glace du club — glace venue à grands
frais des lacs d'Amérique — qui entretenait ses
boissons dans un satisfaisant état de fraîcheur.

Si vivre dans ces conditions, c'est être un excentrique, il faut convenir que l'excentricité a du bon !

La maison de Saville-row, sans être somptueuse,
se recommandait par un extrême confort. D'ailleurs,
avec les habitudes invariables du locataire, le service
s'y réduisait à peu. Toutefois, Phileas Fogg exigeait
de son unique domestique une ponctualité, une
régularité extraordinaires. Ce jour-là même, 2 octobre,
Phileas Fogg avait donné son congé à James Forster —
ce garçon s'étant rendu coupable de lui avoir apporté
pour sa barbe de l'eau à quatre-vingt-quatre degrés
Fahrenheit au lieu de quatre-vingt-six —, et il attendait son successeur, qui devait se présenter entre
onze heures et onze heures et demie.

Phileas Fogg, carrément assis dans son fauteuil,
les deux pieds rapprochés comme ceux d'un soldat
à la parade, les mains appuyées sur les genoux, le
corps droit, la tête haute, regardait marcher l'aiguille
de la pendule, — appareil compliqué qui indiquait
les heures, les minutes, les secondes, les jours, les
quantièmes et l'année. A onze heures et demie
sonnant, Mr. Fogg devait, suivant sa quotidienne habitude, quitter la maison et se rendre au Reform-
Club.

En ce moment, on frappa à la porte du petit salon
dans lequel se tenait Phileas Fogg.

James Forster, le congédié, apparut.

« Le nouveau domestique », dit-il.

Un garçon âgé d'une trentaine d'années se montra
et salua.

« Vous êtes Français et vous vous nommez John ? lui demanda Phileas Fogg.

— Jean, n'en déplaise à monsieur, répondit le nouveau venu, Jean Passepartout, un surnom qui m'est resté, et que justifiait mon aptitude naturelle à me tirer d'affaire. Je crois être un honnête garçon, monsieur, mais, pour être franc, j'ai fait plusieurs métiers. J'ai été chanteur ambulant, écuyer dans un cirque, faisant de la voltige comme Léotard, et dansant sur la corde comme Blondin ; puis je suis devenu professeur de gymnastique, afin de rendre mes talents plus utiles, et, en dernier lieu, j'étais sergent de pompiers, à Paris. J'ai même dans mon dossier des incendies remarquables. Mais voilà cinq ans que j'ai quitté la France et que, voulant goûter de la vie de famille, je suis valet de chambre en Angleterre. Or, me trouvant sans place et ayant appris que M. Phileas Fogg était l'homme le plus exact et le plus sédentaire du Royaume-Uni, je me suis présenté chez monsieur avec l'espérance d'y vivre tranquille et d'oublier jusqu'à ce nom de Passepartout...

— Passepartout me convient, répondit le gentleman. Vous m'êtes recommandé. J'ai de bons renseignements sur votre compte. Vous connaissez mes conditions ?

— Oui, monsieur.

— Bien. Quelle heure avez-vous ?

— Onze heures vingt-deux, répondit Passepartout, en tirant des profondeurs de son gousset une énorme montre d'argent.

— Vous retardez, dit Mr. Fogg.

— Que monsieur me pardonne, mais c'est impossible.

— Vous retardez de quatre minutes. N'importe.

JEAN PASSEPARTOUT.

Il suffit de constater l'écart. Donc à partir de ce
moment, onze heures vingt-neuf du matin, ce mercredi 2 octobre 1872, vous êtes à mon service. »

Cela dit, Phileas Fogg se leva, prit son chapeau
de la main gauche, le plaça sur sa tête avec un mouvement d'automate et disparut sans ajouter une
parole.

Passepartout entendit la porte de la rue se fermer
une première fois : c'était son nouveau maître qui
sortait; puis une seconde fois : c'était son prédécesseur,
James Forster, qui s'en allait à son tour.

Passepartout demeura seul dans la maison de
Saville-row.

II

OÙ PASSEPARTOUT EST CONVAINCU QU'IL A ENFIN TROUVÉ SON IDÉAL

« Sur ma foi, se dit Passepartout, un peu ahuri tout
d'abord, j'ai connu chez Mme Tussaud des bonshommes aussi vivants que mon nouveau maître! »

Il convient de dire ici que les « bonshommes »
de Mme Tussaud sont des figures de cire, fort visitées
à Londres, et auxquelles il ne manque vraiment que
la parole.

Pendant les quelques instants qu'il venait d'entrevoir Phileas Fogg, Passepartout avait rapidement,
mais soigneusement examiné son futur maître. C'était
un homme qui pouvait avoir quarante ans, de figure
noble et belle, haut de taille, que ne déparait pas un

léger embonpoint, blond de cheveux et de favoris,
front uni sans apparences de rides aux tempes,
figure plutôt pâle que colorée, dents magnifiques.
Il paraissait posséder au plus haut degré ce que les
physionomistes appellent « le repos dans l'action »,
faculté commune à tous ceux qui font plus de besogne
que de bruit. Calme, flegmatique, l'œil pur, la paupière immobile, c'était le type achevé de ces Anglais
à sang-froid qui se rencontrent assez fréquemment
dans le Royaume-Uni, et dont Angelica Kauffmann
a merveilleusement rendu sous son pinceau l'attitude
un peu académique. Vu dans les divers actes de son
existence, ce gentleman donnait l'idée d'un être
bien équilibré dans toutes ses parties, justement
pondéré, aussi parfait qu'un chronomètre de Leroy
ou de Earnshaw. C'est qu'en effet, Phileas Fogg était
l'exactitude personnifiée, ce qui se voyait clairement
à « l'expression de ses pieds et de ses mains », car
chez l'homme, aussi bien que chez les animaux, les
membres eux-mêmes sont des organes expressifs
des passions.

Phileas Fogg était de ces gens mathématiquement
exacts, qui, jamais pressés et toujours prêts, sont
économes de leurs pas et de leurs mouvements. Il
ne faisait pas une enjambée de trop, allant toujours
par le plus court. Il ne perdait pas un regard au
plafond. Il ne se permettait aucun geste superflu.
On ne l'avait jamais vu ému ni troublé. C'était
l'homme le moins hâté du monde, mais il arrivait
toujours à temps. Toutefois, on comprendra qu'il
vécût seul et pour ainsi dire en dehors de toute relation
sociale. Il savait que dans la vie il faut faire la part
des frottements, et comme les frottements retardent,
il ne se frottait à personne.

Quant à Jean, dit Passepartout, un vrai Parisien de Paris, depuis cinq ans qu'il habitait l'Angleterre et y faisait à Londres le métier de valet de chambre, il avait cherché vainement un maître auquel il pût s'attacher.

Passepartout n'était point un de ces Frontins ou Mascarilles qui, les épaules hautes, le nez au vent, le regard assuré, l'œil sec, ne sont que d'impudents drôles. Non. Passepartout était un brave garçon, de physionomie aimable, aux lèvres un peu saillantes, toujours prêtes à goûter ou à caresser, un être doux et serviable, avec une de ces bonnes têtes rondes que l'on aime à voir sur les épaules d'un ami. Il avait les yeux bleus, le teint animé, la figure assez grasse pour qu'il pût lui-même voir les pommettes de ses joues, la poitrine large, la taille forte, une musculature vigoureuse, et il possédait une force herculéenne que les exercices de sa jeunesse avaient admirablement développée. Ses cheveux bruns étaient un peu rageurs. Si les sculpteurs de l'Antiquité connaissaient dix-huit façons d'arranger la chevelure de Minerve, Passepartout n'en connaissait qu'une pour disposer la sienne : trois coups de démêloir, et il était coiffé.

De dire si le caractère expansif de ce garçon s'accorderait avec celui de Phileas Fogg, c'est ce que la prudence la plus élémentaire ne permet pas. Passepartout serait-il ce domestique foncièrement exact qu'il fallait à son maître ? On ne le verrait qu'à l'user. Après avoir eu, on le sait, une jeunesse assez vagabonde, il aspirait au repos. Ayant entendu vanter le méthodisme anglais et la froideur proverbiale des gentlemen, il vint chercher fortune en Angleterre. Mais, jusqu'alors, le sort l'avait mal

servi. Il n'avait pu prendre racine nulle part. Il
avait fait dix maisons. Dans toutes, on était fantasque,
inégal, coureur d'aventures ou coureur de pays, —
ce qui ne pouvait plus convenir à Passepartout.
Son dernier maître, le jeune Lord Longsferry, membre
du Parlement, après avoir passé ses nuits dans les
« oysters-rooms » d'Hay-Market, rentrait trop souvent au logis sur les épaules des policemen. Passepartout, voulant avant tout pouvoir respecter son
maître, risqua quelques respectueuses observations
qui furent mal reçues, et il rompit. Il apprit, sur les
entrefaites, que Phileas Fogg, esq., cherchait un
domestique. Il prit des renseignements sur ce gentleman. Un personnage dont l'existence était si régulière, qui ne découchait pas, qui ne voyageait pas,
qui ne s'absentait jamais, pas même un jour, ne
pouvait que lui convenir. Il se présenta et fut admis
dans les circonstances que l'on sait.

Passepartout — onze heures et demie étant son-
nées — se trouvait donc seul dans la maison de
Saville-row. Aussitôt il en commença l'inspection.
Il la parcourut de la cave au grenier. Cette maison
propre, rangée, sévère, puritaine, bien organisée
pour le service, lui plut. Elle lui fit l'effet d'une
belle coquille de colimaçon, mais d'une coquille
éclairée et chauffée au gaz, car l'hydrogène carburé
y suffisait à tous les besoins de lumière et de chaleur.
Passepartout trouva sans peine, au second étage,
la chambre qui lui était destinée. Elle lui convint.
Des timbres électriques et des tuyaux acoustiques
la mettaient en communication avec les appartements
de l'entresol et du premier étage. Sur la cheminée,
une pendule électrique correspondait avec la pendule de la chambre à coucher de Phileas Fogg, et

les deux appareils battaient au même instant la même seconde.

« Cela me va, cela me va ! » se dit Passepartout.

Il remarqua aussi, dans sa chambre, une notice affichée au-dessus de la pendule. C'était le programme du service quotidien. Il comprenait — depuis huit heures du matin, heure réglementaire à laquelle se levait Phileas Fogg, jusqu'à onze heures et demie, heure à laquelle il quittait sa maison pour aller déjeuner au Reform-Club — tous les détails du service, le thé et les rôties de huit heures vingt-trois, l'eau pour la barbe de neuf heures trente-sept, la coiffure de dix heures moins vingt, etc. Puis de onze heures et demie du matin à minuit — heure à laquelle se couchait le méthodique gentleman —, tout était noté, prévu, régularisé. Passepartout se fit une joie de méditer ce programme et d'en graver les divers articles dans son esprit.

Quant à la garde-robe de monsieur, elle était fort bien montée et merveilleusement comprise. Chaque pantalon, habit ou gilet portait un numéro d'ordre reproduit sur un registre d'entrée et de sortie, indiquant la date à laquelle, suivant la saison, ces vêtements devaient être tour à tour portés. Même réglementation pour les chaussures.

En somme, dans cette maison de Saville-row — qui devait être le temple du désordre à l'époque de l'illustre mais dissipé Sheridan —, ameublement confortable, annonçant une belle aisance. Pas de bibliothèque, pas de livres, qui eussent été sans utilité pour Mr. Fogg, puisque le Reform-Club mettait à sa disposition deux bibliothèques, l'une consacrée aux lettres, l'autre au droit et à la politique. Dans la chambre à coucher, un coffre-fort de

moyenne grandeur, que sa construction défendait
aussi bien de l'incendie que du vol. Point d'armes
dans la maison, aucun ustensile de chasse ou de
guerre. Tout y dénotait les habitudes les plus pacifiques.

Après avoir examiné cette demeure en détail,
Passepartout se frotta les mains, sa large figure
s'épanouit, et il répéta joyeusement :

« Cela me va! voilà mon affaire! Nous nous enten-
drons parfaitement, Mr. Fogg et moi! Un homme
casanier et régulier! Une véritable mécanique! Eh
bien, je ne suis pas fâché de servir une mécanique. »

III

OÙ S'ENGAGE UNE CONVERSATION QUI POURRA COÛTER
CHER A PHILEAS FOGG.

PHILEAS FOGG avait quitté sa maison de Saville-row
à onze heures et demie, et, après avoir placé cinq
cent soixante-quinze fois son pied droit devant son
pied gauche et cinq cent soixante-seize fois son pied
gauche devant son pied droit, il arriva au Reform-
Club, vaste édifice, élevé dans Pall-Mall, qui n'a pas
coûté moins de trois millions à bâtir.

Phileas Fogg se rendit aussitôt à la salle à manger,
dont les neuf fenêtres s'ouvraient sur un beau jardin
aux arbres déjà dorés par l'automne. Là, il prit
place à la table habituelle où son couvert l'attendait.
Son déjeuner se composait d'un hors-d'œuvre, d'un
poisson bouilli relevé d'une « reading sauce » de
premier choix, d'un roastbeef écarlate agrémenté

de condiments « mushroom », d'un gâteau farci de tiges de rhubarbe et de groseilles vertes, d'un morceau de chester, — le tout arrosé de quelques tasses de cet excellent thé, spécialement recueilli pour l'office du Reform-Club.

A midi quarante-sept, ce gentleman se leva et se dirigea vers le grand salon, somptueuse pièce, ornée de peintures richement encadrées. Là, un domestique lui remit le *Times* non coupé, dont Phileas Fogg opéra le laborieux dépliage avec une sûreté de main qui dénotait une grande habitude de cette difficile opération. La lecture de ce journal occupa Phileas Fogg jusqu'à trois heures quarante-cinq, et celle du *Standard* — qui lui succéda — dura jusqu'au dîner. Ce repas s'accomplit dans les mêmes conditions que le déjeuner, avec adjonction de « royal british sauce ».

A six heures moins vingt, le gentleman reparut dans le grand salon et s'absorba dans la lecture du *Morning Chronicle*.

Une demi-heure plus tard, divers membres du Reform-Club faisaient leur entrée et s'approchaient de la cheminée, où brûlait un feu de houille. C'étaient les partenaires habituels de Mr. Phileas Fogg, comme lui enragés joueurs de whist : l'ingénieur Andrew Stuart, les banquiers John Sullivan et Samuel Fallentin, le brasseur Thomas Flanagan, Gauthier Ralph, un des administrateurs de la Banque d'Angleterre, — personnages riches et considérés, même dans ce club qui compte parmi ses membres les sommités de l'industrie et de la finance.

« Eh bien, Ralph, demanda Thomas Flanagan, où en est cette affaire de vol ?

— Eh bien, répondit Andrew Stuart, la Banque en sera pour son argent.

« — J'espère, au contraire, dit Gauthier Ralph, que nous mettrons la main sur l'auteur du vol. Des inspecteurs de police, gens fort habiles, ont été envoyés en Amérique et en Europe, dans tous les principaux ports d'embarquement et de débarquement, et il sera difficile à ce monsieur de leur échapper.

— Mais on a donc le signalement du voleur ? demanda Andrew Stuart.

— D'abord, ce n'est pas un voleur, répondit sérieusement Gauthier Ralph.

— Comment, ce n'est pas un voleur, cet individu qui a soustrait cinquante-cinq mille livres en bank-notes (1 million 375 000 francs) ?

— Non, répondit Gauthier Ralph.

— C'est donc un industriel ? dit John Sullivan.

— Le *Morning Chronicle* assure que c'est un gentleman. »

Celui qui fit cette réponse n'était autre que Phileas Fogg, dont la tête émergeait alors du flot de papier amassé autour de lui. En même temps, Phileas Fogg salua ses collègues, qui lui rendirent son salut.

Le fait dont il était question, que les divers journaux du Royaume-Uni discutaient avec ardeur, s'était accompli trois jours auparavant, le 29 septembre. Une liasse de bank-notes, formant l'énorme somme de cinquante-cinq mille livres, avait été prise sur la tablette du caissier principal de la Banque d'Angleterre.

A qui s'étonnait qu'un tel vol eût pu s'accomplir aussi facilement, le sous-gouverneur Gauthier Ralph se bornait à répondre qu'à ce moment même, le caissier s'occupait d'enregistrer une recette de trois shillings six pence, et qu'on ne saurait avoir l'œil à tout.

Mais il convient de faire observer ici — ce qui rend le fait plus explicable — que cet admirable

établissement de « Bank of England » paraît se
soucier extrêmement de la dignité du public. Point
de gardes, point d'invalides, point de grillages!
L'or, l'argent, les billets sont exposés librement et
pour ainsi dire à la merci du premier venu. On ne
saurait mettre en suspicion l'honorabilité d'un passant
quelconque. Un des meilleurs observateurs des usages
anglais raconte même ceci : Dans une des salles de
la Banque où il se trouvait un jour, il eut la curiosité
de voir de plus près un lingot d'or pesant sept à huit
livres, qui se trouvait exposé sur la tablette du caissier; il prit ce lingot, l'examina, le passa à son voisin,
celui-ci à un autre, si bien que le lingot, de main en
main, s'en alla jusqu'au fond d'un corridor obscur,
et ne revint qu'une demi-heure après reprendre sa
place, sans que le caissier eût seulement levé la tête.

Mais, le 29 septembre, les choses ne se passèrent
pas tout à fait ainsi. La liasse de bank-notes ne
revint pas, et quand la magnifique horloge, posée
au-dessus du « drawing-office », sonna à cinq heures
la fermeture des bureaux, la Banque d'Angleterre
n'avait plus qu'à passer cinquante-cinq mille livres
par le compte de profits et pertes.

Le vol bien et dûment reconnu, des agents, des
« détectives », choisis parmi les plus habiles, furent
envoyés dans les principaux ports, à Liverpool, à
Glasgow, au Havre, à Suez, à Brindisi, à New York,
etc., avec promesse, en cas de succès, d'une prime
de deux mille livres (50 000 F) et cinq pour cent
de la somme qui serait retrouvée. En attendant les
renseignements que devait fournir l'enquête immédiatement commencée, ces inspecteurs avaient pour
mission d'observer scrupuleusement tous les voyageurs en arrivée ou en partance.

Or, précisément, ainsi que le disait le *Morning Chronicle*, on avait lieu de supposer que l'auteur du vol ne faisait partie d'aucune des sociétés de voleurs d'Angleterre. Pendant cette journée du 29 septembre, un gentleman bien mis, de bonnes manières, l'air distingué, avait été remarqué, qui allait et venait dans la salle des paiements, théâtre du vol. L'enquête avait permis de refaire assez exactement le signalement de ce gentleman, signalement qui fut aussitôt adressé à tous les détectives du Royaume-Uni et du continent. Quelques bons esprits — et Gauthier Ralph était du nombre — se croyaient donc fondés à espérer que le voleur n'échapperait pas.

Comme on le pense, ce fait était à l'ordre du jour à Londres et dans toute l'Angleterre. On discutait, on se passionnait pour ou contre les probabilités du succès de la police métropolitaine. On ne s'étonnera donc pas d'entendre les membres du Reform-Club traiter la même question, d'autant plus que l'un des sous-gouverneurs de la Banque se trouvait parmi eux.

L'honorable Gauthier Ralph ne voulait pas douter du résultat des recherches, estimant que la prime offerte devrait singulièrement aiguiser le zèle et l'intelligence des agents. Mais son collègue, Andrew Stuart, était loin de partager cette confiance. La discussion continua donc entre les gentlemen, qui s'étaient assis à une table de whist, Stuart devant Flanagan, Fallentin devant Phileas Fogg. Pendant le jeu, les joueurs ne parlaient pas, mais entre les robres, la conversation interrompue reprenait de plus belle.

« Je soutiens, dit Andrew Stuart, que les chances sont en faveur du voleur, qui ne peut manquer d'être un habile homme ! »

— Allons donc! répondit Ralph, il n'y a plus un seul pays dans lequel il puisse se réfugier.

— Par exemple!

— Où voulez-vous qu'il aille?

— Je n'en sais rien, répondit Andrew Stuart, mais, après tout, la terre est assez vaste.

— Elle l'était autrefois... », dit à mi-voix Phileas Fogg. Puis : « A vous de couper, monsieur », ajouta-t-il en présentant les cartes à Thomas Flanagan.

La discussion fut suspendue pendant le robre. Mais bientôt Andrew Stuart la reprenait, disant :

« Comment, autrefois! Est-ce que la terre a diminué, par hasard?

— Sans doute, répondit Gauthier Ralph. Je suis de l'avis de Mr. Fogg. La terre a diminué, puisqu'on la parcourt maintenant dix fois plus vite qu'il y a cent ans. Et c'est ce qui, dans le cas dont nous nous occupons, rendra les recherches plus rapides.

— Et rendra plus facile aussi la fuite du voleur!

— A vous de jouer, monsieur Stuart! » dit Phileas Fogg.

Mais l'incrédule Stuart n'était pas convaincu, et, la partie achevée :

« Il faut avouer, monsieur Ralph, reprit-il, que vous avez trouvé là une manière plaisante de dire que la terre a diminué! Ainsi parce qu'on en fait maintenant le tour en trois mois...

— En quatre-vingts jours seulement, dit Phileas Fogg.

— En effet, messieurs, ajouta John Sullivan, quatre-vingts jours, depuis que la section entre Rothal et Allahabad a été ouverte sur le « Great-Indian peninsular railway », et voici le calcul établi par le *Morning Chronicle* :

De Londres à Suez par le Mont-Cenis et
Brindisi, railways et paquebots ....　　7 jours
De Suez à Bombay, paquebot ....　　13　—
De Bombay à Calcutta, railway ....　　3　—
De Calcutta à Hong-Kong (Chine), paque-
bot ....　　13　—
De Hong-Kong à Yokohama (Japon),
paquebot ....　　6　—
De Yokohama à San Francisco, paquebot..　　22　—
De San Francisco à New York, railroad...　　7　—
De New York à Londres, paquebot et
railway ....　　9　—
　　　　　　　　　　　　　　Total.......　　80 jours

— Oui, quatre-vingts jours! s'écria Andrew Stuart,
qui, par inattention, coupa une carte maîtresse, mais
non compris le mauvais temps, les vents contraires,
les naufrages, les déraillements, etc.

— Tout compris, répondit Phileas Fogg en continuant de jouer, car, cette fois, la discussion ne res-
pectait plus le whist.

— Même si les Indous ou les Indiens enlèvent les
rails! s'écria Andrew Stuart, s'ils arrêtent les trains,
pillent les fourgons, scalpent les voyageurs!

— Tout compris », répondit Phileas Fogg, qui,
abattant son jeu, ajouta : « Deux atouts maîtres. »

Andrew Stuart, à qui c'était le tour de « faire »,
ramassa les cartes en disant :

« Théoriquement, vous avez raison, monsieur Fogg,
mais dans la pratique...

— Dans la pratique aussi, monsieur Stuart.

— Je voudrais bien vous y voir.

— Il ne tient qu'à vous. Partons ensemble.

— Le Ciel m'en préserve! s'écria Stuart, mais je

« Eh bien oui, monsieur Fogg, je parie 4 000 livres ! » (Page 22.)

parierais bien quatre mille livres (100 000 F) qu'un
tel voyage, fait dans ces conditions, est impossible.

— Très possible, au contraire, répondit Mr. Fogg.

— Eh bien, faites-le donc!

— Le tour du monde en quatre-vingts jours?

— Oui.

— Je le veux bien.

— Quand?

— Tout de suite.

— C'est de la folie! s'écria Andrew Stuart, qui
commençait à se vexer de l'insistance de son partenaire. Tenez! jouons plutôt.

— Refaites alors, répondit Phileas Fogg, car il
y a maldonne. »

Andrew Stuart reprit les cartes d'une main fébrile;
puis, tout à coup, les posant sur la table :

« Eh bien, oui, monsieur Fogg, dit-il, oui, je parie
quatre mille livres!...

— Mon cher Stuart, dit Fallentin, calmez-vous.
Ce n'est pas sérieux.

— Quand je dis : je parie, répondit Andrew Stuart,
c'est toujours sérieux.

— Soit! » dit Mr. Fogg. Puis, se tournant vers
ses collègues :

« J'ai vingt mille livres (500 000 F) déposées chez
Baring frères. Je les risquerai volontiers...

— Vingt mille livres! s'écria John Sullivan. Vingt
mille livres qu'un retard imprévu peut vous faire perdre!

— L'imprévu n'existe pas, répondit simplement
Phileas Fogg.

— Mais, monsieur Fogg, ce laps de quatre-vingts
jours n'est calculé que comme un minimum de temps!

— Un minimum bien employé suffit à tout.

— Mais pour ne pas le dépasser, il faut sauter

mathématiquement des railways dans les paquebots, et des paquebots dans les chemins de fer !

— Je sauterai mathématiquement.

— C'est une plaisanterie !

— Un bon Anglais ne plaisante jamais, quand il s'agit d'une chose aussi sérieuse qu'un pari, répondit Phileas Fogg. Je parie vingt mille livres contre qui voudra que je ferai le tour de la terre en quatre-vingts jours ou moins, soit dix-neuf cent vingt heures ou cent quinze mille deux cents minutes. Acceptez-vous ?

— Nous acceptons, répondirent MM. Stuart, Fallentin, Sullivan, Flanagan et Ralph, après s'être entendus.

— Bien, dit Mr. Fogg. Le train de Douvres part à huit heures quarante-cinq. Je le prendrai.

— Ce soir même ? demanda Stuart.

— Ce soir même, répondit Phileas Fogg. Donc, ajouta-t-il en consultant un calendrier de poche, puisque c'est aujourd'hui mercredi 2 octobre, je devrai être de retour à Londres, dans ce salon même du Reform-Club, le samedi 21 décembre, à huit heures quarante-cinq du soir, faute de quoi les vingt mille livres déposées actuellement à mon crédit chez Baring frères vous appartiendront de fait et de droit, messieurs. — Voici un chèque de pareille somme. »

Un procès-verbal du pari fut fait et signé sur-le-champ par les six co-intéressés. Phileas Fogg était demeuré froid. Il n'avait certainement pas parié pour gagner, et n'avait engagé ces vingt mille livres — la moitié de sa fortune — que parce qu'il prévoyait qu'il pourrait avoir à dépenser l'autre pour mener à bien ce difficile, pour ne pas dire inexécutable projet. Quant à ses adversaires, eux, ils paraissaient

émus, non pas à cause de la valeur de l'enjeu, mais
parce qu'ils se faisaient une sorte de scrupule de
lutter dans ces conditions.

Sept heures sonnaient alors. On offrit à Mr. Fogg
de suspendre le whist afin qu'il pût faire ses préparatifs de départ.

« Je suis toujours prêt ! » répondit cet impassible
gentleman, et donnant les cartes :

« Je retourne carreau, dit-il. A vous de jouer,
monsieur Stuart. »

IV

DANS LEQUEL PHILEAS FOGG STUPÉFIE PASSEPARTOUT, SON DOMESTIQUE

A sept heures vingt-cinq, Phileas Fogg, après avoir
gagné une vingtaine de guinées au whist, prit congé
de ses honorables collègues, et quitta le Reform-Club.
A sept heures cinquante, il ouvrait la porte de sa
maison et rentrait chez lui.

Passepartout, qui avait consciencieusement étudié
son programme, fut assez surpris en voyant Mr. Fogg,
coupable d'inexactitude, apparaître à cette heure
insolite. Suivant la notice, le locataire de Saville-row
ne devait rentrer qu'à minuit précis.

Phileas Fogg était tout d'abord monté à sa chambre,
puis il appela :

« Passepartout. »

Passepartout ne répondit pas. Cet appel ne pouvait
s'adresser à lui. Ce n'était pas l'heure.

« Passepartout », reprit Mr. Fogg sans élever la voix davantage.

Passepartout se montra.

« C'est la deuxième fois que je vous appelle, dit Mr. Fogg.

— Mais il n'est pas minuit, répondit Passepartout, sa montre à la main.

— Je le sais, reprit Phileas Fogg, et je ne vous fais pas de reproche. Nous partons dans dix minutes pour Douvres et Calais. »

Une sorte de grimace s'ébaucha sur la ronde face du Français. Il était évident qu'il avait mal entendu.

« Monsieur se déplace ? demanda-t-il.

— Oui, répondit Phileas Fogg. Nous allons faire le tour du monde. »

Passepartout, l'œil démesurément ouvert, la paupière et le sourcil surélevés, les bras détendus, le corps affaissé, présentait alors tous les symptômes de l'étonnement poussé jusqu'à la stupeur.

« Le tour du monde ! murmura-t-il.

— En quatre-vingts jours, répondit Mr. Fogg. Ainsi, nous n'avons pas un instant à perdre.

— Mais les malles ?... dit Passepartout, qui balançait inconsciemment sa tête de droite et de gauche.

— Pas de malles. Un sac de nuit seulement. Dedans, deux chemises de laine, trois paires de bas. Autant pour vous. Nous achèterons en route. Vous descendrez mon mackintosh et ma couverture de voyage. Ayez de bonnes chaussures. D'ailleurs, nous marcherons peu ou pas. Allez. »

Passepartout aurait voulu répondre. Il ne put. Il quitta la chambre de Mr. Fogg, monta dans la sienne, tomba sur une chaise, et employant une phrase assez vulgaire de son pays :

« Ah! bien se dit-il, elle est forte, celle-là! Moi qui voulais rester tranquille!... »

Et, machinalement, il fit ses préparatifs de départ. Le tour du monde en quatre-vingts jours! Avait-il affaire à un fou? Non... C'était une plaisanterie? On allait à Douvres, bien. A Calais, soit. Après tout, cela ne pouvait notablement contrarier le brave garçon, qui, depuis cinq ans, n'avait pas foulé le sol de la patrie. Peut-être même irait-on jusqu'à Paris, et, ma foi, il reverrait avec plaisir la grande capitale. Mais, certainement, un gentleman aussi ménager de ses pas s'arrêterait là... Oui, sans doute, mais il n'en était pas moins vrai qu'il partait, qu'il se déplaçait, ce gentleman, si casanier jusqu'alors!

A huit heures, Passepartout avait préparé le modeste sac qui contenait sa garde-robe et celle de son maître; puis, l'esprit encore troublé, il quitta sa chambre, dont il ferma soigneusement la porte, et il rejoignit Mr. Fogg.

Mr. Fogg était prêt. Il portait sous son bras le *Bradshaw's continental railway steam transit and general guide*, qui devait lui fournir toutes les indications nécessaires à son voyage. Il prit le sac des mains de Passepartout, l'ouvrit et y glissa une forte liasse de ces belles bank-notes qui ont cours dans tous les pays.

« Vous n'avez rien oublié? demanda-t-il.

— Rien, monsieur.

— Mon mackintosh et ma couverture?

— Les voici.

— Bien, prenez ce sac. »

Mr. Fogg remit le sac à Passepartout.

« Et ayez-en soin, ajouta-t-il. Il y a vingt mille livres dedans (500 000 F). »

Le sac faillit s'échapper des mains de Passepartout,

comme si les vingt mille livres eussent été en or et
pesé considérablement.

Le maître et le domestique descendirent alors,
et la porte de la rue fut fermée à double tour.

Une station de voitures se trouvait à l'extrémité
de Saville-row. Phileas Fogg et son domestique
montèrent dans un cab, qui se dirigea rapidement
vers la gare de Charing-Cross, à laquelle aboutit
un des embranchements du South-Eastern-railway.

A huit heures vingt, le cab s'arrêta devant la
grille de la gare. Passepartout sauta à terre. Son
maître le suivit et paya le cocher.

En ce moment une pauvre mendiante, tenant un
enfant à la main, pieds nus dans la boue, coiffée d'un
chapeau dépenaillé auquel pendait une plume
lamentable, un châle en loques sur ses haillons,
s'approcha de Mr. Fogg et lui demanda l'aumône.

Mr. Fogg tira de sa poche les vingt guinées qu'il
venait de gagner au whist, et, les présentant à la
mendiante :

« Tenez, ma brave femme, dit-il, je suis content
de vous avoir rencontrée ! »

Puis il passa.

Passepartout eut comme une sensation d'humidité
autour de la prunelle. Son maître avait fait un pas
dans son cœur.

Mr. Fogg et lui entrèrent aussitôt dans la grande
salle de la gare. Là, Phileas Fogg donna à Passepartout l'ordre de prendre deux billets de première
classe pour Paris. Puis, se retournant, il aperçut ses
cinq collègues du Reform-Club.

« Messieurs, je pars, dit-il, et les divers visas
apposés sur un passeport que j'emporte à cet effet
vous permettront, au retour, de contrôler mon itinéraire.

Une pauvre mendiante. (Page 27.)

— Oh! monsieur Fogg, répondit poliment Gauthier
Ralph, c'est inutile. Nous nous en rapporterons à
votre honneur de gentleman!

— Cela vaut mieux ainsi, dit Mr. Fogg.

— Vous n'oubliez pas que vous devez être revenu?...
fit observer Andrew Stuart.

— Dans quatre-vingts jours, répondit Mr. Fogg,
le samedi 21 décembre 1872, à huit heures quarante-
cinq minutes du soir. Au revoir, messieurs. »

A huit heures quarante, Phileas Fogg et son domestique prirent place dans le même compartiment.
A huit heures quarante-cinq, un coup de sifflet
retentit, et le train se mit en marche.

La nuit était noire. Il tombait une pluie fine.
Phileas Fogg, accoté dans son coin, ne parlait pas.
Passepartout, encore abasourdi, pressait machinale-
ment contre lui le sac aux bank-notes.

Mais le train n'avait pas dépassé Sydenham, que
Passepartout poussait un véritable cri de désespoir!

« Qu'avez-vous? demanda Mr. Fogg.

— Il y a... que... dans ma précipitation... mon
trouble... j'ai oublié...

— Quoi?

— D'éteindre le bec de gaz de ma chambre!

— Eh bien, mon garçon, répondit froidement
Mr. Fogg, il brûle à votre compte! »

V

PHILEAS FOGG, en quittant Londres, ne se doutait
guère, sans doute, du grand retentissement qu'allait
provoquer son départ. La nouvelle du pari se répandit
d'abord dans le Reform-Club, et produisit une
véritable émotion parmi les membres de l'honorable
cercle. Puis, du club, cette émotion passa aux journaux par la voie des reporters, et des journaux au
public de Londres et de tout le Royaume-Uni.

Cette « question du tour du monde » fut com-
mentée, discutée, disséquée, avec autant de passion
et d'ardeur que s'il se fût agi d'une nouvelle affaire de
l'*Alabama*. Les uns prirent parti pour Phileas Fogg,
les autres — et ils formèrent bientôt une majorité
considérable — se prononcèrent contre lui. Ce tour
du monde à accomplir, autrement qu'en théorie
et sur le papier, dans ce minimum de temps, avec
les moyens de communication actuellement en usage,
ce n'était pas seulement impossible, c'était insensé!

Le *Times*, le *Standard*, l'*Evening Star*, le *Morning
Chronicle*, et vingt autres journaux de grande publi-
cité, se déclarèrent contre Mr. Fogg. Seul, le *Daily
Telegraph* le soutint dans une certaine mesure. Phileas
Fogg fut généralement traité de maniaque, de fou,
et ses collègues du Reform-Club furent blâmés
d'avoir tenu ce pari, qui accusait un affaiblissement
dans les facultés mentales de son auteur.

Des articles extrêmement passionnés, mais logiques, parurent sur la question. On sait l'intérêt que l'on porte en Angleterre à tout ce qui touche à la géographie. Aussi n'était-il pas un lecteur, à quelque classe qu'il appartînt, qui ne dévorât les colonnes consacrées au cas de Phileas Fogg.

Pendant les premiers jours, quelques esprits audacieux — les femmes principalement — furent pour lui, surtout quand l'*Illustrated London News* eut publié son portrait d'après sa photographie déposée aux archives du Reform-Club. Certains gentlemen osaient dire : « Hé ! hé ! pourquoi pas, après tout ? On a vu des choses plus extraordinaires ! » C'étaient surtout les lecteurs du *Daily Telegraph*. Mais on sentit bientôt que ce journal lui-même commençait à faiblir.

En effet, un long article parut le 7 octobre dans le Bulletin de la Société royale de géographie. Il traita la question à tous les points de vue, et démontra clairement la folie de l'entreprise. D'après cet article, tout était contre le voyageur, obstacles de l'homme, obstacles de la nature. Pour réussir dans ce projet, il fallait admettre une concordance miraculeuse des heures de départ et d'arrivée, concordance qui n'existait pas, qui ne pouvait pas exister. A la rigueur, et en Europe, où il s'agit de parcours d'une longueur relativement médiocre, on peut compter sur l'arrivée des trains à heure fixe ; mais quand ils emploient trois jours à traverser l'Inde, sept jours à traverser les États-Unis, pouvait-on fonder sur leur exactitude les éléments d'un tel problème ? Et les accidents de machine, les déraillements, les rencontres, la mauvaise saison, l'accumulation des neiges, est-ce que tout n'était pas contre Phileas Fogg ? Sur les paquebots, ne se trouverait-il pas, pendant l'hiver,

Il n'était pas un lecteur... (Page 31.)

à la merci des coups de vent ou des brouillards? Est-il donc si rare que les meilleurs marcheurs des lignes transocéaniennes éprouvent des retards de deux ou trois jours? Or, il suffisait d'un retard, un seul, pour que la chaîne de communications fût irréparablement brisée. Si Phileas Fogg manquait, ne fût-ce que de quelques heures, le départ d'un paquebot, il serait forcé d'attendre le paquebot suivant, et par cela même son voyage était compromis irrévocablement.

L'article fit grand bruit. Presque tous les journaux le reproduisirent, et les actions de Phileas Fogg baissèrent singulièrement.

Pendant les premiers jours qui suivirent le départ du gentleman, d'importantes affaires s'étaient engagées sur « l'aléa » de son entreprise. On sait ce qu'est le monde des parieurs en Angleterre, monde plus intelligent, plus relevé que celui des joueurs. Parier est dans le tempérament anglais. Aussi, non seulement les divers membres du Reform-Club établirent-ils des paris considérables pour ou contre Phileas Fogg, mais la masse du public entra dans le mouvement. Phileas Fogg fut inscrit comme un cheval de course, à une sorte de studbook. On en fit aussi une valeur de bourse, qui fut immédiatement cotée sur la place de Londres. On demandait, on offrait du « Phileas Fogg » ferme ou à prime, et il se fit des affaires énormes. Mais cinq jours après son départ, après l'article du Bulletin de la Société de géographie, les offres commencèrent à affluer. Le Phileas Fogg baissa. On l'offrit par paquets. Pris d'abord à cinq, puis à dix, on ne le prit plus qu'à vingt, à cinquante, à cent!

Un seul partisan lui resta. Ce fut le vieux paralytique, Lord Albermale. L'honorable gentleman, cloué sur son fauteuil, eût donné sa fortune pour pouvoir faire le tour du monde, même en dix ans! et il paria cinq mille livres (100 000 F) en faveur de Phileas Fogg. Et quand, en même temps que la sottise du projet, on lui en démontrait l'inutilité, il se contentait de répondre : « Si la chose est faisable, il est bon que ce soit un Anglais qui le premier l'ait faite! »

Or, on en était là, les partisans de Phileas Fogg se raréfiaient de plus en plus; tout le monde, et non sans raison, se mettait contre lui; on ne le prenait plus qu'à cent cinquante, à deux cents contre un, quand, sept jours après son départ, un incident, complètement inattendu, fit qu'on ne le prit plus du tout.

En effet, pendant cette journée, à neuf heures du soir, le directeur de la police métropolitaine avait reçu une dépêche télégraphique ainsi conçue :

Suez à Londres.

Rowan, directeur police, administration centrale, Scotland place.

Je file voleur de Banque, Phileas Fogg. Envoyez sans retard mandat d'arrestation à Bombay (Inde anglaise).

Fix, *détective*.

L'effet de cette dépêche fut immédiat. L'honorable gentleman disparut pour faire place au voleur de bank-notes. Sa photographie, déposée au Reform-Club avec celles de tous ses collègues, fut examinée. Elle reproduisait trait pour trait l'homme dont le

signalement avait été fourni par l'enquête. On rappela
ce que l'existence de Phileas Fogg avait de mystérieux,
son isolement, son départ subit, et il parut évident
que ce personnage, prétextant un voyage autour du
monde et l'appuyant sur un pari insensé, n'avait
eu d'autre but que de dépister les agents de la police
anglaise.

VI

DANS LEQUEL L'AGENT FIX MONTRE UNE IMPATIENCE BIEN LÉGITIME

Voici dans quelles circonstances avait été lancée cette
dépêche concernant le sieur Phileas Fogg.

Le mercredi 9 octobre, on attendait pour onze
heures du matin, à Suez, le paquebot *Mongolia*, de
la Compagnie péninsulaire et orientale, steamer
en fer à hélice et à spardeck, jaugeant deux mille
huit cents tonnes et possédant une force nominale
de cinq cents chevaux. Le *Mongolia* faisait régulièrement les voyages de Brindisi à Bombay par le
canal de Suez. C'était un des plus rapides marcheurs
de la Compagnie, et les vitesses réglementaires, soit
dix milles à l'heure entre Brindisi et Suez, et neuf
milles cinquante-trois centièmes entre Suez et Bombay,
il les avait toujours dépassées.

En attendant l'arrivée du *Mongolia*, deux hommes
se promenaient sur le quai au milieu de la foule
d'indigènes et d'étrangers qui affluent dans cette
ville, naguère une bourgade, à laquelle la grande

œuvre de M. de Lesseps assure un avenir considérable.

De ces deux hommes, l'un était l'agent consulaire
du Royaume-Uni, établi à Suez, qui — en dépit
des fâcheux pronostics du gouvernement britannique
et des sinistres prédictions de l'ingénieur Stephenson —
voyait chaque jour des navires anglais traverser ce
canal, abrégeant ainsi de moitié l'ancienne route de
l'Angleterre aux Indes par le cap de Bonne-Espérance.

L'autre était un petit homme maigre, de figure
assez intelligente, nerveux, qui contractait avec une
persistance remarquable ses muscles sourciliers. A
travers ses longs cils brillait un œil très vif, mais dont
il savait à volonté éteindre l'ardeur. En ce moment,
il donnait certaines marques d'impatience, allant,
venant, ne pouvant tenir en place.

Cet homme se nommait Fix, et c'était un de ces
« détectives » ou agents de police anglais, qui avaient
été envoyés dans les divers ports, après le vol commis
à la Banque d'Angleterre. Ce Fix devait surveiller
avec le plus grand soin tous les voyageurs
prenant la route de Suez, et si l'un d'eux lui
semblait suspect, le « filer » en attendant un
mandat d'arrestation.

Précisément, depuis deux jours, Fix avait reçu
du directeur de la police métropolitaine le signalement
de l'auteur présumé du vol. C'était celui de ce personnage distingué et bien mis que l'on avait observé
dans la salle des paiements de la Banque.

Le détective, très alléché évidemment par la forte
prime promise en cas de succès, attendait donc avec
une impatience facile à comprendre l'arrivée du
Mongolia.

« Et vous dites, monsieur le consul, demanda-t-il

L'inspecteur de police. (Page 36.)

pour la dixième fois, que ce bateau ne peut tarder?

— Non, monsieur Fix, répondit le consul. Il a été
signalé hier au large de Port-Saïd, et les cent soixante
kilomètres du canal ne comptent pas pour un tel
marcheur. Je vous répète que le *Mongolia* a toujours
gagné la prime de vingt-cinq livres que le gouvernement accorde pour chaque avance de vingt-quatre
heures sur les temps réglementaires.

— Ce paquebot vient directement de Brindisi?
demanda Fix.

— De Brindisi même, où il a pris la malle des
Indes, de Brindisi qu'il a quitté samedi à cinq heures
du soir. Ainsi ayez patience, il ne peut tarder à
arriver. Mais je ne sais vraiment pas comment, avec
le signalement que vous avez reçu, vous pourrez
reconnaître votre homme, s'il est à bord du *Mongolia*.

— Monsieur le consul, répondit Fix, ces gens-là,
on les sent plutôt qu'on ne les reconnaît. C'est du
flair qu'il faut avoir, et le flair est comme un sens
spécial auquel concourent l'ouïe, la vue et l'odorat.
J'ai arrêté dans ma vie plus d'un de ces gentlemen,
et pourvu que mon voleur soit à bord, je vous réponds
qu'il ne me glissera pas entre les mains.

— Je le souhaite, monsieur Fix, car il s'agit d'un
vol important.

— Un vol magnifique, répondit l'agent enthou-
siasmé. Cinquante-cinq mille livres! Nous n'avons
pas souvent de pareilles aubaines! Les voleurs de-
viennent mesquins! La race des Sheppard s'étiole!
On se fait pendre maintenant pour quelques
shillings!

— Monsieur Fix, répondit le consul, vous parlez
d'une telle façon que je vous souhaite vivement de
réussir; mais, je vous le répète, dans les conditions

où vous êtes, je crains que ce ne soit difficile. Savez-vous bien que, d'après le signalement que vous avez reçu, ce voleur ressemble absolument à un honnête homme.

— Monsieur le consul, répondit dogmatiquement l'inspecteur de police, les grands voleurs ressemblent toujours à d'honnêtes gens. Vous comprenez bien que ceux qui ont des figures de coquins n'ont qu'un parti à prendre, c'est de rester probes, sans cela ils se feraient arrêter. Les physionomies honnêtes, ce sont celles-là qu'il faut dévisager surtout. Travail difficile, j'en conviens, et qui n'est plus du métier, mais de l'art. »

On voit que ledit Fix ne manquait pas d'une certaine dose d'amour-propre.

Cependant le quai s'animait peu à peu. Marins de diverses nationalités, commerçants, courtiers, portefaix, fellahs, y affluaient. L'arrivée du paquebot était évidemment prochaine.

Le temps était assez beau, mais l'air froid, par ce vent d'est. Quelques minarets se dessinaient au-dessus de la ville sous les pâles rayons du soleil. Vers le sud, une jetée longue de deux mille mètres s'allongeait comme un bras sur la rade de Suez. A la surface de la mer Rouge roulaient plusieurs bateaux de pêche ou de cabotage, dont quelques-uns ont conservé dans leurs façons l'élégant gabarit de la galère antique.

Tout en circulant au milieu de ce populaire, Fix, par une habitude de sa profession, dévisageait les passants d'un rapide coup d'œil.

Il était alors dix heures et demie.

« Mais il n'arrivera pas, ce paquebot! s'écria-t-il en entendant sonner l'horloge du port.

— Il ne peut être éloigné, répondit le consul.

— Combien de temps stationnera-t-il à Suez ? demanda Fix.

— Quatre heures. Le temps d'embarquer son charbon. De Suez à Aden, à l'extrémité de la mer Rouge, on compte treize cent dix milles, et il faut faire provision de combustible.

— Et de Suez, ce bateau va directement à Bombay ? demanda Fix.

— Directement, sans rompre charge.

— Eh bien, dit Fix, si le voleur a pris cette route et ce bateau, il doit entrer dans son plan de débarquer à Suez, afin de gagner par une autre voie les possessions hollandaises ou françaises de l'Asie. Il doit bien savoir qu'il ne serait pas en sûreté dans l'Inde, qui est une terre anglaise.

— A moins que ce ne soit un homme très fort, répondit le consul. Vous le savez, un criminel anglais est toujours mieux caché à Londres qu'il ne le serait à l'étranger. »

Sur cette réflexion, qui donna fort à réfléchir à l'agent, le consul regagna ses bureaux, situés à peu de distance. L'inspecteur de police demeura seul, pris d'une impatience nerveuse, avec ce pressentiment assez bizarre que son voleur devait se trouver à bord du *Mongolia*, — et en vérité, si ce coquin avait quitté l'Angleterre avec l'intention de gagner le Nouveau Monde, la route des Indes, moins surveillée ou plus difficile à surveiller que celle de l'Atlantique, devait avoir obtenu sa préférence.

Fix ne fut pas longtemps livré à ses réflexions. De vifs coups de sifflet annoncèrent l'arrivée du paquebot. Toute la horde des portefaix et des fellahs se précipita vers le quai dans un tumulte un peu

inquiétant pour les membres et les vêtements des
passagers. Une dizaine de canots se détachèrent de
la rive et allèrent au-devant du *Mongolia*.

Bientôt on aperçut la gigantesque coque du *Mongolia*, passant entre les rives du canal, et onze heures
sonnaient quand le steamer vint mouiller en rade,
pendant que sa vapeur fusait à grand bruit par les
tuyaux d'échappement.

Les passagers étaient assez nombreux à bord.
Quelques-uns restèrent sur le spardeck à contempler
le panorama pittoresque de la ville; mais la plupart
débarquèrent dans les canots qui étaient venus
accoster le *Mongolia*.

Fix examinait scrupuleusement tous ceux qui
mettaient pied à terre.

En ce moment, l'un d'eux s'approcha de lui,
après avoir vigoureusement repoussé les fellahs
qui l'assaillaient de leurs offres de service, et il lui
demanda fort poliment s'il pouvait lui indiquer les
bureaux de l'agent consulaire anglais. Et en
même temps ce passager présentait un passeport sur lequel il désirait sans doute faire apposer
le visa britannique.

Fix, instinctivement, prit le passeport, et, d'un
rapide coup d'œil, il en lut le signalement.

Un mouvement involontaire faillit lui échapper.
La feuille trembla dans sa main. Le signalement
libellé sur le passeport était identique à celui qu'il
avait reçu du directeur de la police métropolitaine.

« Ce passeport n'est pas le vôtre? dit-il au passager.

— Non, répondit celui-ci, c'est le passeport de
mon maître.

— Et votre maître?

Après avoir vigoureusement repoussé... (Page 41.)

— Il est resté à bord.

— Mais, reprit l'agent, il faut qu'il se présente en personne aux bureaux du consulat afin d'établir son identité.

— Quoi! cela est nécessaire?

— Indispensable.

— Et où sont ces bureaux?

— Là, au coin de la place, répondit l'inspecteur en indiquant une maison éloignée de deux cents pas.

— Alors, je vais aller chercher mon maître, à qui pourtant cela ne plaira guère de se déranger! »

Là-dessus, le passager salua Fix et retourna à bord du steamer.

VII

QUI TÉMOIGNE UNE FOIS DE PLUS DE L'INUTILITÉ DES PASSEPORTS EN MATIÈRE DE POLICE

L'inspecteur redescendit sur le quai et se dirigea rapidement vers les bureaux du consul. Aussitôt, et sur sa demande pressante, il fut introduit près de ce fonctionnaire.

« Monsieur le consul, lui dit-il sans autre préambule, j'ai de fortes présomptions de croire que notre homme a pris passage à bord du *Mongolia*. »

Et Fix raconta ce qui s'était passé entre ce domestique et lui à propos du passeport.

« Bien, monsieur Fix, répondit le consul, je ne serais pas fâché de voir la figure de ce coquin. Mais peut-être ne se présentera-t-il pas à mon bureau, s'il est ce que vous supposez. Un voleur n'aime pas à laisser derrière lui des traces de son passage, et d'ailleurs la formalité des passeports n'est plus obligatoire.

— Monsieur le consul, répondit l'agent, si c'est un homme fort comme on doit le penser, il viendra !

— Faire viser son passeport ?

— Oui. Les passeports ne servent jamais qu'à gêner les honnêtes gens et à favoriser la fuite des coquins. Je vous affirme que celui-ci sera en règle, mais j'espère bien que vous ne le viserez pas...

— Et pourquoi pas ? Si ce passeport est régulier, répondit le consul, je n'ai pas le droit de refuser mon visa.

— Cependant, monsieur le consul, il faut bien que je retienne ici cet homme jusqu'à ce que j'aie reçu de Londres un mandat d'arrestation.

— Ah ! cela, monsieur Fix, c'est votre affaire, répondit le consul, mais moi, je ne puis... »

Le consul n'acheva pas sa phrase. En ce moment, on frappait à la porte de son cabinet, et le garçon de bureau introduisit deux étrangers, dont l'un était précisément ce domestique qui s'était entretenu avec le détective.

C'étaient, en effet, le maître et le serviteur. Le maître présenta son passeport, en priant laconiquement le consul de vouloir bien y apposer son visa.

Celui-ci prit le passeport et le lut attentivement, tandis que Fix, dans un coin du cabinet, observait ou plutôt dévorait l'étranger des yeux.

Quand le consul eut achevé sa lecture :

« Vous êtes Phileas Fogg, esquire ? demanda-t-il.

— Oui, monsieur, répondit le gentleman.

— Et cet homme est votre domestique ?

— Oui. Un Français nommé Passepartout.

— Vous venez de Londres?

— Oui.

— Et vous allez?

— A Bombay.

— Bien, monsieur. Vous savez que cette formalité du visa est inutile, et que nous n'exigeons plus la présentation du passeport?

— Je le sais, monsieur, répondit Phileas Fogg, mais je désire constater par votre visa mon passage à Suez.

— Soit, monsieur. »

Et le consul, ayant signé et daté le passeport, y apposa son cachet. Mr. Fogg acquitta les droits de visa, et, après avoir froidement salué, il sortit, suivi de son domestique.

« Eh bien? demanda l'inspecteur.

— Eh bien, répondit le consul, il a l'air d'un parfait honnête homme!

— Possible, répondit Fix, mais ce n'est point ce dont il s'agit. Trouvez-vous, monsieur le consul, que ce flegmatique gentleman ressemble trait pour trait au voleur dont j'ai reçu le signalement?

— J'en conviens, mais vous le savez, tous les signalements...

— J'en aurai le cœur net, répondit Fix. Le domestique me paraît être moins indéchiffrable que le maître. De plus, c'est un Français, qui ne pourra se retenir de parler. A bientôt, monsieur le consul. »

Cela dit, l'agent sortit et se mit à la recherche de Passepartout.

Cependant Mr. Fogg, en quittant la maison consulaire, s'était dirigé vers le quai. Là, il donna quelques ordres à son domestique; puis il s'embarqua

dans un canot, revint à bord du *Mongolia* et rentra
dans sa cabine. Il prit alors son carnet, qui portait
les notes suivantes :

« Quitté Londres, mercredi 2 octobre, 8 heures 45
soir.

« Arrivé à Paris, jeudi 3 octobre, 7 heures 20
matin.

« Quitté Paris, jeudi, 8 heures 40 matin.

« Arrivé par le Mont-Cenis à Turin, vendredi
4 octobre, 6 heures 35 matin.

« Quitté Turin, vendredi, 7 heures 20 matin.

« Arrivé à Brindisi, samedi 5 octobre, 4 heures soir.

« Embarqué sur le *Mongolia*, samedi, 5 heures soir.

« Arrivé à Suez, mercredi 9 octobre, 11 heures
matin.

« Total des heures dépensées : 158 1/2, soit en
jours : 6 jours 1/2. »

Mr. Fogg inscrivit ces dates sur un itinéraire
disposé par colonnes, qui indiquait — depuis le
2 octobre jusqu'au 21 décembre — le mois, le quan-
tième, le jour, les arrivées réglementaires et les
arrivées effectives en chaque point principal, Paris,
Brindisi, Suez, Bombay, Calcutta, Singapore, Hong-
Kong, Yokohama, San Francisco, New York, Liverpool, Londres, et qui permettait de chiffrer le gain
obtenu où la perte éprouvée à chaque endroit du
parcours.

Ce méthodique itinéraire tenait ainsi compte de
tout, et Mr. Fogg savait toujours s'il était en avance
ou en retard.

Il inscrivit donc, ce jour-là, mercredi 9 octobre,
son arrivée à Suez, qui, concordant avec l'arrivée
réglementaire, ne le constituait ni en gain ni en perte.

Puis il se fit servir à déjeuner dans sa cabine.

Quant à voir la ville, il n'y pensait même pas, étant
de cette race d'Anglais qui font visiter par leur
domestique les pays qu'ils traversent.

VIII

DANS LEQUEL PASSEPARTOUT PARLE UN PEU PLUS PEUT-ÊTRE QU'IL NE CONVIENDRAIT

Fix avait en peu d'instants rejoint sur le quai Passepartout, qui flânait et regardait, ne se croyant pas, lui,
obligé à ne point voir.

« Eh bien, mon ami, lui dit Fix en l'abordant,
votre passeport est-il visé ?

— Ah ! c'est vous, monsieur, répondit le Français.
Bien obligé. Nous sommes parfaitement en règle.

— Et vous regardez le pays ?

— Oui, mais nous allons si vite qu'il me semble
que je voyage en rêve. Et comme cela, nous sommes
à Suez ?

— A Suez.

— En Égypte ?

— En Égypte, parfaitement.

— Et en Afrique ?

— En Afrique.

— En Afrique ! répéta Passepartout. Je ne peux
y croire. Figurez-vous, monsieur, que je m'imaginais
ne pas aller plus loin que Paris, et cette fameuse
capitale, je l'ai revue tout juste de sept heures vingt
du matin à huit heures quarante, entre la gare du
Nord et la gare de Lyon, à travers les vitres d'un fiacre

et par une pluie battante! Je le regrette! J'aurais
aimé à revoir le Père-Lachaise et le Cirque des
Champs-Elysées!

— Vous êtes donc bien pressé? demanda l'inspecteur de police.

— Moi, non, mais c'est mon maître. A propos, il faut
que j'achète des chaussettes et des chemises! Nous sommes partis sans malles, avec un sac de nuit seulement.

— Je vais vous conduire à un bazar où vous trou-
verez tout ce qu'il faut.

— Monsieur, répondit Passepartout, vous êtes
vraiment d'une complaisance!... »

Et tous deux se mirent en route. Passepartout
causait toujours.

« Surtout, dit-il, que je prenne bien garde de ne
pas manquer le bateau!

— Vous avez le temps, répondit Fix, il n'est encore
que midi! »

Passepartout tira sa grosse montre.

« Midi, dit-il. Allons donc! il est neuf heures
cinquante-deux minutes!

— Votre montre retarde, répondit Fix.

— Ma montre! Une montre de famille, qui vient
de mon arrière-grand-père! Elle ne varie pas de cinq
minutes par an. C'est un vrai chronomètre!

— Je vois ce que c'est, répondit Fix. Vous avez
gardé l'heure de Londres, qui retarde de deux heures
environ sur Suez. Il faut avoir soin de remettre votre
montre au midi de chaque pays.

— Moi! toucher à ma montre! s'écria Passepartout,
jamais!

— Eh bien, elle ne sera plus d'accord avec le soleil.

— Tant pis pour le soleil, monsieur! C'est lui
qui aura tort! »

« Ma montre ! une montre de famille ! » (Page 48.)

Et le brave garçon remit sa montre dans son gousset avec un geste superbe.

Quelques instants après, Fix lui disait :

« Vous avez donc quitté Londres précipitamment ?

— Je le crois bien ! Mercredi dernier, à huit heures du soir, contre toutes ses habitudes, Mr. Fogg revint de son cercle, et trois quarts d'heure après nous étions partis.

— Mais où va-t-il donc, votre maître ?

— Toujours devant lui ! Il fait le tour du monde !

— Le tour du monde ? s'écria Fix.

— Oui, en quatre-vingts jours ! Un pari, dit-il, mais, entre nous, je n'en crois rien. Cela n'aurait pas le sens commun. Il y a autre chose.

— Ah ! c'est un original, ce Mr. Fogg ?

— Je le crois.

— Il est donc riche ?

— Évidemment, et il emporte une jolie somme avec lui, en bank-notes toutes neuves ! Et il n'épargne pas l'argent en route ! Tenez ! il a promis une prime magnifique au mécanicien du *Mongolia*, si nous arrivions à Bombay avec une belle avance !

— Et vous le connaissez depuis longtemps, votre maître ?

— Moi ! répondit Passepartout, je suis entré à son service le jour même de notre départ. »

On s'imagine aisément l'effet que ces réponses devaient produire sur l'esprit déjà surexcité de l'inspecteur de police.

Ce départ précipité de Londres, peu de temps après le vol, cette grosse somme emportée, cette hâte d'arriver en des pays lointains, ce prétexte d'un pari excentrique, tout confirmait et devait confirmer Fix dans ses idées. Il fit encore parler le Français et acquit

la certitude que ce garçon ne connaissait aucunement
son maître, que celui-ci vivait isolé à Londres, qu'on
le disait riche sans savoir l'origine de sa fortune, que
c'était un homme impénétrable, etc. Mais, en même
temps, Fix put tenir pour certain que Phileas Fogg
ne débarquait point à Suez, et qu'il allait réellement
à Bombay.

« Est-ce loin Bombay? demanda Passepartout.

— Assez loin, répondit l'agent. Il vous faut encore
une dizaine de jours de mer.

— Et où prenez-vous Bombay?

— Dans l'Inde.

— En Asie?

— Naturellement.

— Diable! C'est que je vais vous dire... il y a une
chose qui me tracasse... c'est mon bec!

— Quel bec?

— Mon bec de gaz que j'ai oublié d'éteindre et
qui brûle à mon compte. Or, j'ai calculé que j'en
avais pour deux shillings par vingt-quatre heures,
juste six pence de plus que je ne gagne, et vous comprenez que pour peu que le voyage se prolonge... »

Fix comprit-il l'affaire du gaz? C'est peu probable.
Il n'écoutait plus et prenait un parti. Le Français et
lui étaient arrivés au bazar. Fix laissa son compagnon
y faire ses emplettes, il lui recommanda de ne pas
manquer le départ du *Mongolia*, et il revint en toute
hâte aux bureaux de l'agent consulaire.

Fix, maintenant que sa conviction était faite, avait
repris tout son sang-froid.

« Monsieur, dit-il au consul, je n'ai plus aucun
doute. Je tiens mon homme. Il se fait passer pour un
excentrique qui veut faire le tour du monde en
quatre-vingts jours.

— Alors c'est un malin, répondit le consul, et il compte revenir à Londres, après avoir dépisté toutes les polices des deux continents!

— Nous verrons bien, répondit Fix.

— Mais ne vous trompez-vous pas? demanda encore une fois le consul.

— Je ne me trompe pas.

— Alors, pourquoi ce voleur a-t-il tenu à faire constater par un visa son passage à Suez?

— Pourquoi?... je n'en sais rien, monsieur le consul, répondit le détective, mais écoutez-moi. »

Et, en quelques mots, il rapporta les points saillants de sa conversation avec le domestique dudit Fogg.

« En effet, dit le consul, toutes les présomptions sont contre cet homme. Et qu'allez-vous faire?

— Lancer une dépêche à Londres avec demande instante de m'adresser un mandat d'arrestation à Bombay, m'embarquer sur le *Mongolia*, filer mon voleur jusqu'aux Indes, et là, sur cette terre anglaise, l'accoster poliment, mon mandat à la main et la main sur l'épaule. »

Ces paroles prononcées froidement, l'agent prit congé du consul et se rendit au bureau télégraphique. De là, il lança au directeur de la police métropolitaine cette dépêche que l'on connaît.

Un quart d'heure plus tard, Fix, son léger bagage à la main, bien muni d'argent, d'ailleurs, s'embarquait à bord du *Mongolia*, et bientôt le rapide steamer filait à toute vapeur sur les eaux de la mer Rouge.

IX

OÙ LA MER ROUGE ET LA MER DES INDES SE MONTRENT
PROPICES AUX DESSEINS DE PHILEAS FOGG

La distance entre Suez et Aden est exactement de
treize cent dix milles, et le cahier des charges de la
Compagnie alloue à ses paquebots un laps de temps
de cent trente-huit heures pour la franchir. Le *Mongolia*,
dont les feux étaient activement poussés, marchait
de manière à devancer l'arrivée réglementaire.

La plupart des passagers embarqués à Brindisi
avaient presque tous l'Inde pour destination. Les uns
se rendaient à Bombay, les autres à Calcutta,
mais via Bombay, car depuis qu'un chemin de fer
traverse dans toute sa largeur la péninsule indienne,
il n'est plus nécessaire de doubler la pointe de Ceylan.

Parmi ces passagers du *Mongolia*, on comptait
divers fonctionnaires civils et des officiers de tout
grade. De ceux-ci, les uns appartenaient à l'armée
britannique proprement dite, les autres comman-
daient les troupes indigènes de cipayes, tous chère-
ment appointés, même à présent que le gouvernement
s'est substitué aux droits et aux charges de l'ancienne
Compagnie des Indes : sous-lieutenants à 7 000 F,
brigadiers à 60 000, généraux à 100 000[1].

---

1. Le traitement des fonctionnaires civils est encore plus élevé.
Les simples assistants, au premier degré de la hiérarchie, ont
12 000 francs ; les juges, 60 000 F ; les présidents de cour, 250 000 F ;
les gouverneurs, 300 000 F, et le gouverneur général, plus de
600 000 F. (Note de l'auteur).

On vivait donc bien à bord du *Mongolia*, dans cette société de fonctionnaires, auxquels se mêlaient quelques jeunes Anglais, qui, le million en poche, allaient fonder au loin des comptoirs de commerce. Le « purser », l'homme de confiance de la Compagnie, l'égal du capitaine à bord, faisait somptueusement les choses. Au déjeuner du matin, au lunch de deux heures, au dîner de cinq heures et demie, au souper de huit heures, les tables pliaient sous les plats de viande fraîche et les entremets fournis par la boucherie et les offices du paquebot. Les passagères — il y en avait quelques-unes — changeaient de toilette deux fois par jour. On faisait de la musique, on dansait même, quand la mer le permettait.

Mais la mer Rouge est fort capricieuse et trop souvent mauvaise, comme tous ces golfes étroits et longs. Quand le vent soufflait soit de la côte d'Asie, soit de la côte d'Afrique, le *Mongolia*, long fuseau à hélice, pris par le travers, roulait épouvantablement. Les dames disparaissaient alors ; les pianos se taisaient ; chants et danses cessaient à la fois. Et pourtant, malgré la rafale, malgré la houle, le paquebot, poussé par sa puissante machine, courait sans retard vers le détroit de Bab-el-Mandeb.

Que faisait Phileas Fogg pendant ce temps ? On pourrait croire que, toujours inquiet et anxieux, il se préoccupait des changements de vent nuisibles à la marche du navire, des mouvements désordonnés de la houle qui risquaient d'occasionner un accident à la machine, enfin de toutes les avaries possibles qui, en obligeant le *Mongolia* à relâcher dans quelque port, auraient compromis son voyage ?

Aucunement, ou tout au moins, si ce gentleman songeait à ces éventualités, il n'en laissait rien pa-

raître. C'était toujours l'homme impassible, le membre
imperturbable du Reform-Club qu'aucun incident
ou accident ne pouvait surprendre. Il ne paraissait
pas plus ému que les chronomètres du bord. On le
voyait rarement sur le pont. Il s'inquiétait peu
d'observer cette mer Rouge, si féconde en souvenirs,
ce théâtre des premières scènes historiques de l'huma-
nité. Il ne venait pas reconnaître les curieuses villes
semées sur ses bords, et dont la pittoresque silhouette
se découpait quelquefois à l'horizon. Il ne rêvait
même pas aux dangers de ce golfe Arabique, dont
les anciens historiens, Strabon, Arrien, Arthémidore,
Edrisi, ont toujours parlé avec épouvante, et sur
lequel les navigateurs ne se hasardaient jamais
autrefois sans avoir consacré leur voyage par des
sacrifices propitiatoires.

Que faisait donc cet original, emprisonné dans
le *Mongolia*? D'abord il faisait ses quatre repas par
jour, sans que jamais ni roulis ni tangage pussent
détraquer une machine si merveilleusement organisée.
Puis il jouait au whist.

Oui! il avait rencontré des partenaires, aussi
enragés que lui : un collecteur de taxes qui se rendait
à son poste à Goa, un ministre, le révérend Décimus
Smith, retournant à Bombay, et un brigadier général
de l'armée anglaise, qui rejoignait son corps à Bénarès.
Ces trois passagers avaient pour le whist la même
passion que Mr. Fogg, et ils jouaient pendant des
heures entières, non moins silencieusement que lui.

Quant à Passepartout, le mal de mer n'avait aucune
prise sur lui. Il occupait une cabine à l'avant et
mangeait, lui aussi, consciencieusement. Il faut dire
que, décidément, ce voyage, fait dans ces conditions,
ne lui déplaisait plus. Il en prenait son parti. Bien

nourri, bien logé, il voyait du pays et d'ailleurs il s'affirmait à lui-même que toute cette fantaisie finirait à Bombay.

Le lendemain du départ de Suez, le 10 octobre, ce ne fut pas sans un certain plaisir qu'il rencontra sur le pont l'obligeant personnage auquel il s'était adressé en débarquant en Égypte.

« Je ne me trompe pas, dit-il en l'abordant avec son plus aimable sourire, c'est bien vous, monsieur, qui m'avez si complaisamment servi de guide à Suez ?

— En effet, répondit le détective, je vous reconnais ! Vous êtes le domestique de cet Anglais origina....

— Précisément, monsieur... ?

— Fix.

— Monsieur Fix, répondit Passepartout. Enchanté de vous retrouver à bord. Et où allez-vous donc ?

— Mais, ainsi que vous, à Bombay.

— C'est au mieux ! Est-ce que vous avez déjà fait ce voyage ?

— Plusieurs fois, répondit Fix. Je suis un agent de la Compagnie péninsulaire.

— Alors vous connaissez l'Inde ?

— Mais... oui..., répondit Fix, qui ne voulait pas trop s'avancer.

— Et c'est curieux, cette Inde-là ?

— Très curieux ! Des mosquées, des minarets, des temples, des fakirs, des pagodes, des tigres, des serpents, des bayadères ! Mais il faut espérer que vous aurez le temps de visiter le pays ?

— Je l'espère, monsieur Fix. Vous comprenez bien qu'il n'est pas permis à un homme sain d'esprit de passer sa vie à sauter d'un paquebot dans un chemin de fer et d'un chemin de fer dans un paquebot, sous prétexte de faire le tour du monde en quatre-vingts jours! Non. Toute cette gymnastique cessera à Bombay, n'en doutez pas.

— Et il se porte bien, Mr. Fogg? demanda Fix du ton le plus naturel.

— Très bien, monsieur Fix. Moi aussi, d'ailleurs. Je mange comme un ogre qui serait à jeun. C'est l'air de la mer.

— Et votre maître, je ne le vois jamais sur le pont.

— Jamais. Il n'est pas curieux.

— Savez-vous, monsieur Passepartout, que ce prétendu voyage en quatre-vingts jours pourrait bien cacher quelque mission secrète... une mission diplomatique, par exemple!

— Ma foi, monsieur Fix, je n'en sais rien, je vous l'avoue, et, au fond, je ne donnerais pas une demi-couronne pour le savoir. »

Depuis cette rencontre, Passepartout et Fix causèrent souvent ensemble. L'inspecteur de police tenait à se lier avec le domestique du sieur Fogg. Cela pouvait le servir à l'occasion. Il lui offrait donc souvent, au bar-room du *Mongolia*, quelques verres de whisky ou de pale-ale, que le brave garçon acceptait sans cérémonie et rendait même pour ne pas être en reste, — trouvant, d'ailleurs, ce Fix un gentleman bien honnête.

Cependant le paquebot s'avançait rapidement. Le 13, on eut connaissance de Moka, qui apparut dans sa ceinture de murailles ruinées, au-dessus desquelles se détachaient quelques dattiers verdoyants. Au loin, dans les montagnes, se développaient de vastes champs de caféiers. Passepartout fut ravi de contempler cette ville célèbre, et il trouva même qu'avec ces murs circulaires et un fort démantelé qui se dessinait comme une anse, elle ressemblait à une énorme demi-tasse.

Pendant la nuit suivante, le *Mongolia* franchit le détroit de Bab-el-Mandeb, dont le nom arabe signifie *la Porte des Larmes*, et le lendemain, 14, il faisait escale à Steamer-Point, au nord-ouest de la rade d'Aden. C'est là qu'il devait se réapprovisionner de combustible.

Grave et importante affaire que cette alimentation du foyer des paquebots à de telles distances des centres de production. Rien que pour la Compagnie péninsulaire, c'est une dépense annuelle qui se chiffre par huit cent mille livres (20 millions de francs). Il a fallu, en effet, établir des dépôts en plusieurs ports, et, dans ces mers éloignées, le charbon revient à quatre-vingts francs la tonne.

Le *Mongolia* avait encore seize cent cinquante milles à faire avant d'atteindre Bombay, et il devait rester quatre heures à Steamer-Point, afin de remplir ses soutes.

Mais ce retard ne pouvait nuire en aucune façon au programme de Phileas Fogg. Il était prévu. D'ailleurs le *Mongolia*, au lieu d'arriver à Aden le 15 octobre seulement au matin, y entrait le 14 au soir. C'était un gain de quinze heures.

Mr. Fogg et son domestique descendirent à terre. Le gentleman voulait faire viser son passeport. Fix le suivit sans être remarqué. La formalité du visa accomplie, Phileas Fogg revint à bord reprendre sa partie interrompue.

Passepartout, lui, flâna, suivant sa coutume, au milieu de cette population de Somanlis, de Banians, de Parsis, de Juifs, d'Arabes, d'Européens, composant les vingt-cinq mille habitants d'Aden. Il admira

Il faisait escale à Steamer-Point. (Page 58.)

Passepartout, lui, flâna suivant sa coutume. (Page 58.)

les fortifications qui font de cette ville le Gibraltar
de la mer des Indes, et de magnifiques citernes
auxquelles travaillaient encore les ingénieurs anglais,
deux mille ans après les ingénieurs du roi
Salomon.

« Très curieux, très curieux ! se disait Passepartout
en revenant à bord. Je m'aperçois qu'il n'est pas
inutile de voyager, si l'on veut voir du nouveau. »

A six heures du soir, le *Mongolia* battait des branches
de son hélice les eaux de la rade d'Aden et courait
bientôt sur la mer des Indes. Il lui était accordé
cent soixante-huit heures pour accomplir la traversée
entre Aden et Bombay. Du reste, cette mer indienne
lui fut favorable. Le vent tenait dans le nord-ouest.
Les voiles vinrent en aide à la vapeur.

Le navire, mieux appuyé, roula moins. Les passagères, en fraîches toilettes, reparurent sur le pont.
Les chants et les danses recommencèrent.

Le voyage s'accomplit donc dans les meilleures
conditions. Passepartout était enchanté de l'aimable
compagnon que le hasard lui avait procuré en la
personne de Fix.

Le dimanche 20 octobre, vers midi, on eut connaissance de la côte indienne. Deux heures plus tard,
le pilote montait à bord du *Mongolia*. A l'horizon,
un arrière-plan de collines se profilait harmonieu-
sement sur le fond du ciel. Bientôt, les rangs de palmiers qui couvrent la ville se détachèrent vivement.
Le paquebot pénétra dans cette rade formée par les
îles Salcette, Colaba, Éléphanta, Butcher, et à quatre
heures et demie il accostait les quais de Bombay.

Phileas Fogg achevait alors le trente-troisième
robre de la journée, et son partenaire et lui, grâce
à une manœuvre audacieuse, ayant fait les treize

levées, terminèrent cette belle traversée par un chelem admirable.

Le *Mongolia* ne devait arriver que le 22 octobre à Bombay. Or, il y arrivait le 20. C'était donc, depuis son départ de Londres, un gain de deux jours, que Phileas Fogg inscrivit méthodiquement sur son itinéraire à la colonne des bénéfices.

X

OÙ PASSEPARTOUT EST TROP HEUREUX D'EN ÊTRE
QUITTE EN PERDANT SA CHAUSSURE

PERSONNE n'ignore que l'Inde — ce grand triangle renversé dont la base est au nord et la pointe au sud — comprend une superficie de quatorze cent mille milles carrés, sur laquelle est inégalement répandue une population de cent quatre-vingts millions d'habitants. Le gouvernement britannique exerce une domination réelle sur une certaine partie de cet immense pays. Il entretient un gouverneur général à Calcutta, des gouverneurs à Madras, à Bombay, au Bengale, et un lieutenant-gouverneur à Agra.

Mais l'Inde anglaise proprement dite ne compte qu'une superficie de sept cent mille milles carrés et une population de cent à cent dix millions d'habitants. C'est assez dire qu'une notable partie du territoire échappe encore à l'autorité de la reine; et, en effet, chez certains rajahs de l'intérieur, farouches et terribles, l'indépendance indoue est encore absolue.

Depuis 1756 — époque à laquelle fut fondé le

premier établissement anglais sur l'emplacement
aujourd'hui occupé par la ville de Madras — jusqu'à
cette année dans laquelle éclata la grande insurrection
des cipayes, la célèbre Compagnie des Indes fut toute-
puissante. Elle s'annexait peu à peu les diverses
provinces, achetées aux rajahs au prix de rentes
qu'elle payait peu ou point; elle nommait son gouverneur général et tous ses employés civils ou militaires; mais maintenant elle n'existe plus, et les
possessions anglaises de l'Inde relèvent directement
de la couronne.

Aussi l'aspect, les mœurs, les divisions ethnogra-
phiques de la péninsule tendent à se modifier chaque
jour. Autrefois, on y voyageait par tous les antiques
moyens de transport, à pied, à cheval, en charrette,
en brouette, en palanquin, à dos d'homme, en
coach, etc. Maintenant, des steamboats parcourent
à grande vitesse l'Indus, le Gange, et un chemin de
fer, qui traverse l'Inde dans toute sa largeur en se
ramifiant sur son parcours, met Bombay à trois
jours seulement de Calcutta.

Le tracé de ce chemin de fer ne suit pas la ligne
droite à travers l'Inde. La distance à vol d'oiseau
n'est que de mille à onze cents milles, et des trains,
animés d'une vitesse moyenne seulement, n'emploie-
raient pas trois jours à la franchir; mais cette distance
est accrue d'un tiers, au moins, par la corde que
décrit le railway en s'élevant jusqu'à Allahabad
dans le nord de la péninsule.

Voici, en somme, le tracé à grands points du
« Great Indian peninsular railway ». En quittant
l'île de Bombay, il traverse Salcette, saute sur le
continent en face de Tannah, franchit la chaîne des
Ghâtes-Occidentales, court au nord-est jusqu'à Bur-

hampour, sillonne le territoire à peu près indépendant du Bundelkund, s'élève jusqu'à Allahabad,
s'infléchit vers l'est, rencontre le Gange à Bénarès,
s'en écarte légèrement, et, redescendant au suc-est
par Burdivan et la ville française de Chandernagor,
il fait tête de ligne à Calcutta.

C'était à quatre heures et demie du soir que les
passagers du *Mongolia* avaient débarqué à Bombay,
et le train de Calcutta partait à huit heures précises.

Mr. Fogg prit donc congé de ses partenaires, quitta
le paquebot, donna à son domestique le détail de
quelques emplettes à faire, lui recommanda expressé-
ment de se trouver avant huit heures à la gare, et,
de son pas régulier qui battait la seconde comme le
pendule d'une horloge astronomique, il se dirigea
vers le bureau des passeports.

Ainsi donc, des merveilles de Bombay, il ne songeait à rien voir, ni l'hôtel de ville, ni la magnifique
bibliothèque, ni les forts, ni les docks, ni le marché
au coton, ni les bazars, ni les mosquées, ni les syna-
gogues, ni les églises arméniennes, ni la splendide
pagode de Malebar-Hill, ornée de deux tours poly-
gones. Il ne contemplerait ni les chefs-d'œuvre
d'Éléphanta, ni ses mystérieux hypogées, cachés
au sud-est de la rade, ni les grottes Kanhérie de
l'île Salcette, ces admirables restes de l'architecture
bouddhiste!

Non! rien. En sortant du bureau des passeports,
Phileas Fogg se rendit tranquillement à la gare, et
là il se fit servir à dîner. Entre autres mets, le maître
d'hôtel crut devoir lui recommander une certaine
gibelotte de « lapin du pays », dont il lui dit
merveille.

Phileas Fogg accepta la gibelotte et la goûta

consciencieusement; mais, en dépit de sa sauce épicée, il la trouva détestable.

Il sonna le maître d'hôtel.

« Monsieur, lui dit-il en le regardant fixement, c'est du lapin, cela ?

— Oui, mylord, répondit effrontément le drôle, du lapin des jungles.

— Et ce lapin-là n'a pas miaulé quand on l'a tué ?

— Miaulé ! Oh ! mylord ! un lapin ! Je vous jure...

— Monsieur le maître d'hôtel, reprit froidement Mr. Fogg, ne jurez pas et rappelez-vous ceci : autrefois, dans l'Inde, les chats étaient considérés comme des animaux sacrés. C'était le bon temps.

— Pour les chats, mylord ?

— Et peut-être aussi pour les voyageurs ! »

Cette observation faite, Mr. Fogg continua tranquillement à dîner.

Quelques instants après Mr. Fogg, l'agent Fix avait, lui aussi, débarqué du *Mongolia* et couru chez le directeur de la police de Bombay. Il fit reconnaître sa qualité de détective, la mission dont il était chargé, sa situation vis-à-vis de l'auteur présumé du vol. Avait-on reçu de Londres un mandat d'arrêt ?... On n'avait rien reçu. Et, en effet, le mandat, parti après Fogg, ne pouvait être encore arrivé.

Fix resta fort décontenancé. Il voulut obtenir du directeur un ordre d'arrestation contre le sieur Fogg. Le directeur refusa. L'affaire regardait l'administration métropolitaine, et celle-ci seule pouvait légalement délivrer un mandat. Cette sévérité de principes, cette observance rigoureuse de la légalité est parfaitement explicable avec les mœurs anglaises, qui, en matière de liberté individuelle, n'admettent aucun arbitraire.

Fix n'insista pas et comprit qu'il devait se résigner à attendre son mandat. Mais il résolut de ne point perdre de vue son impénétrable coquin, pendant tout le temps que celui-ci demeurerait à Bombay. Il ne doutait pas que Phileas Fogg n'y séjournât, — et, on le sait, c'était aussi la conviction de Passepartout, — ce qui laisserait au mandat d'arrêt le temps d'arriver.

Mais depuis les derniers ordres que lui avait donnés son maître en quittant le *Mongolia*, Passepartout avait bien compris qu'il en serait de Bombay comme de Suez et de Paris, que le voyage ne finirait pas ici, qu'il se poursuivrait au moins jusqu'à Calcutta, et peut-être plus loin. Et il commença à se demander si ce pari de Mr. Fogg n'était pas absolument sérieux, et si la fatalité ne l'entraînait pas, lui qui voulait vivre en repos, à accomplir le tour du monde en quatre-vingts jours !

En attendant, et après avoir fait acquisition de quelques chemises et chaussettes, il se promenait dans les rues de Bombay. Il y avait grand concours de populaire, et, au milieu d'Européens de toutes nationalités, des Persans à bonnets pointus, des Bunhyas à turbans ronds, des Sindes à bonnets carrés, des Arméniens en longues robes, des Parsis à mitre noire. C'était précisément une fête célébrée par ces Parsis ou Guèbres, descendants directs des sectateurs de Zoroastre, qui sont les plus industrieux, les plus civilisés, les plus intelligents, les plus austères des Indous, — race à laquelle appartiennent actuellement les riches négociants indigènes de Bombay. Ce jour-là, ils célébraient une sorte de carnaval religieux, avec processions et divertissements, dans lesquels figuraient des bayadères vêtues de gazes

Les bayadères à Bombay. (Page 66.)

roses brochées d'or et d'argent, qui, au son des violes
et au bruit des tam-tams, dansaient merveilleusement,
et avec une décence parfaite, d'ailleurs.

Si Passepartout regardait ces curieuses cérémonies,
si ses yeux et ses oreilles s'ouvraient démesurément
pour voir et entendre, si son air, sa physionomie
était bien celle du « booby » le plus neuf qu'on pût
imaginer, il est superflu d'y insister ici.

Malheureusement pour lui et pour son maître,
dont il risqua de compromettre le voyage, sa curiosité
l'entraîna plus loin qu'il ne convenait.

En effet, après avoir entrevu ce carnaval parsi,
Passepartout se dirigeait vers la gare, quand, passant
devant l'admirable pagode de Malebar-Hill, il eut
la malencontreuse idée d'en visiter l'intérieur.

Il ignorait deux choses : d'abord que l'entrée de
certaines pagodes indoues est formellement interdite
aux chrétiens, et ensuite que les croyants eux-mêmes
ne peuvent y pénétrer sans avoir laissé leurs chaussures
à la porte. Il faut remarquer ici que, par raison de
saine politique, le gouvernement anglais, respectant
et faisant respecter jusque dans ses plus insignifiants
détails la religion du pays, punit sévèrement qui-
conque en viole les pratiques.

Passepartout, entré là, sans penser à mal, comme
un simple touriste, admirait, à l'intérieur de Malebar-
Hill, ce clinquant éblouissant de l'ornementation
brahmanique, quand soudain il fut renversé sur les
dalles sacrées. Trois prêtres, le regard plein de
fureur, se précipitèrent sur lui, arrachèrent ses
souliers et ses chaussettes, et commencèrent à le
rouer de coups, en proférant des cris sauvages.

Le Français, vigoureux et agile, se releva vivement.
D'un coup de poing et d'un coup de pied, il renversa

Il renversa deux de ses adversaires. (Page 68.)

deux de ses adversaires, fort empêtrés dans leurs longues robes, et, s'élançant hors de la pagode de toute la vitesse de ses jambes, il eut bientôt distancé le troisième Indou, qui s'était jeté sur ses traces, en ameutant la foule.

A huit heures moins cinq, quelques minutes seulement avant le départ du train, sans chapeau, pieds nus, ayant perdu dans la bagarre le paquet contenant ses emplettes, Passepartout arrivait à la gare du chemin de fer.

Fix était là, sur le quai d'embarquement. Ayant suivi le sieur Fogg à la gare, il avait compris que ce coquin allait quitter Bombay. Son parti fut aussitôt pris de l'accompagner jusqu'à Calcutta et plus loin s'il le fallait. Passepartout ne vit pas Fix, qui se tenait dans l'ombre, mais Fix entendit le récit de ses aventures, que Passepartout narra en peu de mots à son maître.

« J'espère que cela ne vous arrivera plus », répondit simplement Phileas Fogg, en prenant place dans un des wagons du train.

Le pauvre garçon, pieds nus et tout déconfit, suivit son maître sans mot dire.

Fix allait monter dans un wagon séparé, quand une pensée le retint et modifia subitement son projet de départ.

« Non, je reste, se dit-il. Un délit commis sur le territoire indien... Je tiens mon homme. »

En ce moment, la locomotive lança un vigoureux sifflet, et le train disparut dans la nuit.

XI

OÙ PHILEAS FOGG ACHÈTE UNE MONTURE A UN PRIX FABULEUX

Le train était parti à l'heure réglementaire. Il emportait un certain nombre de voyageurs, quelques officiers, des fonctionnaires civils et des négociants en opium et en indigo, que leur commerce appelait dans la partie orientale de la péninsule.

Passepartout occupait le même compartiment que son maître. Un troisième voyageur se trouvait placé dans le coin opposé.

C'était le brigadier général, Sir Francis Cromarty, l'un des partenaires de Mr. Fogg pendant la traversée de Suez à Bombay, qui rejoignait ses troupes cantonnées auprès de Bénarès.

Sir Francis Cromarty, grand, blond, âgé de cinquante ans environ, qui s'était fort distingué pendant la dernière révolte des cipayes, eût véritablement mérité la qualification d'indigène. Depuis son jeune âge, il habitait l'Inde et n'avait fait que de rares apparitions dans son pays natal. C'était un homme instruit, qui aurait volontiers donné des renseignements sur les coutumes, l'histoire, l'organisation du pays indou, si Phileas Fogg eût été homme à les demander. Mais ce gentleman ne demandait rien. Il ne voyageait pas, il décrivait une circonférence. C'était un corps grave, parcourant une orbite autour du globe terrestre, suivant les lois de la mécanique rationnelle. En ce moment, il refaisait dans son esprit le calcul des heures dépensées depuis son départ de Londres, et il se fût frotté les mains, s'il eût été dans sa nature de faire un mouvement inutile.

Sir Francis Cromarty n'était pas sans avoir reconnu l'originalité de son compagnon de route, bien qu'il ne l'eût étudié que les cartes à la main et entre deux robres. Il était donc fondé à se demander si un cœur humain battait sous cette froide enveloppe, si Phileas Fogg avait une âme sensible aux beautés de la nature, aux aspirations morales. Pour lui, cela faisait question. De tous les originaux que le brigadier général avait rencontrés, aucun n'était comparable à ce produit des sciences exactes.

Phileas Fogg n'avait point caché à Sir Francis Cromarty son projet de voyage autour du monde, ni dans quelles conditions il l'opérait. Le brigadier général ne vit dans ce pari qu'une excentricité sans but utile et à laquelle manquerait nécessairement le *transire benefaciendo* qui doit guider tout homme raisonnable. Au train dont marchait le bizarre gentleman, il passerait évidemment sans « rien faire », ni pour lui, ni pour les autres.

Une heure après avoir quitté Bombay, le train, franchissant les viaducs, avait traversé l'île Salcette et courait sur le continent. A la station de Callyan, il laissa sur la droite l'embranchement qui, par Kandallah et Pounah, descend vers le sud-est de l'Inde, et il gagna la station de Pauwell. A ce point, il s'engagea dans les montagnes très ramifiées des Ghâtes-Occidentales, chaînes à base de trapp et de basalte, dont les plus hauts sommets sont couverts de bois épais.

De temps à autre, Sir Francis Cromarty et Phileas

Fogg échangeaient quelques paroles, et, à ce moment, le brigadier général, relevant une conversation qui tombait souvent, dit :

« Il y a quelques années, monsieur Fogg, vous auriez éprouvé en cet endroit un retard qui eût probablement compromis votre itinéraire.

— Pourquoi cela, Sir Francis?

— Parce que le chemin de fer s'arrêtait à la base de ces montagnes, qu'il fallait traverser en palanquin ou à dos de poney jusqu'à la station de Kandallah, située sur le versant opposé.

— Ce retard n'eût aucunement dérangé l'économie de mon programme, répondit Mr. Fogg. Je ne suis pas sans avoir prévu l'éventualité de certains obstacles.

— Cependant, monsieur Fogg, reprit le brigadier général, vous risquiez d'avoir une fort mauvaise affaire sur les bras avec l'aventure de ce garçon. »

Passepartout, les pieds entortillés dans sa couverture de voyage, dormait profondément et ne rêvait guère que l'on parlât de lui.

« Le gouvernement anglais est extrêmement sévère et avec raison pour ce genre de délit, reprit Sir Francis Cromarty. Il tient par-dessus tout à ce que l'on respecte les coutumes religieuses des Indous, et si votre domestique eût été pris...

— Eh bien, s'il eût été pris, Sir Francis, répondit Mr. Fogg, il aurait été condamné, il aurait subi sa peine, et puis il serait revenu tranquillement en Europe. Je ne vois pas en quoi cette affaire eût pu retarder son maître! »

Et, là-dessus, la conversation retomba. Pendant la nuit, le train franchit les Ghâtes, passa à Nassik, et le lendemain, 21 octobre, il s'élançait à travers un pays relativement plat, formé par le territoire

du Khandeish. La campagne, bien cultivée, était
semée de bourgades, au-dessus desquelles le minaret
de la pagode remplaçait le clocher de l'église européenne. De nombreux petits cours d'eau, la plupart
affluents ou sous-affluents du Godavery, irriguaient
cette contrée fertile.

Passepartout, réveillé, regardait, et ne pouvait
croire qu'il traversait le pays des Indous dans un
train du « Great peninsular railway ». Cela lui
paraissait invraisemblable. Et cependant rien de
plus réel ! La locomotive, dirigée par le bras d'un
mécanicien anglais et chauffée de houille anglaise,
lançait sa fumée sur les plantations de cotonniers,
de caféiers, de muscadiers, de girofliers, de poivriers
rouges. La vapeur se contournait en spirales autour
des groupes de palmiers, entre lesquels apparaissaient
de pittoresques bungalows, quelques viharis, sortes
de monastères abandonnés, et des temples merveilleux
qu'enrichissait l'inépuisable ornementation de l'architecture indienne. Puis, d'immenses étendues de
terrain se dessinaient à perte de vue, des jungles
où ne manquaient ni les serpents ni les tigres qu'épou-
vantaient les hennissements du train, et enfin des
forêts, fendues par le tracé de la voie, encore hantées
d'éléphants, qui, d'un œil pensif, regardaient passer
le convoi échevelé.

Pendant cette matinée, au-delà de la station de
Malligaum, les voyageurs traversèrent ce territoire
funeste, qui fut si souvent ensanglanté par les sectateurs de la déesse Kâli. Non loin s'élevaient Ellora
et ses pagodes admirables, non loin la célèbre Aurun-
gabad, la capitale du farouche Aureng-Zeb, maintenant simple chef-lieu de l'une des provinces détachées
du royaume du Nizam. C'était sur cette contrée

La vapeur se contournait en spirales. [Page 74.)

que Feringhea, le chef des Thugs, le roi des Étran-
gleurs, exerçait sa domination. Ces assassins, unis
dans une association insaisissable, étranglaient, en
l'honneur de la déesse de la Mort, des victimes de
tout âge, sans jamais verser de sang, et il fut un temps
où l'on ne pouvait fouiller un endroit quelconque
de ce sol sans y trouver un cadavre. Le gouvernement
anglais a bien pu empêcher ces meurtres dans une
notable proportion, mais l'épouvantable association
existe toujours et fonctionne encore.

A midi et demi, le train s'arrêta à la station de
Burhampour, et Passepartout put s'y procurer à
prix d'or une paire de babouches, agrémentées de
perles fausses, qu'il chaussa avec un sentiment
d'évidente vanité.

Les voyageurs déjeunèrent rapidement, et repar-
tirent pour la station d'Assurghur, après avoir un
instant côtoyé la rive du Tapty, petit fleuve qui va
se jeter dans le golfe de Cambaye, près de Surate.

Il est opportun de faire connaître quelles pensées
occupaient alors l'esprit de Passepartout. Jusqu'à
son arrivée à Bombay, il avait cru et pu croire que
les choses en resteraient là. Mais maintenant, depuis
qu'il filait à toute vapeur à travers l'Inde, un revirement s'était fait dans son esprit. Son naturel lui
revenait au galop. Il retrouvait les idées fantaisistes
de sa jeunesse, il prenait au sérieux les projets de son
maître, il croyait à la réalité du pari, conséquemment
à ce tour du monde et à ce maximum de temps,
qu'il ne fallait pas dépasser. Déjà même, il s'inquiétait des retards possibles, des accidents qui pouvaient
survenir en route. Il se sentait comme intéressé dans
cette gageure, et tremblait à la pensée qu'il avait
pu la compromettre la veille par son impardonnable

badauderie. Aussi, beaucoup moins flegmatique que
Mr. Fogg, il était beaucoup plus inquiet. Il comptait
et recomptait les jours écoulés, maudissait les haltes
du train, l'accusait de lenteur et blâmait *in petto*
Mr. Fogg de n'avoir pas promis une prime au mécanicien. Il ne savait pas, le brave garçon, que ce qui
était possible sur un paquebot ne l'était plus sur un
chemin de fer, dont la vitesse est réglementée.

Vers le soir, on s'engagea dans les défilés des
montagnes de Sutpour, qui séparent le territoire
du Khandeish de celui du Bundelkund.

Le lendemain, 22 octobre, sur une question de
Sir Francis Cromarty, Passepartout, ayant consulté
sa montre, répondit qu'il était trois heures du matin.
Et, en effet, cette fameuse montre, toujours réglée
sur le méridien de Greenwich, qui se trouvait à près
de soixante-dix-sept degrés dans l'ouest, devait
retarder et retardait en effet de quatre heures.

Sir Francis rectifia donc l'heure donnée par Passepartout, auquel il fit la même observation que celui-ci
avait déjà reçue de la part de Fix. Il essaya de lui
faire comprendre qu'il devait se régler sur chaque
nouveau méridien, et que, puisqu'il marchait cons-
tamment vers l'est, c'est-à-dire au-devant du soleil,
les jours étaient plus courts d'autant de fois quatre
minutes qu'il y avait de degrés parcourus. Ce fut
inutile. Que l'entêté garçon eût compris ou non
l'observation du brigadier général, il s'obstina à
ne pas avancer sa montre, qu'il maintint invariablement à l'heure de Londres. Innocente manie, d'ailleurs, et qui ne pouvait nuire à personne.

A huit heures du matin et à quinze milles en avant
de la station de Rothal, le train s'arrêta au milieu
d'une vaste clairière, bordée de quelques bungalows

et de cabanes d'ouvriers. Le conducteur du train passa devant la ligne des wagons en disant :

« Les voyageurs descendent ici. »

Phileas Fogg regarda Sir Francis Cromarty, qui parut ne rien comprendre à cette halte au milieu d'une forêt de tamarins et de khajours.

Passepartout, non moins surpris, s'élança sur la voie et revint presque aussitôt, s'écriant :

« Monsieur, plus de chemin de fer !

— Que voulez-vous dire ? demanda sir Francis Cromarty.

— Je veux dire que le train ne continue pas ! »

Le brigadier général descendit aussitôt de wagon. Phileas Fogg le suivit, sans se presser. Tous deux s'adressèrent au conducteur :

« Où sommes-nous ? demanda Sir Francis Cromarty.

— Au hameau de Kholby, répondit le conducteur.

— Nous nous arrêtons ici ?

— Sans doute. Le chemin de fer n'est point achevé...

— Comment ! il n'est point achevé ?

— Non ! il y a encore un tronçon d'une cinquantaine de milles à établir entre ce point et Allahabad, où la voie reprend.

— Les journaux ont pourtant annoncé l'ouverture complète du railway !

— Que voulez-vous, mon officier, les journaux se sont trompés.

— Et vous donnez des billets de Bombay à Calcutta ! reprit Sir Francis Cromarty, qui commençait à s'échauffer.

— Sans doute, répondit le conducteur, mais les voyageurs savent bien qu'ils doivent se faire transporter de Kholby jusqu'à Allahabad. »

Sir Francis Cromarty était furieux. Passepartout

eût volontiers assommé le conducteur, qui n'en
pouvait mais. Il n'osait regarder son maître.

« Sir Francis, dit simplement Mr. Fogg, nous
allons, si vous le voulez bien, aviser au moyen de
gagner Allahabad

— Monsieur Fogg, il s'agit ici d'un retard absolument préjudiciable à vos intérêts ?

— Non, Sir Francis, cela était prévu.

— Quoi ! vous saviez que la voie...

— En aucune façon, mais je savais qu'un obstacle
quelconque surgirait tôt ou tard sur ma route. Or,
rien n'est compromis. J'ai deux jours d'avance à
sacrifier. Il y a un steamer qui part de Calcutta
pour Hong-Kong le 25 à midi. Nous ne sommes
qu'au 22, et nous arriverons à temps à Calcutta. »

Il n'y avait rien à dire à une réponse faite avec
une si complète assurance.

Il n'était que trop vrai que les travaux du chemin
de fer s'arrêtaient à ce point. Les journaux sont
comme certaines montres qui ont la manie d'avancer,
et ils avaient prématurément annoncé l'achèvement
de la ligne. La plupart des voyageurs connaissaient
cette interruption de la voie, et, en descendant du
train, ils s'étaient emparés des véhicules de toutes
sortes que possédait la bourgade, palkigharis à quatre
roues, charrettes traînées par des zébus, sortes de bœufs
à bosses, chars de voyage ressemblant à des pagodes
ambulantes, palanquins, poneys, etc. Aussi Mr. Fogg
et Sir Francis Cromarty, après avoir cherché dans
toute la bourgade, revinrent-ils sans avoir rien trouvé.

« J'irai à pied », dit Phileas Fogg.

Passepartout qui rejoignait alors son maître, fit
une grimace significative, en considérant ses magnifiques mais insuffisantes babouches. Fort heureu-

sement, il avait été de son côté à la découverte, et en hésitant un peu :

« Monsieur, dit-il, je crois que j'ai trouvé un moyen de transport.

— Lequel ?

— Un éléphant ! Un éléphant qui appartient à un Indien logé à cent pas d'ici.

— Allons voir l'éléphant », répondit Mr. Fogg.

Cinq minutes plus tard, Phileas Fogg, Sir Francis Cromarty et Passepartout arrivaient près d'une hutte qui attenait à un enclos fermé de hautes palissades. Dans la hutte, il y avait un Indien, et dans l'enclos, un éléphant. Sur leur demande, l'Indien introduisit Mr. Fogg et ses deux compagnons dans l'enclos.

Là, ils se trouvèrent en présence d'un animal, à demi domestiqué, que son propriétaire élevait non pour en faire une bête de somme, mais une bête de combat. Dans ce but, il avait commencé à modifier le caractère naturellement doux de l'animal, de façon à le conduire graduellement à ce paroxysme de rage appelé « mutsh » dans la langue indoue, et cela, en le nourrissant pendant trois mois de sucre et de beurre. Ce traitement peut paraître impropre à donner un tel résultat, mais il n'en est pas moins employé avec succès par les éleveurs. Très heureusement pour Mr. Fogg, l'éléphant en question venait à peine d'être mis à ce régime, et le « mutsh » ne s'était point encore déclaré.

Kiouni — c'était le nom de la bête — pouvait, comme tous ses congénères, fournir pendant longtemps une marche rapide, et, à défaut d'autre monture, Phileas Fogg résolut de l'employer.

Mais les éléphants sont chers dans l'Inde, où ils

Là, ils se trouvèrent en présence d'un animal... (Page 80.)

commencent à devenir rares. Les mâles, qui seuls
conviennent aux luttes des cirques, sont extrêmement
recherchés. Ces animaux ne se reproduisent que
rarement, quand ils sont réduits à l'état de domesti-
cité, de telle sorte qu'on ne peut s'en procurer que
par la chasse. Aussi sont-ils l'objet de soins extrêmes,
et lorsque Mr. Fogg demanda à l'Indien s'il voulait
lui louer son éléphant, l'Indien refusa net.

Fogg insista et offrit de la bête un prix excessif,
dix livres (250 F) l'heure. Refus. Vingt livres ? Refus
encore. Quarante livres ? Refus toujours. Passepartout
bondissait à chaque surenchère. Mais l'Indien ne
se laissait pas tenter.

La somme était belle, cependant. En admettant
que l'éléphant employât quinze heures à se rendre à
Allahabad, c'était six cents livres (15 000 F) qu'il
rapporterait à son propriétaire.

Phileas Fogg, sans s'animer en aucune façon,
proposa alors à l'Indien de lui acheter sa bête et
lui en offrit tout d'abord mille livres (25 000 F).

L'Indien ne voulait pas vendre ! Peut-être le drôle
flairait-il une magnifique affaire.

Sir Francis Cromarty prit Mr. Fogg à part et
l'engagea à réfléchir avant d'aller plus loin. Phileas
Fogg répondit à son compagnon qu'il n'avait pas
l'habitude d'agir sans réflexion, qu'il s'agissait en
fin de compte d'un pari de vingt mille livres, que
cet éléphant lui était nécessaire, et que, dût-il le
payer vingt fois sa valeur, il aurait cet éléphant.

Mr. Fogg revint trouver l'Indien, dont les petits
yeux, allumés par la convoitise, laissaient bien voir
que pour lui ce n'était qu'une question de prix.
Phileas Fogg offrit successivement douze cents livres,
puis quinze cents, puis dix-huit cents, enfin deux

mille (50 000 F). Passepartout, si rouge d'ordinaire, était pâle d'émotion.

A deux mille livres, l'Indien se rendit.

« Par mes babouches, s'écria Passepartout, voilà qui met à un beau prix la viande d'éléphant ! »

L'affaire conclue, il ne s'agissait plus que de trouver un guide. Ce fut plus facile. Un jeune Parsi, à la figure intelligente, offrit ses services. Mr. Fogg accepta et lui promit une forte rémunération, qui ne pouvait que doubler son intelligence.

L'éléphant fut amené et équipé sans retard. Le Parsi connaissait parfaitement le métier de « mahout » ou cornac. Il couvrit d'une sorte de housse le dos de l'éléphant et disposa, de chaque côté sur ses flancs, deux espèces de cacolets assez peu confortables.

Phileas Fogg paya l'Indien en bank-notes qui furent extraites du fameux sac. Il semblait vraiment qu'on les tirât des entrailles de Passepartout. Puis Mr. Fogg offrit à Sir Francis Cromarty de le transporter à la station d'Allahabad. Le brigadier général accepta. Un voyageur de plus n'était pas pour fatiguer le gigantesque animal.

Des vivres furent achetées à Kholby. Sir Francis Cromarty prit place dans l'un des cacolets, Phileas Fogg dans l'autre. Passepartout se mit à califourchon sur la housse entre son maître et le brigadier général. Le Parsi se jucha sur le cou de l'éléphant, et à neuf heures l'animal, quittant la bourgade, s'enfonçait par le plus court dans l'épaisse forêt de lataniers.

XII

LE guide, afin d'abréger la distance à parcourir, laissa sur sa droite le tracé de la voie dont les travaux étaient en cours d'exécution. Ce tracé, très contrarié par les capricieuses ramifications des monts Vindhias, ne suivait pas le plus court chemin, que Phileas Fogg avait intérêt à prendre. Le Parsi, très familiarisé avec les routes et sentiers du pays, prétendait gagner une vingtaine de milles en coupant à travers la forêt, et on s'en rapporta à lui.

Phileas Fogg et Sir Francis Cromarty, enfouis jusqu'au cou dans leurs cacolets, étaient fort secoués par le trot raide de l'éléphant, auquel son mahout imprimait une allure rapide. Mais ils enduraient la situation avec le flegme le plus britannique, causant peu d'ailleurs, et se voyant à peine l'un l'autre.

Quant à Passepartout, posté sur le dos de la bête et directement soumis aux coups et aux contrecoups, il se gardait bien, sur une recommandation de son maître, de tenir sa langue entre ses dents, car elle eût été coupée net. Le brave garçon, tantôt lancé sur le cou de l'éléphant, tantôt rejeté sur la croupe, faisait de la voltige, comme un clown sur un tremplin. Mais il plaisantait, il riait au milieu de ses sauts de carpe, et, de temps en temps, il tirait de son sac un morceau de sucre, que l'intelligent Kiouni

Il riait au milieu de ses sauts de carpe. (Page 84.)

prenait du bout de sa trompe, sans interrompre un instant son trot régulier.

Après deux heures de marche, le guide arrêta l'éléphant et lui donna une heure de repos. L'animal dévora des branchages et des arbrisseaux, après s'être d'abord désaltéré à une mare voisine. Sir Francis Cromarty ne se plaignit pas de cette halte. Il était brisé. Mr. Fogg paraissait être aussi dispos que s'il fût sorti de son lit.

« Mais il est donc de fer! dit le brigadier général en le regardant avec admiration.

— De fer forgé », répondit Passepartout, qui s'occupa de préparer un déjeuner sommaire.

A midi, le guide donna le signal du départ. Le pays prit bientôt un aspect très sauvage. Aux grandes forêts succédèrent des taillis de tamarins et de palmiers nains, puis de vastes plaines arides, hérissées de maigres arbrisseaux et semées de gros blocs de syénites. Toute cette partie du haut Bundelkund, peu fréquentée des voyageurs, est habitée par une population fanatique, endurcie dans les pratiques les plus terribles de la religion indoue. La domination des Anglais n'a pu s'établir régulièrement sur un territoire soumis à l'influence des rajahs, qu'il eût été difficile d'atteindre dans leurs inaccessibles retraites des Vindhias.

Plusieurs fois, on aperçut des bandes d'Indiens farouches, qui faisaient un geste de colère en voyant passer le rapide quadrupède. D'ailleurs, le Parsi les évitait autant que possible, les tenant pour des gens de mauvaise rencontre. On vit peu d'animaux pendant cette journée, à peine quelques singes, qui fuyaient avec mille contorsions et grimaces dont s'amusait fort Passepartout.

Une pensée au milieu de bien d'autres inquiétait ce garçon. Qu'est-ce que Mr. Fogg ferait de l'éléphant, quand il serait arrivé à la station d'Allahabad? L'emmènerait-il? Impossible! Le prix du transport ajouté au prix d'acquisition en ferait un animal ruineux. Le vendrait-on, le rendrait-on à la liberté? Cette estimable bête méritait bien qu'on eût des égards pour elle. Si, par hasard, Mr. Fogg lui en faisait cadeau, à lui, Passepartout, il en serait très embarrassé. Cela ne laissait pas de le préoccuper.

A huit heures du soir, la principale chaîne des Vindhias avait été franchie, et les voyageurs firent halte au pied du versant septentrional, dans un bungalow en ruine.

La distance parcourue pendant cette journée était d'environ vingt-cinq milles, et il en restait autant à faire pour atteindre la station d'Allahabad.

La nuit était froide. A l'intérieur du bungalow, le Parsi alluma un feu de branches sèches, dont la chaleur fut très appréciée. Le souper se composa des provisions achetées à Kholby. Les voyageurs mangèrent en gens harassés et moulus. La conversation, qui commença par quelques phrases entrecoupées, se termina bientôt par des ronflements sonores. Le guide veilla près de Kiouni, qui s'endormit debout, appuyé au tronc d'un gros arbre.

Nul incident ne signala cette nuit. Quelques rugissements de guépards et de panthères troublèrent parfois le silence, mêlés à des ricanements aigus de singes. Mais les carnassiers s'en tinrent à des cris et ne firent aucune démonstration hostile contre les hôtes du bungalow. Sir Francis Cromarty dormit lourdement comme un brave militaire rompu de fatigues. Passepartout, dans un sommeil agité,

recommença en rêve les culbutes de la veille. Quant
à Mr. Fogg, il reposa aussi paisiblement que s'il eût
été dans sa tranquille maison de Saville-row.

A six heures du matin, on se remit en marche.
Le guide espérait arriver à la station d'Allahabad
le soir même. De cette façon, Mr. Fogg ne perdrait
qu'une partie des quarante-huit heures économisées
depuis le commencement du voyage.

On descendit les dernières rampes des Vindhias.
Kiouni avait repris son allure rapide. Vers midi,
le guide tourna la bourgade de Kallenger, située
sur le Cani, un des sous-affluents du Gange. Il évitait
toujours les lieux habités, se sentant plus en sûreté
dans ces campagnes désertes, qui marquent les premières dépressions du bassin du grand fleuve. La
station d'Allahabad n'était pas à douze milles dans
le nord-est. On fit halte sous un bouquet de bananiers,
dont les fruits, aussi sains que le pain, « aussi succu-
lents que la crème », disent les voyageurs, furent
extrêmement appréciés.

A deux heures, le guide entra sous le couvert d'une
épaisse forêt, qu'il devait traverser sur un espace de
plusieurs milles. Il préférait voyager ainsi à l'abri des
bois. En tout cas, il n'avait fait jusqu'alors aucune
rencontre fâcheuse, et le voyage semblait devoir
s'accomplir sans accident, quand l'éléphant, donnant
quelques signes d'inquiétude, s'arrêta soudain.

Il était quatre heures alors.

« Qu'y a-t-il ? demanda Sir Francis Cromarty,
qui releva la tête au-dessus de son cacolet.

— Je ne sais, mon officier », répondit le Parsi,
en prêtant l'oreille à un murmure confus qui passait
sous l'épaisse ramure.

Quelques instants après, ce murmure devint plus

définissable. On eût dit un concert, encore fort
éloigné, de voix humaines et d'instruments de cuivre.

Passepartout était tout yeux, tout oreilles. Mr. Fogg
attendait patiemment, sans prononcer une parole.

Le Parsi sauta à terre, attacha l'éléphant à un
arbre et s'enfonça au plus épais du taillis. Quelques
minutes plus tard, il revint, disant :

« Une procession de brahmanes qui se dirige de
ce côté. S'il est possible, évitons d'être vus. »

Le guide détacha l'éléphant et le conduisit dans
un fourré, en recommandant aux voyageurs de ne
point mettre pied à terre. Lui-même se tint prêt
à enfourcher rapidement sa monture, si la fuite
devenait nécessaire. Mais il pensa que la troupe
des fidèles passerait sans l'apercevoir, car l'épaisseur
du feuillage le dissimulait entièrement.

Le bruit discordant des voix et des instruments
se rapprochait. Des chants monotones se mêlaient
au son des tambours et des cymbales. Bientôt la tête de
la procession apparut sous les arbres, à une cinquantaine de pas du poste occupé par Mr. Fogg et ses compagnons. Ils distinguaient aisément à travers les branches le curieux personnel de cette cérémonie religieuse.

En première ligne s'avançaient des prêtres, coiffés
de mitres et vêtus de longues robes chamarrées.
Ils étaient entourés d'hommes, de femmes, d'enfants,
qui faisaient entendre une sorte de psalmodie funèbre,
interrompue à intervalles égaux par des coups de
tam-tams et de cymbales. Derrière eux, sur un char
aux larges roues dont les rayons et la jante figuraient
un entrelacement de serpents, apparut une statue
hideuse, traînée par deux couples de zébus richement caparaçonnés. Cette statue avait quatre bras;
le corps colorié d'un rouge sombre, les yeux hagards,

les cheveux emmêlés, la langue pendante, les lèvres teintes de henné et de bétel. A son cou s'enroulait un collier de têtes de mort, à ses flancs une ceinture de mains coupées. Elle se tenait debout sur un géant terrassé auquel le chef manquait.

Sir Francis Cromarty reconnut cette statue.

« La déesse Kâli, murmura-t-il, la déesse de l'amour et de la mort.

— De la mort, j'y consens, mais de l'amour, jamais! dit Passepartout. La vilaine bonne femme! »

Le Parsi lui fit signe de se taire.

Autour de la statue s'agitait, se démenait, se convulsionnait un groupe de vieux fakirs, zébrés de bandes d'ocre, couverts d'incisions cruciales qui laissaient échapper leur sang goutte à goutte, énergumènes stupides qui, dans les grandes cérémonies indoues, se précipitent encore sous les roues du char de Jaggernaut.

Derrière eux, quelques brahmanes, dans toute la somptuosité de leur costume oriental, traînaient une femme qui se soutenait à peine.

Cette femme était jeune, blanche comme une Européenne. Sa tête, son cou, ses épaules, ses oreilles, ses bras, ses mains, ses orteils étaient surchargés de bijoux, colliers, bracelets, boucles et bagues. Une tunique lamée d'or, recouverte d'une mousseline légère, dessinait les contours de sa taille.

Derrière cette jeune femme — contraste violent pour les yeux —, des gardes armés de sabres nus passés à leur ceinture et de longs pistolets damasquinés, portaient un cadavre sur un palanquin.

C'était le corps d'un vieillard, revêtu de ses opulents habits de rajah, ayant, comme en sa vie, le turban brodé de perles, la robe tissue de soie et d'or, la ceinture de cachemire diamanté, et ses magnifiques armes de prince indien.

Puis des musiciens et une arrière-garde de fana-tiques, dont les cris couvraient parfois l'assourdissant fracas des instruments, fermaient le cortège.

Sir Francis Cromarty regardait toute cette pompe d'un air singulièrement attristé, et se tournant vers le guide :

« Un sutty! » dit-il.

Le Parsi fit un signe affirmatif et mit un doigt sur ses lèvres. La longue procession se déroula lentement sous les arbres, et bientôt ses derniers rangs disparurent dans la profondeur de la forêt.

Peu à peu, les chants s'éteignirent. Il y eut encore quelques éclats de cris lointains, et enfin à tout ce tumulte succéda un profond silence.

Phileas Fogg avait entendu ce mot, prononcé par Sir Francis Cromarty, et aussitôt que la procession eut disparu :

« Qu'est-ce qu'un sutty? demanda-t-il.

— Un sutty, monsieur Fogg, répondit le brigadier général, c'est un sacrifice humain, mais un sacrifice volontaire. Cette femme que vous venez de voir sera brûlée demain aux premières heures du jour.

— Ah! les gueux! s'écria Passepartout, qui ne put retenir ce cri d'indignation.

— Et ce cadavre? demanda Mr. Fogg.

— C'est celui du prince, son mari répondit le guide, un rajah indépendant du Bundelkund.

— Comment! reprit Phileas Fogg, sans que sa voix trahît la moindre émotion, ces barbares cou-tumes subsistent encore dans l'Inde, et les Anglais n'ont pu les détruire?

— Dans la plus grande partie de l'Inde, répondit

Sir Francis Cromarty, ces sacrifices ne s'accomplissent plus, mais nous n'avons aucune influence sur ces contrées sauvages, et principalement sur ce territoire du Bundelkund. Tout le revers septentrional des Vindhias est le théâtre de meurtres et de pillages incessants.

— La malheureuse! murmurait Passepartout, brûlée vive!

— Oui, reprit le brigadier général, brûlée, et si elle ne l'était pas, vous ne sauriez croire à quelle misérable condition elle se verrait réduite par ses proches. On lui raserait les cheveux, on la nourrirait à peine de quelques poignées de riz, on la repousserait, elle serait considérée comme une créature immonde et mourrait dans quelque coin comme un chien galeux. Aussi la perspective de cette affreuse existence pousse-t-elle souvent ces malheureuses au supplice, bien plus que l'amour ou le fanatisme religieux. Quelquefois, cependant, le sacrifice est réellement volontaire, et il faut l'intervention énergique du gouvernement pour l'empêcher. Ainsi, il y a quelques années, je résidais à Bombay, quand une jeune veuve vint demander au gouverneur l'autorisation de se brûler avec le corps de son mari. Comme vous le pensez bien, le gouverneur refusa. Alors la veuve quitta la ville, se réfugia chez un rajah indépendant, et là elle consomma son sacrifice. »

Pendant le récit du brigadier général, le guide secouait la tête, et, quand le récit fut achevé :

« Le sacrifice qui aura lieu demain au lever du jour n'est pas volontaire, dit-il.

— Comment le savez-vous?

— C'est une histoire que tout le monde connaît dans le Bundelkund, répondit le guide.

— Cependant cette infortunée ne paraissait faire

...Cette infortunée ne paraissait faire aucune résistance. (Page 92.)

aucune résistance, fit observer Sir Francis Cromarty.

— Cela tient à ce qu'on l'a enivrée de la fumée du chanvre et de l'opium.

— Mais où la conduit-on?

— A la pagode de Pillaji, à deux milles d'ici. Là, elle passera la nuit en attendant l'heure du sacrifice.

— Et ce sacrifice aura lieu?...

— Demain, dès la première apparition du jour. »

Après cette réponse, le guide fit sortir l'éléphant de l'épais fourré et se hissa sur le cou de l'animal. Mais au moment où il allait l'exciter par un sifflement particulier, Mr. Fogg l'arrêta, et, s'adressant à Sir Francis Cromarty :

« Si nous sauvions cette femme? dit-il.

— Sauver cette femme, monsieur Fogg!... s'écria le brigadier général.

— J'ai encore douze heures d'avance. Je puis les consacrer à cela.

— Tiens! Mais vous êtes un homme de cœur! dit Sir Francis Cromarty.

— Quelquefois, répondit simplement Phileas Fogg. Quand j'ai le temps. »

XIII

DANS LEQUEL PASSEPARTOUT PROUVE UNE FOIS DE PLUS QUE LA FORTUNE SOURIT AUX AUDACIEUX

LE dessein était hardi, hérissé de difficultés, impraticable peut-être. Mr. Fogg allait risquer sa vie, ou tout au moins sa liberté, et par conséquent la

réussite de ses projets, mais il n'hésita pas. Il trouva,
d'ailleurs, dans Sir Francis Cromarty, un auxiliaire
décidé.

Quant à Passepartout, il était prêt, on pouvait
disposer de lui. L'idée de son maître l'exaltait. Il
sentait un cœur, une âme sous cette enveloppe de
glace. Il se prenait à aimer Phileas Fogg.

Restait le guide. Quel parti prendrait-il dans
l'affaire ? Ne serait-il pas porté pour les Indous ?
A défaut de son concours, il fallait au moins s'assurer
sa neutralité.

Sir Francis Cromarty lui posa franchement la
question.

« Mon officier, répondit le guide, je suis Parsi, et
cette femme est Parsie. Disposez de moi.

— Bien, guide, répondit Mr. Fogg.

— Toutefois, sachez-le bien, reprit le Parsi, non
seulement nous risquons notre vie, mais des supplices
horribles, si nous sommes pris. Ainsi, voyez.

— C'est vu, répondit Mr. Fogg. Je pense que nous
devrons attendre la nuit pour agir ?

— Je le pense aussi », répondit le guide.

Ce brave Indou donna alors quelques détails sur
la victime. C'était une Indienne d'une beauté célèbre,
de race parsie, fille de riches négociants de Bombay.
Elle avait reçu dans cette ville une éducation absolument anglaise, et à ses manières, à son instruction,
on l'eût crue Européenne. Elle se nommait Aouda.

Orpheline, elle fut mariée malgré elle à ce vieux
rajah du Bundelkund. Trois mois après, elle devint
veuve. Sachant le sort qui l'attendait, elle s'échappa,
fut reprise aussitôt, et les parents du rajah, qui avaient
intérêt à sa mort, la vouèrent à ce supplice auquel
il ne semblait pas qu'elle pût échapper.

Ce récit ne pouvait qu'enraciner Mr. Fogg et ses compagnons dans leur généreuse résolution. Il fut décidé que le guide dirigerait l'éléphant vers la pagode de Pillaji, dont il se rapprocherait autant que possible.

Une demi-heure après, halte fut faite sous un taillis, à cinq cents pas de la pagode, que l'on ne pouvait apercevoir ; mais les hurlements des fanatiques se laissaient entendre distinctement.

Les moyens de parvenir jusqu'à la victime furent alors discutés. Le guide connaissait cette pagode de Pillaji, dans laquelle il affirmait que la jeune femme était emprisonnée. Pourrait-on y pénétrer par une des portes, quand toute la bande serait plongée dans le sommeil de l'ivresse, ou faudrait-il pratiquer un trou dans une muraille ? C'est ce qui ne pourrait être décidé qu'au moment et au lieu mêmes. Mais ce qui ne fit aucun doute, c'est que l'enlèvement devait s'opérer cette nuit même, et non quand, le jour venu, la victime serait conduite au supplice. A cet instant, aucune intervention humaine n'eût pu la sauver.

Mr. Fogg et ses compagnons attendirent la nuit. Dès que l'ombre se fit, vers six heures du soir, ils résolurent d'opérer une reconnaissance autour de la pagode. Les derniers cris des fakirs s'éteignaient alors. Suivant leur habitude, ces Indiens devaient être plongés dans l'épaisse ivresse du « hang » — opium liquide, mélangé d'une infusion de chanvre —, et il serait peut-être possible de se glisser entre eux jusqu'au temple.

Le Parsi, guidant Mr. Fogg, Sir Francis Cromarty et Passepartout, s'avança sans bruit à travers la forêt. Après dix minutes de reptation sous les ramures, ils

arrivèrent au bord d'une petite rivière, et là, à la
lueur de torches de fer à la pointe desquelles brû-
laient des résines, ils aperçurent un monceau de
bois empilé. C'était le bûcher, fait de précieux santal,
et déjà imprégné d'une huile parfumée. A sa partie
supérieure reposait le corps embaumé du rajah,
qui devait être brûlé en même temps que sa veuve.
A cent pas de ce bûcher s'élevait la pagode, dont les
minarets perçaient dans l'ombre la cime des
arbres.

« Venez! » dit le guide à voix basse.

Et, redoublant de précaution, suivi de ses compagnons, il se glissa silencieusement à travers les grandes
herbes.

Le silence n'était plus interrompu que par le
murmure du vent dans les branches.

Bientôt le guide s'arrêta à l'extrémité d'une clairière. Quelques résines éclairaient la place. Le sol
était jonché de groupes de dormeurs, appesantis
par l'ivresse. On eût dit un champ de bataille couvert
de morts. Hommes, femmes, enfants, tout était
confondu. Quelques ivrognes râlaient encore çà
et là.

A l'arrière-plan, entre la masse des arbres, le temple
de Pillaji se dressait confusément. Mais au grand
désappointement du guide, les gardes des rajahs,
éclairés par des torches fuligineuses, veillaient aux
portes et se promenaient, le sabre nu. On pouvait
supposer qu'à l'intérieur les prêtres veillaient
aussi.

Le Parsi ne s'avança pas plus loin. Il avait reconnu
l'impossibilité de forcer l'entrée du temple, et il
ramena ses compagnons en arrière.

Phileas Fogg et Sir Francis Cromarty avaient

Les gardes des rajahs, éclairés par des torches... (Page 97.)

compris comme lui qu'ils ne pouvaient rien tenter de ce côté.

Ils s'arrêtèrent et s'entretinrent à voix basse.

« Attendons, dit le brigadier général, il n'est que huit heures encore, et il est possible que ces gardes succombent aussi au sommeil.

— Cela est possible, en effet », répondit le Parsi.

Phileas Fogg et ses compagnons s'étendirent donc au pied d'un arbre et attendirent.

Le temps leur parut long! Le guide les quittait parfois et allait observer la lisière du bois. Les gardes du rajah veillaient toujours à la lueur des torches, et une vague lumière filtrait à travers les fenêtres de la pagode.

On attendit ainsi jusqu'à minuit. La situation ne changea pas. Même surveillance au-dehors. Il était évident qu'on ne pouvait compter sur l'assoupissement des gardes. L'ivresse du « hang » leur avait été probablement épargnée. Il fallait donc agir autrement et pénétrer par une ouverture pratiquée aux murailles de la pagode. Restait la question de savoir si les prêtres veillaient auprès de leur victime avec autant de soin que les soldats à la porte du temple.

Après une dernière conversation, le guide se dit prêt à partir. Mr. Fogg, Sir Francis et Passepartout le suivirent. Ils firent un détour assez long, afin d'atteindre la pagode par son chevet.

Vers minuit et demi, ils arrivèrent au pied des murs sans avoir rencontré personne. Aucune surveillance n'avait été établie de ce côté, mais il est vrai de dire que fenêtres et portes manquaient absolument.

La nuit était sombre. La lune, alors dans son dernier quartier, quittait à peine l'horizon, encombré de gros nuages. La hauteur des arbres accroissait encore l'obscurité.

Mais il ne suffisait pas d'avoir atteint le pied des murailles, il fallait encore y pratiquer une ouverture. Pour cette opération, Phileas Fogg et ses compagnons n'avaient absolument que leurs couteaux de poche. Très heureusement, les parois du temple se composaient d'un mélange de briques et de bois qui ne pouvait être difficile à percer. La première brique une fois enlevée, les autres viendraient facilement.

On se mit à la besogne, en faisant le moins de bruit possible. Le Parsi, d'un côté, Passepartout, de l'autre, travaillaient à desceller les briques, de manière à obtenir une ouverture large de deux pieds.

Le travail avançait, quand un cri se fit entendre à l'intérieur du temple, et presque aussitôt d'autres cris lui répondirent du dehors.

Passepartout et le guide interrompirent leur travail. Les avait-on surpris? L'éveil était-il donné? La plus vulgaire prudence leur commandait de s'éloigner, — ce qu'ils firent en même temps que Phileas Fogg et Sir Francis Cromarty. Ils se blottirent de nouveau sous le couvert du bois, attendant que l'alerte, si c'en était une, se fût dissipée, et prêts, dans ce cas, à reprendre leur opération.

Mais — contretemps funeste — des gardes se montrèrent au chevet de la pagode, et s'y installèrent de manière à empêcher toute approche.

Il serait difficile de décrire le désappointement de ces quatre hommes, arrêtés dans leur œuvre. Maintenant qu'ils ne pouvaient plus parvenir jusqu'à

la victime, comment la sauveraient-ils? Sir Francis
Cromarty se rongeait les poings. Passepartout était
hors de lui, et le guide avait quelque peine à le
contenir. L'impassible Fogg attendait sans manifester
ses sentiments.

« N'avons-nous plus qu'à partir? demanda le
brigadier général à voix basse.

— Nous n'avons plus qu'à partir, répondit le
guide.

— Attendez, dit Fogg. Il suffit que je sois demain
à Allahabad avant midi.

— Mais qu'espérez-vous? répondit Sir Francis
Cromarty. Dans quelques heures le jour va paraître,
et...

— La chance qui nous échappe peut se représenter
au moment suprême. »

Le brigadier général aurait voulu pouvoir lire
dans les yeux de Phileas Fogg.

Sur quoi comptait donc ce froid Anglais? Voulait-
il, au moment du supplice, se précipiter vers la jeune
femme et l'arracher ouvertement à ses bourreaux?

C'eût été une folie, et comment admettre que cet
homme fût fou à ce point? Néanmoins, Sir Francis
Cromarty consentit à attendre jusqu'au dénouement
de cette terrible scène. Toutefois, le guide ne laissa
pas ses compagnons à l'endroit où ils s'étaient réfugiés,
et il les ramena vers la partie antérieure de la clairière.
Là, abrités par un bouquet d'arbres, ils pouvaient
observer les groupes endormis.

Cependant Passepartout, juché sur les premières
branches d'un arbre, ruminait une idée qui avait
d'abord traversé son esprit comme un éclair, et qui
finit par s'incruster dans son cerveau.

Il avait commencé par se dire : « Quelle folie ! » et maintenant il répétait : « Pourquoi pas, après tout ? C'est une chance, peut-être la seule, et avec de tels abrutis !... »

En tout cas, Passepartout ne formula pas autrement sa pensée, mais il ne tarda pas à se glisser avec la souplesse d'un serpent sur les basses branches de l'arbre dont l'extrémité se courbait vers le sol.

Les heures s'écoulaient, et bientôt quelques nuances moins sombres annoncèrent l'approche du jour. Cependant l'obscurité était profonde encore.

C'était le moment. Il se fit comme une résurrection dans cette foule assoupie. Les groupes s'animèrent. Des coups de tam-tam retentirent. Chants et cris éclatèrent de nouveau. L'heure était venue à laquelle l'infortunée allait mourir.

En effet, les portes de la pagode s'ouvrirent. Une lumière plus vive s'échappa de l'intérieur. Mr. Fogg et Sir Francis Cromarty purent apercevoir la victime, vivement éclairée, que deux prêtres traînaient au-dehors. Il leur sembla même que, secouant l'engourdissement de l'ivresse par un suprême instinct de conservation, la malheureuse tentait d'échapper à ses bourreaux. Le cœur de Sir Francis Cromarty bondit, et par un mouvement convulsif, saisissant la main de Phileas Fogg, il sentit que cette main tenait un couteau ouvert.

En ce moment, la foule s'ébranla. La jeune femme était retombée dans cette torpeur provoquée par les fumées du chanvre. Elle passa à travers les fakirs, qui l'escortaient de leurs vociférations religieuses.

Phileas Fogg et ses compagnons, se mêlant aux derniers rangs de la foule, la suivirent.

Deux minutes après, ils arrivaient sur le bord de

la rivière et s'arrêtaient à moins de cinquante pas du bûcher, sur lequel était couché le corps du rajah. Dans la demi-obscurité, ils virent la victime absolument inerte, étendue auprès du cadavre de son époux.

Puis une torche fut approchée, et le bois, imprégné d'huile, s'enflamma aussitôt.

A ce moment, Sir Francis Cromarty et le guide retinrent Phileas Fogg, qui, dans un moment de folie généreuse, s'élançait vers le bûcher...

Mais Phileas Fogg les avait déjà repoussés, quand la scène changea soudain. Un cri de terreur s'éleva. Toute cette foule se précipita à terre, épouvantée.

Le vieux rajah n'était donc pas mort, qu'on le vît se redresser tout à coup, comme un fantôme, soulever la jeune femme dans ses bras, descendre du bûcher au milieu des tourbillons de vapeurs qui lui donnaient une apparence spectrale ?

Les fakirs, les gardes, les prêtres, pris d'une terreur subite, étaient là, face à terre, n'osant lever les yeux et regarder un tel prodige !

La victime inanimée passa entre les bras vigoureux qui la portaient, et sans qu'elle parût leur peser. Mr. Fogg et Sir Francis Cromarty étaient demeurés debout. Le Parsi avait courbé la tête, et Passepartout, sans doute, n'était pas moins stupéfié !...

Ce ressuscité arriva ainsi près de l'endroit où se tenaient Mr. Fogg et Sir Francis Cromarty, et là, d'une voix brève :

« Filons !... » dit-il.

C'était Passepartout lui-même qui s'était glissé vers le bûcher au milieu de la fumée épaisse ! C'était Passepartout qui, profitant de l'obscurité profonde encore, avait arraché la jeune femme à la mort !

Un cri de terreur s'éleva. (Page 103.)

C'était Passepartout qui, jouant son rôle avec un audacieux bonheur, passait au milieu de l'épouvante générale!

Un instant après, tous quatre disparaissaient dans le bois, et l'éléphant les emportait d'un trot rapide. Mais des cris, des clameurs et même une balle, perçant le chapeau de Phileas Fogg, leur apprirent que la ruse était découverte.

En effet, sur le bûcher enflammé se détachait alors le corps du vieux rajah. Les prêtres, revenus de leur frayeur, avaient compris qu'un enlèvement venait de s'accomplir.

Aussitôt ils s'étaient précipités dans la forêt. Les gardes les avaient suivis. Une décharge avait eu lieu, mais les ravisseurs fuyaient rapidement, et, en quelques instants, ils se trouvaient hors de la portée des balles et des flèches.

XIV

DANS LEQUEL PHILEAS FOGG DESCEND TOUTE L'ADMIRABLE VALLÉE DU GANGE SANS MÊME SONGER A LA VOIR

Le hardi enlèvement avait réussi. Une heure après, Passepartout riait encore de son succès. Sir Francis Cromarty avait serré la main de l'intrépide garçon. Son maître lui avait dit : « Bien », ce qui, dans la bouche de ce gentleman, équivalait à une haute approbation. A quoi Passepartout avait répondu que tout l'honneur de l'affaire appartenait à son maître. Pour lui, il n'avait eu qu'une idée « drôle », et il riait en songeant que, pendant quelques instants, lui, Passepartout, ancien gymnaste, ex-sergent de pompiers, avait été le veuf d'une charmante femme, un vieux rajah embaumé!

Quant à la jeune Indienne, elle n'avait pas eu conscience de ce qui s'était passé. Enveloppée dans les couvertures de voyage, elle reposait sur l'un des cacolets.

Cependant l'éléphant, guidé avec une extrême sûreté par le Parsi, courait rapidement dans la forêt encore obscure. Une heure après avoir quitté la pagode de Pillaji, il se lançait à travers une immense plaine. A sept heures, on fit halte. La jeune femme était toujours dans une prostration complète. Le guide lui fit boire quelques gorgées d'eau et de brandy, mais cette influence stupéfiante qui l'accablait devait se prolonger quelque temps encore.

Sir Francis Cromarty, qui connaissait les effets de l'ivresse produite par l'inhalation des vapeurs du chanvre, n'avait aucune inquiétude sur son compte.

Mais si le rétablissement de la jeune Indienne ne fit pas question dans l'esprit du brigadier général, celui-ci se montrait moins rassuré pour l'avenir. Il n'hésita pas à dire à Phileas Fogg que si Mrs. Aouda restait dans l'Inde, elle retomberait inévitablement entre les mains de ses bourreaux. Ces énergumènes se tenaient dans toute la péninsule, et certainement, malgré la police anglaise, ils sauraient reprendre leur victime, fût-ce à Madras, à Bombay, à Calcutta. Et Sir Francis Cromarty citait, à l'appui de ce dire, un fait de même nature qui s'était passé récemment. A son avis, la jeune femme ne serait véritablement en sûreté qu'après avoir quitté l'Inde.

Phileas Fogg répondit qu'il tiendrait compte de ces observations et qu'il aviserait.

Vers dix heures, le guide annonçait la station d'Allahabad. Là reprenait la voie interrompue du chemin de fer, dont les trains franchissent, en moins d'un jour et d'une nuit, la distance qui sépare Allahabad de Calcutta.

Phileas Fogg devait donc arriver à temps pour prendre un paquebot qui ne partait que le lendemain seulement, 25 octobre, à midi, pour Hong-Kong.

La jeune femme fut déposée dans une chambre de la gare. Passepartout fut chargé d'aller acheter pour elle divers objets de toilette, robe, châle, fourrures, etc., ce qu'il trouverait. Son maître lui ouvrait un crédit illimité.

Passepartout partit aussitôt et courut les rues de la ville. Allahabad, c'est la cité de Dieu, l'une des plus vénérées de l'Inde, en raison de ce qu'elle est bâtie au confluent de deux fleuves sacrés, le Gange et la Jumna, dont les eaux attirent les pèlerins de toute la péninsule. On sait d'ailleurs que, suivant les légendes du Ramayana, le Gange prend sa source dans le ciel, d'où, grâce à Brahma, il descend sur la terre.

Tout en faisant ses emplettes, Passepartout eut bientôt vu la ville, autrefois défendue par un fort magnifique qui est devenu une prison d'État. Plus de commerce, plus d'industrie dans cette cité, jadis industrielle et commerçante. Passepartout, qui cherchait vainement un magasin de nouveautés, comme s'il eût été dans Regent-street à quelques pas de Farmer et Co., ne trouva que chez un revendeur, vieux juif difficultueux, les objets dont il avait besoin, une robe en étoffe écossaise, un vaste manteau, et

une magnifique pelisse en peau de loutre qu'il
n'hésita pas à payer soixante-quinze livres (1 875 F).
Puis, tout triomphant, il retourna à la gare.

Mrs. Aouda commençait à revenir à elle. Cette
influence à laquelle les prêtres de Pillaji l'avaient
soumise se dissipait peu à peu, et ses beaux yeux
reprenaient toute leur douceur indienne.

Lorsque le roi-poète, Uçaf Uddaul, célèbre les
charmes de la reine d'Ahméhnagara, il s'exprime
ainsi :

« Sa luisante chevelure, régulièrement divisée
en deux parts, encadre les contours harmonieux de
ses joues délicates et blanches, brillantes de poli et
de fraîcheur. Ses sourcils d'ébène ont la forme et la
puissance de l'arc de Kama, dieu d'amour, et sous
ses longs cils soyeux, dans la pupille noire de ses
grands yeux limpides, nagent comme dans les lacs
sacrés de l'Himalaya les reflets les plus purs de la
lumière céleste. Fines, égales et blanches, ses dents
resplendissent entre ses lèvres souriantes, comme
des gouttes de rosée dans le sein mi-clos d'une fleur
de grenadier. Ses oreilles mignonnes aux courbes
symétriques, ses mains vermeilles, ses petits pieds
bombés et tendres comme les bourgeons du lotus,
brillent de l'éclat des plus belles perles de Ceylan,
des plus beaux diamants de Golconde. Sa mince
et souple ceinture, qu'une main suffit à enserrer,
rehausse l'élégante cambrure de ses reins arrondis
et la richesse de son buste où la jeunesse en fleur
étale ses plus parfaits trésors, et, sous les plis soyeux
de sa tunique, elle semble avoir été modelée en
argent pur de la main divine de Vicvacarma, l'éter-
nel statuaire. »

Mais, sans toute cette amplification, il suffit de

dire que Mrs. Aouda, la veuve du rajah du Bundelkund, était une charmante femme dans toute l'accep-
tion européenne du mot. Elle parlait l'anglais avec
une grande pureté, et le guide n'avait point exagéré
en affirmant que cette jeune Parsie avait été trans-
formée par l'éducation.

Cependant le train allait quitter la station d'Allahabad. Le Parsi attendait. Mr. Fogg lui régla son
salaire au prix convenu, sans le dépasser d'un farthing.
Ceci étonna un peu Passepartout, qui savait tout
ce que son maître devait au dévouement du guide.
Le Parsi avait, en effet, risqué volontairement sa vie
dans l'affaire de Pillaji, et si, plus tard, les Indous
l'apprenaient, il échapperait difficilement à leur
vengeance.

Restait aussi la question de Kiouni. Que ferait-on
d'un éléphant acheté si cher?

Mais Phileas Fogg avait déjà pris une résolution
à cet égard.

« Parsi, dit-il au guide, tu as été serviable et dévoué.
J'ai payé ton service, mais non ton dévouement.
Veux-tu cet éléphant? Il est à toi. »

Les yeux du guide brillèrent.

« C'est une fortune que Votre Honneur me donne!
s'écria-t-il.

— Accepte, guide, répondit Mr. Fogg, et c'est
moi qui serai encore ton débiteur.

— A la bonne heure! s'écria Passepartout. Prends,
ami! Kiouni est un brave et courageux animal! »

Et, allant à la bête, il lui présenta quelques morceaux de sucre, disant :

« Tiens, Kiouni, tiens, tiens! »

L'éléphant fit entendre quelques grognements
de satisfaction. Puis, prenant Passepartout par la

ceinture et l'enroulant de sa trompe, il l'enleva jusqu'à la hauteur de sa tête. Passepartout, nullement effrayé, fit une bonne caresse à l'animal, qui le replaça doucement à terre, et, à la poignée de trompe de l'honnête Kiouni, répondit une vigoureuse poignée de main de l'honnête garçon.

Quelques instants après, Phileas Fogg, Sir Francis Cromarty et Passepartout, installés dans un confortable wagon dont Mrs. Aouda occupait la meilleure place, couraient à toute vapeur vers Bénarès.

Quatre-vingts milles au plus séparent cette ville d'Allahabad, et ils furent franchis en deux heures.

Pendant ce trajet, la jeune femme revint complètement à elle; les vapeurs assoupissantes du hang se dissipèrent.

Quel fut son étonnement de se trouver sur le railway, dans ce compartiment, recouverte de vêtements européens, au milieu de voyageurs qui lui étaient absolument inconnus!

Tout d'abord, ses compagnons lui prodiguèrent leurs soins et la ranimèrent avec quelques gouttes de liqueur; puis le brigadier général lui raconta son histoire. Il insista sur le dévouement de Phileas Fogg, qui n'avait pas hésité à jouer sa vie pour la sauver, et sur le dénouement de l'aventure, dû à l'audacieuse imagination de Passepartout.

Mr. Fogg laissa dire sans prononcer une parole. Passepartout, tout honteux, répétait que « ça n'en valait pas la peine »!

Mrs. Aouda remercia ses sauveurs avec effusion, par ses larmes plus que par ses paroles. Ses beaux yeux, mieux que ses lèvres, furent les interprètes de sa reconnaissance. Puis, sa pensée la reportant aux scènes du sutty, ses regards revoyant cette terre

Passepartout, nullement effrayé... (Page 110.)

indienne où tant de dangers l'attendaient encore, elle fut prise d'un frisson de terreur.

Phileas Fogg comprit ce qui se passait dans l'esprit de Mrs. Aouda, et, pour la rassurer, il lui offrit, très froidement d'ailleurs, de la conduire à Hong-Kong, où elle demeurerait jusqu'à ce que cette affaire fût assoupie.

Mrs. Aouda accepta l'offre avec reconnaissance. Précisément, à Hong-Kong, résidait un de ses parents, Parsi comme elle, et l'un des principaux négociants de cette ville, qui est absolument anglaise, tout en occupant un point de la côte chinoise.

A midi et demi, le train s'arrêtait à la station de Bénarès. Les légendes brahmaniques affirment que cette ville occupe l'emplacement de l'ancienne Casi, qui était autrefois suspendue dans l'espace, entre le zénith et le nadir, comme la tombe de Mahomet. Mais, à cette époque plus réaliste, Bénarès, l'Athènes de l'Inde au dire des orientalistes, reposait tout prosaïquement sur le sol, et Passepartout put un instant entrevoir ses maisons de briques, ses huttes en clayonnage, qui lui donnaient un aspect absolument désolé, sans aucune couleur locale.

C'était là que devait s'arrêter Sir Francis Cromarty. Les troupes qu'il rejoignait campaient à quelques milles au nord de la ville. Le brigadier général fit donc ses adieux à Phileas Fogg, lui souhaitant tout le succès possible, et exprimant le vœu qu'il recommençât ce voyage d'une façon moins originale, mais plus profitable. Mr. Fogg pressa légèrement les doigts de son compagnon. Les compliments de Mrs. Aouda furent plus affectueux. Jamais elle n'oublierait ce qu'elle devait à Sir Francis Cromarty. Quant à Passepartout, il fut honoré d'une vraie

poignée de main de la part du brigadier général.
Tout ému, il se demanda où et quand il pourrait
bien se dévouer pour lui. Puis on se sépara.

A partir de Bénarès, la voie ferrée suivait en partie
la vallée du Gange. A travers les vitres du wagon,
par un temps assez clair, apparaissait le paysage
varié du Béhar, puis des montagnes couvertes de
verdure, des champs d'orge, de maïs et de froment,
des rios et des étangs peuplés d'alligators verdâtres,
des villages bien entretenus, des forêts encore ver-
doyantes. Quelques éléphants, des zébus à grosse
bosse venaient se baigner dans les eaux du fleuve
sacré, et aussi, malgré la saison avancée et la température déjà froide, des bandes d'Indous des deux
sexes, qui accomplissaient pieusement leurs saintes
ablutions. Ces fidèles, ennemis acharnés du bouddhisme, sont sectateurs fervents de la religion brahmanique, qui s'incarne en ces trois personnes : Whisnou,
la divinité solaire, Shiva, la personnification divine
des forces naturelles, et Brahma, le maître suprême
des prêtres et des législateurs. Mais de quel œil
Brahma, Shiva et Whisnou devaient-ils considérer
cette Inde, maintenant « britannisée », lorsque quelque steam-boat passait en hennissant et troublait
les eaux consacrées du Gange, effarouchant les
mouettes qui volaient à sa surface, les tortues qui
pullulaient sur ses bords, et les dévots étendus au
long de ses rives !

Tout ce panorama défila comme un éclair, et
souvent un nuage de vapeur blanche en cacha
les détails. A peine les voyageurs purent-ils
entrevoir le fort de Chunar, à vingt milles au sud-est
de Bénarès, ancienne forteresse des rajahs du Béhar,
Ghazepour et ses importantes fabriques d'eau de

Des bandes d'Indous des deux sexes. (Page 113.)

rose, le tombeau de Lord Cornwallis qui s'élève sur
la rive gauche du Gange, la ville fortifiée de Buxar,
Patna, grande cité industrielle et commerçante,
où se tient le principal marché d'opium de l'Inde,
Monghir, ville plus qu'européenne, anglaise comme
Manchester ou Birmingham, renommée pour ses
fonderies de fer, ses fabriques de taillanderie et
d'armes blanches, et dont les hautes cheminées
encrassaient d'une fumée noire le ciel de Brahma, —
un véritable coup de poing dans le pays du
rêve!

Puis la nuit vint et, au milieu des hurlements des
tigres, des ours, des loups qui fuyaient devant la
locomotive, le train passa à toute vitesse, et on
n'aperçut plus rien des merveilles du Bengale, ni
Golgonde, ni Gour en ruine, ni Mourshedabad, qui
fut autrefois capitale, ni Burdwan, ni Hougly, ni
Chandernagor, ce point français du territoire indien
sur lequel Passepartout eût été fier de voir flotter
le drapeau de sa patrie!

Enfin, à sept heures du matin, Calcutta était atteint.
Le paquebot, en partance pour Hong-Kong, ne levait
l'ancre qu'à midi. Phileas Fogg avait donc cinq heures
devant lui.

D'après son itinéraire, ce gentleman devait arriver
dans la capitale des Indes le 25 octobre, vingt-trois
jours après avoir quitté Londres, et il y arrivait au
jour fixé. Il n'avait donc ni retard ni avance. Malheureusement, les deux jours gagnés par lui entre Londres
et Bombay avaient été perdus, on sait comment,
dans cette traversée de la péninsule indienne, —
mais il est à supposer que Phileas Fogg ne les regrettait pas.

XV

OÙ LE SAC AUX BANK-NOTES S'ALLÈGE ENCORE DE QUELQUES MILLIERS DE LIVRES

Le train s'était arrêté en gare. Passepartout descendit le premier du wagon, et fut suivi de Mr. Fogg, qui aida sa jeune compagne à mettre pied sur le quai. Phileas Fogg comptait se rendre directement au paquebot de Hong-Kong, afin d'y installer confortablement Mrs. Aouda, qu'il ne voulait pas quitter, tant qu'elle serait en ce pays si dangereux pour elle.

Au moment où Mr. Fogg allait sortir de la gare, un policeman s'approcha de lui et dit :

« Monsieur Phileas Fogg ?

— C'est moi.

— Cet homme est votre domestique ? ajouta le policeman en désignant Passepartout.

— Oui.

— Veuillez me suivre tous les deux. »

Mr. Fogg ne fit pas un mouvement qui pût marquer en lui une surprise quelconque. Cet agent était un représentant de la loi, et, pour tout Anglais, la loi est sacrée. Passepartout, avec ses habitudes françaises, voulut raisonner, mais le policeman le toucha de sa baguette, et Phileas Fogg lui fit signe d'obéir.

« Cette jeune dame peut nous accompagner ? demanda Mr. Fogg.

— Elle le peut », répondit le policeman.

Le policeman conduisit Mr. Fogg, Mrs. Aouda

et Passepartout vers un palki-ghari, sorte de voiture à quatre roues et à quatre places, attelée de deux chevaux. On partit. Personne ne parla pendant le trajet, qui dura vingt minutes environ.

La voiture traversa d'abord la « ville noire », aux rues étroites, bordées de cahutes dans lesquelles grouillait une population cosmopolite, sale et déguenillée; puis elle passa à travers la ville européenne, égayée de maisons de briques, ombragée de cocotiers, hérissée de mâtures, que parcouraient déjà, malgré l'heure matinale, des cavaliers élégants et de magnifiques attelages.

Le palki-ghari s'arrêta devant une habitation d'apparence simple, mais qui ne devait pas être affectée aux usages domestiques. Le policeman fit descendre ses prisonniers — on pouvait vraiment leur donner ce nom —, et il les conduisit dans une chambre aux fenêtres grillées, en leur disant :

« C'est à huit heures et demie que vous comparaîtrez devant le juge Obadiah. »

Puis il se retira et ferma la porte.

« Allons! nous sommes pris! » s'écria Passepartout, en se laissant aller sur une chaise.

Mrs. Aouda, s'adressant aussitôt à Mr. Fogg, lui dit d'une voix dont elle cherchait en vain à déguiser l'émotion :

« Monsieur, il faut m'abandonner! C'est pour moi que vous êtes poursuivi! C'est pour m'avoir sauvée! »

Phileas Fogg se contenta de répondre que cela n'était pas possible. Poursuivi pour cette affaire du sutty! Inadmissible! Comment les plaignants oseraient-ils se présenter? Il y avait méprise. Mr. Fogg ajouta que, dans tous les cas, il n'abandonnerait pas la jeune femme, et qu'il la conduirait à Hong-Kong.

« Mais le bateau part à midi ! fit observer Passepartout.

— Avant midi nous serons à bord », répondit simplement l'impassible gentleman.

Cela fut affirmé si nettement, que Passepartout ne put s'empêcher de se dire à lui-même :

« Parbleu ! cela est certain ! avant midi nous serons à bord ! » Mais il n'était pas rassuré du tout.

A huit heures et demie, la porte de la chambre s'ouvrit. Le policeman reparut, et il introduisit les prisonniers dans la salle voisine. C'était une salle d'audience, et un public assez nombreux, composé d'Européens et d'indigènes, en occupait déjà le prétoire.

Mr. Fogg, Mrs. Aouda et Passepartout s'assirent sur un banc en face des sièges réservés au magistrat et au greffier.

Ce magistrat, le juge Obadiah, entra presque aussitôt, suivi du greffier. C'était un gros homme tout rond. Il décrocha une perruque pendue à un clou et s'en coiffa lestement.

« La première cause », dit-il.

Mais, portant la main à sa tête :

« Hé ! ce n'est pas ma perruque !

— En effet, monsieur Obadiah, c'est la mienne, répondit le greffier.

— Cher monsieur Oysterpuf, comment voulez-vous qu'un juge puisse rendre une bonne sentence avec la perruque d'un greffier ! »

L'échange des perruques fut fait. Pendant ces préliminaires, Passepartout bouillait d'impatience, car l'aiguille lui paraissait marcher terriblement vite sur le cadran de la grosse horloge du prétoire.

« La première cause, reprit alors le juge Obadiah.

— Phileas Fogg ? dit le greffier Oysterpuf.

« — Me voici, répondit Mr. Fogg.

— Passepartout?

— Présent! répondit Passepartout.

— Bien! dit le juge Obadiah. Voilà deux jours, accusés, que l'on vous guette à tous les trains de Bombay.

— Mais de quoi nous accuse-t-on? s'écria Passepartout, impatienté.

— Vous allez le savoir, répondit le juge.

— Monsieur, dit alors Mr. Fogg, je suis citoyen anglais, et j'ai droit...

— Vous a-t-on manqué d'égards? demanda Mr. Obadiah.

— Aucunement.

— Bien! faites entrer les plaignants. »

Sur l'ordre du juge, une porte s'ouvrit, et trois prêtres indous furent introduits par un huissier.

« C'est bien cela! murmura Passepartout, ce sont ces coquins qui voulaient brûler notre jeune dame! »

Les prêtres se tinrent debout devant le juge, et le greffier lut à haute voix une plainte en sacrilège, formulée contre le sieur Phileas Fogg et son domestique, accusés d'avoir violé un lieu consacré par la religion brahmanique.

« Vous avez entendu? demanda le juge à Phileas Fogg.

— Oui, monsieur, répondit Mr. Fogg en consultant sa montre, et j'avoue.

— Ah! vous avouez?...

— J'avoue et j'attends que ces trois prêtres avouent à leur tour ce qu'ils voulaient faire à la pagode de Pillaji. »

Les prêtres se regardèrent. Ils semblaient ne rien comprendre aux paroles de l'accusé.

« Sans doute! s'écria impétueusement Passepartout, à cette pagode de Pillaji, devant laquelle ils allaient brûler leur victime! »

Nouvelle stupéfaction des prêtres, et profond étonnement du juge Obadiah.

« Quelle victime? demanda-t-il. Brûler qui! En pleine ville de Bombay?

— Bombay? s'écria Passepartout.

— Sans doute. Il ne s'agit pas de la pagode de Pillaji, mais de la pagode de Malebar-Hill, à Bombay.

— Et comme pièce de conviction, voici les souliers du profanateur, ajouta le greffier, en posant une paire de chaussures sur son bureau.

— Mes souliers! » s'écria Passepartout, qui, surpris au dernier chef, ne put retenir cette involontaire exclamation.

On devine la confusion qui s'était opérée dans l'esprit du maître et du domestique. Cet incident de la pagode de Bombay, ils l'avaient oublié, et c'était celui-là même qui les amenait devant le magistrat de Calcutta.

En effet, l'agent Fix avait compris tout le parti qu'il pouvait tirer de cette malencontreuse affaire. Retardant son départ de douze heures, il s'était fait le conseil des prêtres de Malebar-Hill; il leur avait promis des dommages-intérêts considérables, sachant bien que le gouvernement anglais se montrait très sévère pour ce genre de délit; puis, par le train suivant, il les avait lancés sur les traces du sacrilège. Mais, par suite du temps employé à la délivrance de la jeune veuve, Fix et les Indous arrivèrent à Calcutta avant Phileas Fogg et son domestique, que les magistrats, prévenus par dépêche, devaient arrêter à leur descente du train. Que l'on juge du

« Mes souliers ! » s'écria Passepartout. (Page 120.)

désappointement de Fix, quand il apprit que Phileas
Fogg n'était point encore arrivé dans la capitale de
l'Inde. Il dut croire que son voleur, s'arrêtant à une
des stations du Peninsular-railway, s'était réfugié
dans les provinces septentrionales. Pendant vingt-
quatre heures, au milieu de mortelles inquiétudes,
Fix le guetta à la gare. Quelle fut donc sa joie quand,
ce matin même, il le vit descendre du wagon, en
compagnie, il est vrai, d'une jeune femme dont il
ne pouvait s'expliquer la présence. Aussitôt il lança
sur lui un policeman, et voilà comment Mr. Fogg,
Passepartout et la veuve du rajah du Bundelkund
furent conduits devant le juge Obadiah.

Et si Passepartout eût été moins préoccupé de
son affaire, il aurait aperçu, dans un coin du prétoire,
le détective, qui suivait le débat avec un intérêt
facile à comprendre, — car à Calcutta, comme à
Bombay, comme à Suez, le mandat d'arrestation
lui manquait encore!

Cependant le juge Obadiah avait pris acte de l'aveu
échappé à Passepartout, qui aurait donné tout ce qu'il
possédait pour reprendre ses imprudentes paroles.

« Les faits sont avoués? dit le juge.

— Avoués, répondit froidement Mr. Fogg.

— Attendu, reprit le juge, attendu que la loi
anglaise entend protéger également et rigoureusement
toutes les religions des populations de l'Inde, le délit
étant avoué par le sieur Passepartout, convaincu
d'avoir violé d'un pied sacrilège le pavé de la pagode
de Malebar-Hill, à Bombay, dans la journée du
20 octobre, condamne ledit Passepartout à quinze jours
de prison et à une amende de trois cents livres (7 500 F).

— Trois cents livres? s'écria Passepartout, qui
n'était véritablement sensible qu'à l'amende.

— Silence! fit l'huissier d'une voix glapissante.

— Et, ajouta le juge Obadiah, attendu qu'il n'est pas matériellement prouvé qu'il n'y ait pas eu connivence entre le domestique et le maître, qu'en tout cas celui-ci doit être tenu responsable des faits et gestes d'un serviteur à ses gages, retient ledit Phileas Fogg et le condamne à huit jours de prison et cent cinquante livres d'amende. Greffier, appelez une autre cause! »

Fix, dans son coin, éprouvait une indicible satisfaction. Phileas Fogg retenu huit jours à Calcutta, c'était plus qu'il n'en fallait pour donner au mandat le temps de lui arriver.

Passepartout était abasourdi. Cette condamnation ruinait son maître. Un pari de vingt mille livres perdu, et tout cela parce que, en vrai badaud, il était entré dans cette maudite pagode!

Phileas Fogg, aussi maître de lui que si cette condamnation ne l'eût pas concerné, n'avait pas même froncé le sourcil. Mais au moment où le greffier appelait une autre cause, il se leva et dit :

« J'offre caution.

— C'est votre droit », répondit le juge.

Fix se sentit froid dans le dos, mais il reprit son assurance, quand il entendit le juge, « attendu la qualité d'étrangers de Phileas Fogg et de son domestique », fixer la caution pour chacun d'eux à la somme énorme de mille livres (25 000 F).

C'était deux mille livres qu'il en coûterait à Mr. Fogg, s'il ne purgeait pas sa condamnation.

« Je paie », dit ce gentleman.

Et du sac que portait Passepartout, il retira un paquet de bank-notes qu'il déposa sur le bureau du greffier.

« Cette somme vous sera restituée à votre sortie de prison, dit le juge. En attendant, vous êtes libres sous caution.

— Venez, dit Phileas Fogg à son domestique.

— Mais, au moins, qu'ils rendent les souliers! » s'écria Passepartout avec un mouvement de rage.

On lui rendit ses souliers.

« En voilà qui coûtent cher! murmura-t-il. Plus de mille livres chacun! Sans compter qu'ils me gênent! »

Passepartout, absolument piteux, suivit Mr. Fogg, qui avait offert son bras à la jeune femme. Fix espérait encore que son voleur ne se déciderait jamais à abandonner cette somme de deux mille livres et qu'il ferait ses huit jours de prison. Il se jeta donc sur les traces de Fogg.

Mr. Fogg prit une voiture, dans laquelle Mrs. Aouda, Passepartout et lui montèrent aussitôt. Fix courut derrière la voiture, qui s'arrêta bientôt sur l'un des quais de la ville.

A un demi-mille en rade, le *Rangoon* était mouillé, son pavillon de partance hissé en tête de mât. Onze heures sonnaient. Mr. Fogg était en avance d'une heure. Fix le vit descendre de voiture et s'embarquer dans un canot avec Mrs. Aouda et son domestique. Le détective frappa la terre du pied.

« Le gueux! s'écria-t-il, il part! Deux mille livres sacrifiées! Prodigue comme un voleur! Ah! je le filerai jusqu'au bout du monde s'il le faut; mais du train dont il va, tout l'argent du vol y aura passé! »

L'inspecteur de police était fondé à faire cette réflexion. En effet, depuis qu'il avait quitté Londres, tant en frais de voyage qu'en primes, en achat d'éléphant, en cautions et en amendes, Phileas Fogg

avait déjà semé plus de cinq mille livres (125 000 F)
sur sa route, et le tant pour cent de la somme recou-
vrée, attribué aux détectives, allait diminuant toujours.

XVI

Le *Rangoon*, l'un des paquebots que la Compagnie
péninsulaire et orientale emploie au service des mers
de la Chine et du Japon, était un steamer en fer, à
hélice, jaugeant brut dix-sept cent soixante-dix
tonnes, et d'une force nominale de quatre cents
chevaux. Il égalait le *Mongolia* en vitesse, mais non
en confortable. Aussi Mrs. Aouda ne fut-elle point
aussi bien installée que l'eût désiré Phileas Fogg.
Après tout, il ne s'agissait que d'une traversée de
trois mille cinq cents milles, soit de onze à douze
jours, et la jeune femme ne se montra pas une difficile
passagère.

Pendant les premiers jours de cette traversée,
Mrs. Aouda fit plus ample connaissance avec Phileas
Fogg. En toute occasion, elle lui témoignait la plus
vive reconnaissance. Le flegmatique gentleman l'écoutait, en apparence au moins, avec la plus extrême
froideur, sans qu'une intonation, un geste décelât
en lui la plus légère émotion. Il veillait à ce que
rien ne manquât à la jeune femme. A de certaines
heures il venait régulièrement, sinon causer, du moins
l'écouter. Il accomplissait envers elle les devoirs de

Elle lui témoignait la plus vive reconnaissance. (Page 125.)

la politesse la plus stricte, mais avec la grâce et
l'imprévu d'un automate dont les mouvements
auraient été combinés pour cet usage. Mrs. Aouda
ne savait trop que penser, mais Passepartout lui
avait un peu expliqué l'excentrique personnalité
de son maître. Il lui avait appris quelle gageure
entraînait ce gentleman autour du monde. Mrs. Aouda
avait souri; mais après tout, elle lui devait la vie,
et son sauveur ne pouvait perdre à ce qu'elle le vît
à travers sa reconnaissance.

Mrs. Aouda confirma le récit que le guide indou
avait fait de sa touchante histoire. Elle était, en effet,
de cette race qui tient le premier rang parmi les
races indigènes. Plusieurs négociants parsis ont fait
de grandes fortunes aux Indes, dans le commerce
des cotons. L'un d'eux, Sir James Jejeebhoy, a été
anobli par le gouvernement anglais, et Mrs. Aouda
était parente de ce riche personnage qui habitait
Bombay. C'était même un cousin de Sir Jejeebhoy,
l'honorable Jejeeh, qu'elle comptait rejoindre à
Hong-Kong. Trouverait-elle près de lui refuge et
assistance? Elle ne pouvait l'affirmer. A quoi Mr. Fogg
répondait qu'elle n'eût pas à s'inquiéter, et que tout
s'arrangerait mathématiquement! Ce fut son mot.

La jeune femme comprenait-elle cet horrible
adverbe? On ne sait. Toutefois, ses grands yeux se
fixaient sur ceux de Mr. Fogg, ses grands yeux
« limpides comme les lacs sacrés de l'Himalaya »!
Mais l'intraitable Fogg, aussi boutonné que jamais,
ne semblait point homme à se jeter dans ce lac.

Cette première partie de la traversée du *Rangoon*
s'accomplit dans des conditions excellentes. Le temps
était maniable. Toute cette portion de l'immense
baie que les marins appellent « les brasses du Bengale »

se montra favorable à la marche du paquebot. Le *Rangoon* eut bientôt connaissance du Grand-Andaman, la principale du groupe, que sa pittoresque montagne de Saddle-Peak, haute de deux mille quatre cents pieds, signale de fort loin aux navigateurs.

La côte fut prolongée d'assez près. Les sauvages Papouas de l'île ne se montrèrent point. Ce sont des êtres placés au dernier degré de l'échelle humaine, mais dont on fait à tort des anthropophages.

Le développement panoramique de ces îles était superbe. D'immenses forêts de lataniers, d'arecs, de bambousiers, de muscadiers, de tecks, de gigantesques mimosées, de fougères arborescentes, couvraient le pays en premier plan, et en arrière se profilait l'élégante silhouette des montagnes. Sur la côte pullulaient par milliers ces précieuses salanganes, dont les nids comestibles forment un mets recherché dans le Céleste Empire. Mais tout ce spectacle varié, offert aux regards par le groupe des Andaman, passa vite, et le *Rangoon* s'achemina rapidement vers le détroit de Malacca, qui devait lui donner accès dans les mers de la Chine.

Que faisait pendant cette traversée l'inspecteur Fix, si malencontreusement entraîné dans un voyage de circumnavigation? Au départ de Calcutta, après avoir laissé des instructions pour que le mandat, s'il arrivait enfin, lui fût adressé à Hong-Kong, il avait pu s'embarquer à bord du *Rangoon* sans avoir été aperçu de Passepartout, et il espérait bien dissimuler sa présence jusqu'à l'arrivée du paquebot. En effet, il lui eût été difficile d'expliquer pourquoi il se trouvait à bord, sans éveiller les soupçons de Passepartout, qui devait le croire à Bombay. Mais il fut amené à renouer connaissance avec l'honnête garçon par la logique même des circonstances. Comment? On va le voir.

Toutes les espérances, tous les désirs de l'inspecteur de police, étaient maintenant concentrés sur un unique point du monde, Hong-Kong, car le paquebot s'arrêtait trop peu de temps à Singapore pour qu'il pût opérer en cette ville. C'était donc à Hong-Kong que l'arrestation du voleur devait se faire, ou le voleur lui échappait, pour ainsi dire, sans retour.

En effet, Hong-Kong était encore une terre anglaise, mais la dernière qui se rencontrât sur le parcours. Au-delà, la Chine, le Japon, l'Amérique offraient un refuge à peu près assuré au sieur Fogg. A Hong-Kong, s'il y trouvait enfin le mandat d'arrestation qui courait évidemment après lui, Fix arrêtait Fogg et le remettait entre les mains de la police locale. Nulle difficulté. Mais après Hong-Kong, un simple mandat d'arrestation ne suffirait plus. Il faudrait un acte d'extradition. De là retards, lenteurs, obstacles de toute nature, dont le coquin profiterait pour échapper définitivement. Si l'opération manquait à Hong-Kong, il serait, sinon impossible, du moins bien difficile, de la reprendre avec quelque chance de succès.

« Donc, se répétait Fix pendant ces longues heures qu'il passait dans sa cabine, donc, ou le mandat sera à Hong-Kong, et j'arrête mon homme, ou il n'y sera pas, et cette fois il faut à tout prix que je retarde son départ! J'ai échoué à Bombay, j'ai échoué à Calcutta! Si je manque mon coup à Hong-Kong, je suis perdu de réputation! Coûte que coûte, il faut réussir. Mais quel moyen employer pour retarder, si cela est nécessaire, le départ de ce maudit Fogg? »

En dernier ressort, Fix était bien décidé à tout avouer à Passepartout, à lui faire connaître ce maître qu'il servait et dont il n'était certainement pas le complice. Passepartout, éclairé par cette révélation, devant craindre d'être compromis, se rangerait sans doute à lui, Fix. Mais enfin c'était un moyen hasardeux, qui ne pouvait être employé qu'à défaut de tout autre. Un mot de Passepartout à son maître eût suffi à compromettre irrévocablement l'affaire.

L'inspecteur de police était donc extrêmement embarrassé, quand la présence de Mrs. Aouda à bord du *Rangoon*, en compagnie de Phileas Fogg, lui ouvrit de nouvelles perspectives.

Quelle était cette femme? Quel concours de circonstances en avait fait la compagne de Fogg? C'était évidemment entre Bombay et Calcutta que la rencontre avait eu lieu. Mais en quel point de la péninsule? Était-ce le hasard qui avait réuni Phileas Fogg et la jeune voyageuse? Ce voyage à travers l'Inde, au contraire, n'avait-il pas été entrepris par ce gentleman dans le but de rejoindre cette charmante personne? car elle était charmante! Fix l'avait bien vu dans la salle d'audience du tribunal de Calcutta.

On comprend à quel point l'agent devait être intrigué. Il se demanda s'il n'y avait pas dans cette affaire quelque criminel enlèvement. Oui! cela devait être! Cette idée s'incrusta dans le cerveau de Fix, et il reconnut tout le parti qu'il pouvait tirer de cette circonstance. Que cette jeune femme fût mariée ou non, il y avait enlèvement, et il était possible, à Hong-Kong, de susciter au ravisseur des embarras tels, qu'il ne pût s'en tirer à prix d'argent.

Mais il ne fallait pas attendre l'arrivée du *Rangoon* à Hong-Kong. Ce Fogg avait la détestable habitude de sauter d'un bateau dans un autre, et, avant que l'affaire fût entamée, il pouvait être déjà loin.

L'important était donc de prévenir les autorités anglaises et de signaler le passage du *Rangoon* avant son débarquement. Or, rien n'était plus facile, puisque le paquebot faisait escale à Singapore, et que Singapore est reliée à la côte chinoise par un fil télégraphique

Toutefois, avant d'agir et pour opérer plus sûrement, Fix résolut d'interroger Passepartout. Il savait qu'il n'était pas très difficile de faire parler ce garçon, et il se décida à rompre l'incognito qu'il avait gardé jusqu'alors. Or, il n'y avait pas de temps à perdre. On était au 30 octobre, et le lendemain même le *Rangoon* devait relâcher à Singapore.

Donc, ce jour-là, Fix, sortant de sa cabine, monta sur le pont, dans l'intention d'aborder Passepartout « le premier » avec les marques de la plus extrême surprise. Passepartout se promenait à l'avant, quand l'inspecteur se précipita vers lui, s'écriant :

« Vous, sur le *Rangoon* !

— Monsieur Fix à bord ! répondit Passepartout, absolument surpris, en reconnaissant son compagnon de traversée du *Mongolia*. Quoi ! je vous laisse à Bombay, et je vous retrouve sur la route de Hong-Kong ! Mais vous faites donc, vous aussi, le tour du monde ?

— Non, non, répondit Fix, et je compte m'arrêter à Hong-Kong, — au moins quelques jours.

— Ah ! dit Passepartout, qui parut un instant étonné. Mais comment ne vous ai-je pas aperçu à bord depuis notre départ de Calcutta ?

— Ma foi, un malaise... un peu de mal de mer...
Je suis resté couché dans ma cabine... Le golfe du
Bengale ne me réussit pas aussi bien que l'océan
Indien. Et votre maître, Mr. Phileas Fogg?

— En parfaite santé, et aussi ponctuel que son
itinéraire! Pas un jour de retard! Ah! monsieur Fix,
vous ne savez pas cela, vous, mais nous avons aussi
une jeune dame avec nous.

— Une jeune dame? » répondit l'agent, qui avait
parfaitement l'air de ne pas comprendre ce que son
interlocuteur voulait dire.

Mais Passepartout l'eut bientôt mis au courant
de son histoire. Il raconta l'incident de la pagode
de Bombay, l'acquisition de l'éléphant au prix de
deux mille livres, l'affaire du sutty, l'enlèvement
d'Aouda, la condamnation du tribunal de Calcutta,
la liberté sous caution. Fix, qui connaissait la dernière partie de ces incidents, semblait les ignorer
tous, et Passepartout se laissait aller au charme de
narrer ses aventures devant un auditeur qui lui
marquait tant d'intérêt.

« Mais, en fin de compte, demanda Fix, est-ce
que votre maître a l'intention d'emmener cette
jeune femme en Europe?

— Non pas, monsieur Fix, non pas! Nous
allons tout simplement la remettre aux soins
de l'un de ses parents, riche négociant de Hong-
Kong. »

« Rien à faire! » se dit le détective en dissim-..nt
son désappointement. « Un verre de gin, monsieur
Passepartout?

— Volontiers, monsieur Fix. C'est bien le moins
que nous buvions à notre rencontre à bord du *Rangoon*! »

XVII

OÙ IL EST QUESTION DE CHOSES ET D'AUTRES PENDANT LA TRAVERSÉE DE SINGAPORE A HONG-KONG

DEPUIS ce jour, Passepartout et le détective se rencontrèrent fréquemment, mais l'agent se tint dans une extrême réserve vis-à-vis de son compagnon, et il n'essaya point de le faire parler. Une ou deux fois seulement, il entrevit Mr. Fogg, qui restait volontiers dans le grand salon du *Rangoon*, soit qu'il tînt compagnie à Mrs. Aouda, soit qu'il jouât au whist, suivant son invariable habitude.

Quant à Passepartout, il s'était pris très sérieusement à méditer sur le singulier hasard qui avait mis, encore une fois, Fix sur la route de son maître. Et, en effet, on eût été étonné à moins. Ce gentleman, très aimable, très complaisant à coup sûr, que l'on rencontre d'abord à Suez, qui s'embarque sur le *Mongolia*, qui débarque à Bombay, où il dit devoir séjourner, que l'on retrouve sur le *Rangoon*, faisant route pour Hong-Kong, en un mot, suivant pas à pas l'itinéraire de Mr. Fogg, cela valait la peine qu'on y réfléchît. Il y avait là une concordance au moins bizarre. A qui en avait ce Fix? Passepartout était prêt a parier ses babouches — il les avait précieusement conservées — que le Fix quitterait Hong-Kong en même temps qu'eux, et probablement sur le même paquebot.

Passepartout eût réfléchi pendant un siècle, qu'il

Une ou deux fois seulement, il entrevit... (Page 133.)

n'aurait jamais deviné de quelle mission l'agent avait été chargé. Jamais il n'eût imaginé que Phileas Fogg fût « filé », à la façon d'un voleur, autour du globe terrestre. Mais comme il est dans la nature humaine de donner une explication à toute chose, voici comment Passepartout, soudainement illuminé, interpréta la présence permanente de Fix, et, vraiment, son interprétation était fort plausible. En effet, suivant lui, Fix n'était et ne pouvait être qu'un agent lancé sur les traces de Mr. Fogg par ses collègues du Reform-Club, afin de constater que ce voyage s'accomplissait régulièrement autour du monde, suivant l'itinéraire convenu.

« C'est évident! c'est évident! se répétait l'honnête garçon, tout fier de sa perspicacité. C'est un espion que ces gentlemen ont mis à nos trousses! Voilà qui n'est pas digne! Mr. Fogg si probe, si honorable! Le faire épier par un agent! Ah! messieurs du Reform-Club, cela vous coûtera cher! »

Passepartout, enchanté de sa découverte, résolut cependant de n'en rien dire à son maître, craignant que celui-ci ne fût justement blessé de cette défiance que lui montraient ses adversaires. Mais il se promit bien de gouailler Fix à l'occasion, à mots couverts et sans se compromettre.

Le mercredi 30 octobre, dans l'après-midi, le *Rangoon* embouquait le détroit de Malacca, qui sépare la presqu'île de ce nom des terres de Sumatra. Des îlots montagneux très escarpés, très pittoresques, dérobaient aux passagers la vue de la grande île.

Le lendemain, à quatre heures du matin, le *Rangoon*, ayant gagné une demi-journée sur sa traversée réglementaire, relâchait à Singapore, afin d'y renouveler sa provision de charbon.

Phileas Fogg inscrivit cette avance à la colonne
des gains, et, cette fois, il descendit à terre, accom-
pagnant Mrs. Aouda, qui avait manifesté le désir
de se promener pendant quelques heures.

Fix, à qui toute action de Fogg paraissait suspecte,
le suivit sans se laisser apercevoir. Quant à Passepartout, qui riait *in petto* à voir la manœuvre de Fix,
il alla faire ses emplettes ordinaires.

L'île de Singapore n'est ni grande ni imposante
d'aspect. Les montagnes, c'est-à-dire les profils, lui
manquent. Toutefois, elle est charmante dans sa
maigreur. C'est un parc coupé de belles routes. Un
joli équipage, attelé de ces chevaux élégants qui ont
été importés de la Nouvelle-Hollande, transporta
Mrs. Aouda et Phileas Fogg au milieu des massifs
de palmiers à l'éclatant feuillage, et de girofliers
dont les clous sont formés du bouton même de la
fleur entrouverte. Là, les buissons de poivriers
remplaçaient les haies épineuses des campagnes
européennes; des sagoutiers, de grandes fougères
avec leur ramure superbe, variaient l'aspect de cette
région tropicale; des muscadiers au feuillage verni
saturaient l'air d'un parfum pénétrant. Les singes,
bandes alertes et grimaçantes, ne manquaient pas
dans les bois, ni peut-être les tigres dans les jungles.
A qui s'étonnerait d'apprendre que dans cette île,
si petite relativement, ces terribles carnassiers ne
fussent pas détruits jusqu'au dernier, on répondra
qu'ils viennent de Malacca, en traversant le détroit
à la nage.

Après avoir parcouru la campagne pendant deux
heures, Mrs. Aouda et son compagnon — qui regardait un peu sans voir — rentrèrent dans la ville,
vaste agglomération de maisons lourdes et écrasées,

Toutefois, l'île est charmante dans sa maigreur. (Page 136.)

qu'entourent de charmants jardins où poussent des mangoustes, des ananas et tous les meilleurs fruits du monde.

A dix heures, ils revenaient au paquebot, après avoir été suivis, sans s'en douter, par l'inspecteur, qui avait dû lui aussi se mettre en frais d'équipage.

Passepartout les attendait sur le pont du *Rangoon*. Le brave garçon avait acheté quelques douzaines de mangoustes, grosses comme des pommes moyennes, d'un brun foncé au-dehors, d'un rouge éclatant au-dedans, et dont le fruit blanc, en fondant entre les lèvres, procure aux vrais gourmets une jouissance sans pareille. Passepartout fut trop heureux de les offrir à Mrs. Aouda, qui le remercia avec beaucoup de grâce.

A onze heures, le *Rangoon*, ayant son plein de charbon, larguait ses amarres, et, quelques heures plus tard, les passagers perdaient de vue ces hautes montagnes de Malacca, dont les forêts abritent les plus beaux tigres de la terre.

Treize cents milles environ séparent Singapore de l'île de Hong-Kong, petit territoire anglais détaché de la côte chinoise. Phileas Fogg avait intérêt à les franchir en six jours au plus, afin de prendre à Hong-Kong le bateau qui devait partir le 6 novembre pour Yokohama, l'un des principaux ports du Japon.

Le *Rangoon* était fort chargé. De nombreux passagers s'étaient embarqués à Singapore, des Indous, des Ceylandais, des Chinois, des Malais, des Portugais, qui, pour la plupart, occupaient les secondes places.

Le temps, assez beau jusqu'alors, changea avec le dernier quartier de la lune. Il y eut grosse mer. Le vent souffla quelquefois en grande brise, mais très heureusement de la partie du sud-est, ce qui

favorisait la marche du steamer. Quand il était
maniable, le capitaine faisait établir la voilure. Le
Rangoon, gréé en brick, naviqua souvent avec ses
deux huniers et sa misaine, et sa rapidité s'accrut
sous la double action de la vapeur et du vent. C'est
ainsi que l'on prolongea, sur une lame courte et
parfois très fatigante, les côtes d'Annam et de
Cochinchine.

Mais la faute en était plutôt au *Rangoon* qu'à la
mer, et c'est à ce paquebot que les passagers, dont
la plupart furent malades, durent s'en prendre de
cette fatigue.

En effet, les navires de la Compagnie péninsulaire,
qui font le service des mers de Chine, ont un sérieux
défaut de construction. Le rapport de leur tirant
d'eau en charge avec leur creux a été mal calculé,
et, par suite, ils n'offrent qu'une faible résistance à
la mer. Leur volume, clos, impénétrable à l'eau, est
insuffisant. Ils sont « noyés », pour employer l'expression maritime, et, en conséquence de cette disposition, il ne faut que quelques paquets de mer, jetés
à bord, pour modifier leur allure. Ces navires sont
donc très inférieurs — sinon par le moteur et l'appareil
évaporatoire, du moins par la construction, — aux
types des Messageries françaises, tels que l'*Impératrice*
et le *Cambodge*. Tandis que, suivant les calculs des
ingénieurs, ceux-ci peuvent embarquer un poids
d'eau égal à leur propre poids avant de sombrer,
les bateaux de la Compagnie péninsulaire, le *Gol-
gonda*, le *Corea*, et enfin le *Rangoon*, ne pourraient pas
embarquer le sixième de leur poids sans couler par
le fond.

Donc, par le mauvais temps, il convenait de prendre
de grandes précautions. Il fallait quelquefois mettre

à la cape sous petite vapeur. C'était une perte de temps qui ne paraissait affecter Phileas Fogg en aucune façon, mais dont Passepartout se montrait extrêmement irrité. Il accusait alors le capitaine, le mécanicien, la Compagnie, et envoyait au diable tous ceux qui se mêlent de transporter des voyageurs. Peut-être aussi la pensée de ce bec de gaz qui continuait de brûler à son compte dans la maison de Saville-row entrait-elle pour beaucoup dans son impatience.

« Mais vous êtes donc bien pressé d'arriver a Hong-Kong ? lui demanda un jour le détective.

— Très pressé ! répondit Passepartout.

— Vous pensez que Mr. Fogg a hâte de prendre le paquebot de Yokohama ?

— Une hâte effroyable.

— Vous croyez donc maintenant à ce singulier voyage autour du monde ?

— Absolument. Et vous, monsieur Fix ?

— Moi ? je n'y crois pas !

— Farceur ! » répondit Passepartout en clignant de l'œil.

Ce mot laissa l'agent rêveur. Ce qualificatif l'inquiéta, sans qu'il sût trop pourquoi. Le Français l'avait-il deviné ? Il ne savait trop que penser. Mais sa qualité de détective, dont seul il avait le secret, comment Passepartout aurait-il pu la reconnaître ? Et cependant, en lui parlant ainsi, Passepartout avait certainement eu une arrière-pensée.

Il arriva même que le brave garçon alla plus loin, un autre jour, mais c'était plus fort que lui. Il ne pouvait tenir sa langue.

« Voyons, monsieur Fix, demanda-t-il à son compagnon d'un ton malicieux, est-ce que, une fois

arrivés à Hong-Kong, nous aurons le malheur de
vous y laisser ?

— Mais, répondit Fix assez embarrassé, je ne sais !...
Peut-être que...

— Ah ! dit Passepartout, si vous nous accompagniez,
ce serait un bonheur pour moi ! Voyons ! un agent
de la Compagnie péninsulaire ne saurait s'arrêter
en route ! Vous n'alliez qu'à Bombay, et vous voici
bientôt en Chine ! L'Amérique n'est pas loin, et de
l'Amérique à l'Europe il n'y a qu'un pas ! »

Fix regardait attentivement son interlocuteur,
qui lui montrait la figure la plus aimable du monde,
et il prit le parti de rire avec lui. Mais celui-ci, qui
était en veine, lui demanda si « ça lui rapportait
beaucoup, ce métier-là ? »

« Oui et non, répondit Fix sans sourciller. Il y a
de bonnes et de mauvaises affaires. Mais vous comprenez bien que je ne voyage pas à mes frais !

— Oh ! pour cela, j'en suis sûr ! » s'écria Passepartout, riant de plus belle.

La conversation finie, Fix rentra dans sa cabine
et se mit à réfléchir. Il était évidemment deviné.
D'une façon ou d'une autre, le Français avait reconnu
sa qualité de détective. Mais avait-il prévenu son
maître ? Quel rôle jouait-il dans tout ceci ? Était-il
complice ou non ? L'affaire était-elle éventée, et par
conséquent manquée ? L'agent passa là quelques
heures difficiles, tantôt croyant tout perdu, tantôt es-
pérant que Fogg ignorait la situation, enfin ne sachant
quel parti prendre.

Cependant le calme se rétablit dans son cerveau,
et il résolut d'agir franchement avec Passepartout.
S'il ne se trouvait pas dans les conditions voulues pour
arrêter Fogg à Hong-Kong, et si Fogg se préparait à

quitter définitivement cette fois le territoire anglais, lui, Fix, dirait tout à Passepartout. Ou le domestique était le complice de son maître — et celui-ci savait tout, et dans ce cas l'affaire était définitivement compromise — ou le domestique n'était pour rien dans le vol, et alors son intérêt serait d'abandonner le voleur.

Telle était donc la situation respective de ces deux hommes, et au-dessus d'eux Phileas Fogg planait dans sa majestueuse indifférence. Il accomplissait rationnellement son orbite autour du monde, sans s'inquiéter des astéroïdes qui gravitaient autour de lui.

Et cependant, dans le voisinage, il y avait — suivant l'expression des astronomes — un astre troublant qui aurait dû produire certaines perturbations sur le cœur de ce gentleman. Mais non! Le charme de Mrs. Aouda n'agissait point, à la grande surprise de Passepartout, et les perturbations, si elles existaient, eussent été plus difficiles à calculer que celles d'Uranus qui ont amené la découverte de Neptune.

Oui! c'était un étonnement de tous les jours pour Passepartout, qui lisait tant de reconnaissance envers son maître dans les yeux de la jeune femme! Décidément Phileas Fogg n'avait de cœur que ce qu'il en fallait pour se conduire héroïquement, mais amoureusement, non! Quant aux préoccupations que les chances de ce voyage pouvaient faire naître en lui, il n'y en avait pas trace. Mais Passepartout, lui, vivait dans des transes continuelles. Un jour, appuyé sur la rambarde de l'« engine-room », il regardait la puissante machine qui s'emportait parfois, quand dans un violent mouvement de tangage, l'hélice s'affolait hors des flots. La vapeur fusait alors par les soupapes, ce qui provoqua la colère du digne garçon.

« Elles ne sont pas assez chargées, ces soupapes ! s'écria-t-il. On ne marche pas ! Voilà bien ces Anglais ! Ah ! si c'était un navire américain, on sauterait peut-être, mais on irait plus vite ! »

XVIII

DANS LEQUEL PHILEAS FOGG, PASSEPARTOUT, FIX, CHACUN DE SON CÔTÉ, VA A SES AFFAIRES

PENDANT les derniers jours de la traversée, le temps fut assez mauvais. Le vent devint très fort. Fixé dans la partie du nord-ouest, il contraria la marche du paquebot. Le *Rangoon*, trop instable, roula considérablement, et les passagers furent en droit de garder rancune à ces longues lames affadissantes que le vent soulevait du large.

Pendant les journées du 3 et du 4 novembre, ce fut une sorte de tempête. La bourrasque battit la mer avec véhémence. Le *Rangoon* dut mettre à la cape pendant un demi-jour, se maintenant avec dix tours d'hélice seulement, de manière à biaiser avec les lames. Toutes les voiles avaient été serrées, et c'était encore trop de ces agrès qui sifflaient au milieu des rafales.

La vitesse du paquebot, on le conçoit, fut notablement diminuée, et l'on put estimer qu'il arriverait à Hong-Kong avec vingt heures de retard sur l'heure réglementaire, et plus même, si la tempête ne cessait pas.

Phileas Fogg assistait à ce spectacle d'une mer

furieuse, qui semblait lutter directement contre lui,
avec son habituelle impassibilité. Son front ne s'assom-
brit pas un instant, et, cependant, un retard de vingt
heures pouvait compromettre son voyage en lui
faisant manquer le départ du paquebot de Yokohama. Mais cet homme sans nerfs ne ressentait ni
impatience ni ennui. Il semblait vraiment que cette
tempête rentrât dans son programme, qu'elle fût
prévue. Mrs. Aouda, qui s'entretint avec son compagnon de ce contretemps, le trouva aussi calme que
par le passé.

Fix, lui, ne voyait pas ces choses du même œil.
Bien au contraire. Cette tempête lui plaisait. Sa
satisfaction aurait même été sans bornes, si le *Rangcon*
eût été obligé de fuir devant la tourmente. Tous ces
retards lui allaient, car ils obligeraient le sieur Fogg
à rester quelques jours à Hong-Kong. Enfin, le ciel,
avec ses rafales et ses bourrasques, entrait dans son
jeu. Il était bien un peu malade, mais qu'importe!
Il ne comptait pas ses nausées, et, quand son corps
se tordait sous le mal de mer, son esprit s'ébaudissait
d'une immense satisfaction.

Quant à Passepartout, on devine dans quelle colère
peu dissimulée il passa ce temps d'épreuve. Jusqu'alors
tout avait si bien marché! La terre et l'eau semblaient
être à la dévotion de son maître. Steamers et railways lui obéissaient. Le vent et la vapeur s'unissaient
pour favoriser son voyage. L'heure des mécomptes
avait-elle donc enfin sonné? Passepartout, comme
si les vingt mille livres du pari eussent dû sortir de
sa bourse, ne vivait plus. Cette tempête l'exaspérait,
cette rafale le mettait en fureur, et il eût volontiers
fouetté cette mer désobéissante! Pauvre garçon!
Fix lui cacha soigneusement sa satisfaction per-

sonnelle, et il fit bien, car si Passepartout eût deviné
le secret contentement de Fix, Fix eût passé un
mauvais quart d'heure.

Passepartout, pendant toute la durée de la bourrasque, demeura sur le pont du *Rangoon*. Il n'aurait
pu rester en bas; il grimpait dans la mâture; il
étonnait l'équipage et aidait à tout avec une adresse
de singe. Cent fois il interrogea le capitaine, les
officiers, les matelots, qui ne pouvaient s'empêcher
de rire en voyant un garçon si décontenancé. Passepartout voulait absolument savoir combien de temps
durerait la tempête. On le renvoyait alors au baromètre, qui ne se décidait pas à remonter. Passepartout
secouait le baromètre, mais rien n'y faisait, ni les
secousses, ni les injures dont il accablait l'irrespon-
sable instrument.

Enfin la tourmente s'apaisa. L'état de la mer se
modifia dans la journée du 4 novembre. Le vent
sauta de deux quarts dans le sud et redevint favorable.

Passepartout se rasséréna avec le temps. Les
huniers et les basses voiles purent être établis, et
le *Rangoon* reprit sa route avec une merveilleuse vitesse.

Mais on ne pouvait regagner tout le temps perdu.
Il fallait bien en prendre son parti, et la terre ne fut
signalée que le 6, à cinq heures du matin. L'itinéraire
de Phileas Fogg portait l'arrivée du paquebot au 5.
Or, il n'arrivait que le 6. C'était donc vingt-quatre
heures de retard, et le départ pour Yokohama serait
nécessairement manqué.

A six heures, le pilote monta à bord du *Rangoon*
et prit place sur la passerelle, afin de diriger le navire
à travers les passes jusqu'au port de Hong-Kong.

Passepartout mourait du désir d'interroger cet

Il étonnait l'équipage et aidait à tout... (Page 145.)

homme, de lui demander si le paquebot de Yokohama
avait quitté Hong-Kong. Mais il n'osait pas, aimant
mieux conserver un peu d'espoir jusqu'au dernier
instant. Il avait confié ses inquiétudes à Fix, qui —
le fin renard — essayait de le consoler, en lui disant
que Mr. Fogg en serait quitte pour prendre le prochain paquebot. Ce qui mettait Passepartout dans
une colère bleue

Mais si Passepartout ne se hasarda pas à interroger
le pilote, Mr. Fogg, après avoir consulté son *Bradshaw*,
demanda de son air tranquille audit pilote s'il savait
quand il partirait un bateau de Hong-Kong pour
Yokohama.

« Demain, à la marée du matin, répondit le pilote.

— Ah ! » fit Mr. Fogg, sans manifester aucun
étonnement.

Passepartout, qui était présent, eût volontiers
embrassé le pilote, auquel Fix aurait voulu tordre
le cou.

« Quel est le nom de ce steamer ? demanda Mr. Fogg.

— Le *Carnatic*, répondit le pilote.

— N'était-ce pas hier qu'il devait partir ?

— Oui, monsieur, mais on a dû réparer une de
ses chaudières, et son départ a été remis à demain.

— Je vous remercie », répondit Mr. Fogg, qui de
son pas automatique redescendit dans le salon du
Rangoon.

Quant à Passepartout, il saisit la main du pilote
et l'étreignit vigoureusement en disant :

« Vous, pilote, vous êtes un brave homme ! »

Le pilote ne sut jamais, sans doute, pourquoi ses
réponses lui valurent cette amicale expansion. A un
coup de sifflet, il remonta sur la passerelle et dirigea
le paquebot au milieu de cette flottille de jonques,

de tankas, de bateaux-pêcheurs, de navires de toutes sortes, qui encombraient les pertuis de Hong-Kong.

A une heure, le *Rangoon* était à quai, et les passagers débarquaient.

En cette circonstance, le hasard avait singulièrement servi Phileas Fogg, il faut en convenir. Sans cette nécessité de réparer ses chaudières, le *Carnatic* fût parti à la date du 5 novembre, et les voyageurs pour le Japon auraient dû attendre pendant huit jours le départ du paquebot suivant. Mr. Fogg, il est vrai, était en retard de vingt-quatre heures, mais ce retard ne pouvait avoir de conséquences fâcheuses pour le reste du voyage.

En effet, le steamer qui fait de Yokohama à San Francisco la traversée du Pacifique était en correspondance directe avec le paquebot de Hong-Kong, et il ne pouvait partir avant que celui-ci fût arrivé. Évidemment il y aurait vingt-quatre heures de retard à Yokohama, mais, pendant les vingt-deux jours que dure la traversée du Pacifique, il serait facile de les regagner. Phileas Fogg se trouvait donc, à vingt-quatre heures près, dans les conditions de son programme, trente-cinq jours après avoir quitté Londres.

Le *Carnatic* ne devant partir que le lendemain matin à cinq heures, Mr. Fogg avait devant lui seize heures pour s'occuper de ses affaires, c'est-à-dire de celles qui concernaient Mrs. Aouda. Au débarqué du bateau, il offrit son bras à la jeune femme et la conduisit vers un palanquin. Il demanda aux porteurs de lui indiquer un hôtel, et ceux-ci lui désignèrent l'*Hôtel du Club*. Le palanquin se mit en route, suivi de Passepartout, et vingt minutes après il arrivait à destination.

Un appartement fut retenu pour la jeune femme
et Phileas Fogg veilla à ce qu'elle ne manquât de
rien. Puis il dit à Mrs. Aouda qu'il allait immédiatement se mettre à la recherche de ce parent aux
soins duquel il devait la laisser à Hong-Kong. En
même temps il donnait à Passepartout l'ordre de
demeurer à l'hôtel jusqu'à son retour, afin que la
jeune femme n'y restât pas seule.

Le gentleman se fit conduire à la Bourse. Là, on
connaîtrait immanquablement un personnage tel
que l'honorable Jejeeh, qui comptait parmi les plus
riches commerçants de la ville.

Le courtier auquel s'adressa Mr. Fogg connaissait
en effet le négociant parsi. Mais, depuis deux ans,
celui-ci n'habitait plus la Chine. Sa fortune faite,
il s'était établi en Europe — en Hollande, croyait-on —,
ce qui s'expliquait par suite de nombreuses relations
qu'il avait eues avec ce pays pendant son existence
commerciale.

Phileas Fogg revint à l'*Hôtel du Club*. Aussitôt il
fit demander à Mrs. Aouda la permission de se présenter devant elle, et, sans autre préambule, il lui
apprit que l'honorable Jejeeh ne résidait plus à
Hong-Kong, et qu'il habitait vraisemblablement
la Hollande.

A cela, Mrs. Aouda ne répondit rien d'abord.
Elle passa sa main sur son front, et resta quelques
instants à réfléchir. Puis, de sa douce voix :

« Que dois-je faire, monsieur Fogg ? dit-elle.

— C'est très simple, répondit le gentleman. Revenir en Europe.

— Mais je ne puis abuser...

— Vous n'abusez pas, et votre présence ne gêne
en rien mon programme... Passepartout ?

— Monsieur ? répondit Passepartout.

— Allez au *Carnatic*, et retenez trois cabines. »

Passepartout, enchanté de continuer son voyage dans la compagnie de la jeune femme, qui était fort gracieuse pour lui, quitta aussitôt l'*Hôtel du Club*.

XIX

OÙ PASSEPARTOUT PREND UN TROP VIF INTÉRÊT A SON MAITRE, ET CE QUI S'ENSUIT

HONG-KONG n'est qu'un îlot, dont le traité de Nanking, après la guerre de 1842, assura la possession à l'Angleterre. En quelques années, le génie colonisateur de la Grande-Bretagne y avait fondé une ville importante et créé un port, le port Victoria. Cette île est située à l'embouchure de la rivière de Canton, et soixante milles seulement la séparent de la cité portugaise de Macao, bâtie sur l'autre rive. Hong-Kong devait nécessairement vaincre Macao dans une lutte commerciale, et maintenant la plus grande partie du transit chinois s'opère par la ville anglaise. Des docks, des hôpitaux, des wharfs, des entrepôts, une cathédrale gothique, un « government-house », des rues macadamisées, tout ferait croire qu'une des cités commerçantes des comtés de Kent ou de Surrey, traversant le sphéroïde terrestre, est venue ressortir en ce point de la Chine, presque à ses antipodes.

Passepartout, les mains dans les poches, se rendit donc vers le port Victoria, regardant les palanquins, les brouettes à voile, encore en faveur dans le Céleste

Empire, et toute cette foule de Chinois, de Japonais et d'Européens, qui se pressait dans les rues. A peu de choses près, c'était encore Bombay, Calcutta ou Singapore, que le digne garçon retrouvait sur son parcours. Il y a ainsi comme une traînée de villes anglaises tout autour du monde.

Passepartout arriva au port Victoria. Là, à l'embouchure de la rivière de Canton, c'était un fourmillement de navires de toutes nations, des anglais, des français, des américains, des hollandais, bâtiments de guerre et de commerce, des embarcations japonaises ou chinoises, des jonques, des sempans, des tankas, et même des bateaux-fleurs qui formaient autant de parterres flottants sur les eaux. En se promenant, Passepartout remarqua un certain nombre d'indigènes vêtus de jaune, tous très avancés en âge. Étant entré chez un barbier chinois pour se faire raser « à la chinoise », il apprit par le Figaro de l'endroit, qui parlait un assez bon anglais, que ces vieillards avaient tous quatre-vingts ans au moins, et qu'à cet âge ils avaient le privilège de porter la couleur jaune, qui est la couleur impériale. Passepartout trouva cela fort drôle, sans trop savoir pourquoi.

Sa barbe faite, il se rendit au quai d'embarquement du *Carnatic*, et là il aperçut Fix qui se promenait de long en large, ce dont il ne fut point étonné. Mais l'inspecteur de police laissait voir sur son visage les marques d'un vif désappointement.

« Bon! se dit Passepartout, cela va mal pour les gentlemen du Reform-Club! »

Et il accosta Fix avec son joyeux sourire, sans vouloir remarquer l'air vexé de son compagnon.

Or, l'agent avait de bonnes raisons pour pester

Passepartout remarqua un certain nombre d'indigènes... (Page 151.)

contre l'infernale chance qui le poursuivait. Pas de
mandat! Il était évident que le mandat courait
après lui, et ne pourrait l'atteindre que s'il séjournait
quelques jours en cette ville. Or, Hong-Kong étant
la dernière terre anglaise du parcours, le sieur Fogg
allait lui échapper définitivement, s'il ne parvenait
pas à l'y retenir.

« Eh bien, monsieur Fix, êtes-vous décidé à venir
avec nous jusqu'en Amérique? demanda Passepartout.

— Oui, répondit Fix les dents serrées.

— Allons donc! s'écria Passepartout en faisant
entendre un retentissant éclat de rire! Je savais bien
que vous ne pourriez pas vous séparer de nous.
Venez retenir votre place, venez! »

Et tous deux entrèrent au bureau des transports
maritimes et arrêtèrent des cabines pour quatre
personnes. Mais l'employé leur fit observer que les
réparations du *Carnatic* étant terminées, le paquebot
partirait le soir même à huit heures, et non le lendemain matin, comme il avait été annoncé.

« Très bien! répondit Passepartout, cela arrangera
mon maître. Je vais le prévenir. »

A ce moment, Fix prit un parti extrême. Il résolut
de tout dire à Passepartout. C'était le seul moyen
peut-être qu'il eût de retenir Phileas Fogg pendant
quelques jours à Hong-Kong.

En quittant le bureau, Fix offrit à son compagnon
de se rafraîchir dans une taverne. Passepartout
avait le temps. Il accepta l'invitation de Fix.

Une taverne s'ouvrait sur le quai. Elle avait un
aspect engageant. Tous deux y entrèrent. C'était
une vaste salle bien décorée, au fond de laquelle
s'étendait un lit de camp, garni de coussins. Sur ce
lit étaient rangés un certain nombre de dormeurs.

Une trentaine de consommateurs occupaient dans la grande salle de petites tables en jonc tressé. Quelques-uns vidaient des pintes de bière anglaise, ale ou porter, d'autres, des brocs de liqueurs alcooliques, gin ou brandy. En outre, la plupart fumaient de longues pipes de terre rouge, bourrées de petites boulettes d'opium mélangé d'essence de rose. Puis, de temps en temps, quelque fumeur énervé glissait sous la table, et les garçons de l'établissement, le prenant par les pieds et par la tête, le portaient sur le lit de camp près d'un confrère. Une vingtaine de ces ivrognes étaient ainsi rangés côte à côte, dans le dernier degré d'abrutissement.

Fix et Passepartout comprirent qu'ils étaient entrés dans une tabagie hantée de ces misérables, hébétés, amaigris, idiots, auxquels la mercantile Angleterre vend annuellement pour deux cent soixante millions de francs de cette funeste drogue qui s'appelle l'opium! Tristes millions que ceux-là, prélevés sur un des plus funestes vices de la nature humaine.

Le gouvernement chinois a bien essayé de remédier à un tel abus par des lois sévères, mais en vain. De la classe riche, à laquelle l'usage de l'opium était d'abord formellement réservé, cet usage descendit jusqu'aux classes inférieures, et les ravages ne purent plus être arrêtés. On fume l'opium partout et toujours dans l'empire du Milieu. Hommes et femmes s'adonnent à cette passion déplorable, et lorsqu'ils sont accoutumés à cette inhalation, ils ne peuvent plus s'en passer, à moins d'éprouver d'horribles contractions de l'estomac. Un grand fumeur peut fumer jusqu'à huit pipes par jour, mais il meurt en cinq ans.

Or, c'était dans une des nombreuses tabagies de
ce genre, qui pullulent, même à Hong-Kong, que
Fix et Passepartout étaient entrés avec l'intention
de se rafraîchir. Passepartout n'avait pas d'argent,
mais il accepta volontiers la « politesse » de son
compagnon, quitte à la lui rendre en temps et lieu.

On demanda deux bouteilles de porto, auxquelles
le Français fit largement honneur, tandis que Fix,
plus réservé, observait son compagnon avec une
extrême attention. On causa de choses et d'autres,
et surtout de cette excellente idée qu'avait eue Fix
de prendre passage sur le *Carnatic*. Et à propos de ce
steamer, dont le départ se trouvait avancé de quelques
heures, Passepartout, les bouteilles étant vides, se
leva, afin d'aller prévenir son maître.

Fix le retint.

« Un instant, dit-il.

— Que voulez-vous, monsieur Fix?

— J'ai à vous parler de choses sérieuses.

— De choses sérieuses! s'écria Passepartout en
vidant quelques gouttes de vin restées au fond de
son verre. Eh bien, nous en parlerons demain. Je
n'ai pas le temps aujourd'hui.

— Restez, répondit Fix. Il s'agit de votre maître! »

Passepartout, à ce mot, regarda attentivement
son interlocuteur.

L'expression du visage de Fix lui parut singulière.
Il se rassit.

« Qu'est-ce donc que vous avez à me dire? »
demanda-t-il.

Fix appuya sa main sur le bras de son compagnon,
et, baissant la voix :

« Vous avez deviné qui j'étais? lui demanda-t-il.

— Parbleu! dit Passepartout en souriant.

— Alors je vais tout vous avouer...

— Maintenant que je sais tout, mon compère! Ah! voilà qui n'est pas fort! Enfin, allez toujours. Mais auparavant, laissez-moi vous dire que ces gentlemen se sont mis en frais bien inutilement!

— Inutilement! dit Fix. Vous en parlez à votre aise! On voit bien que vous ne connaissez pas l'importance de la somme!

— Mais si, je la connais, répondit Passepartout. Vingt mille livres!

— Cinquante-cinq mille! reprit Fix, en serrant la main du Français.

— Quoi! s'écria Passepartout, Mr. Fogg aurait osé!... Cinquante-cinq mille livres!... Eh bien! raison de plus pour ne pas perdre un instant, ajouta-t-il en se levant de nouveau.

— Cinquante-cinq mille livres! reprit Fix, qui força Passepartout à se rasseoir, après avoir fait apporter un flacon de brandy, — et si je réussis, je gagne une prime de deux mille livres. En voulez-vous cinq cents (12 500 F) à la condition de m'aider?

— Vous aider? s'écria Passepartout, dont les yeux étaient démesurément ouverts.

— Oui, m'aider à retenir le sieur Fogg pendant quelques jours à Hong-Kong!

— Hein! fit Passepartout, que dites-vous là? Comment! non content de faire suivre mon maître, de suspecter sa loyauté, ces gentlemen veulent encore lui susciter des obstacles! J'en suis honteux pour eux!

— Ah çà! que voulez-vous dire? demanda Fix.

— Je veux dire que c'est de la pure indélicatesse. Autant dépouiller Mr. Fogg, et lui prendre l'argent dans la poche!

— Eh! c'est bien à cela que nous comptons arriver!

— Mais c'est un guet-apens! s'écria Passepartout,
— qui s'animait alors sous l'influence du brandy
que lui servait Fix, et qu'il buvait sans s'en apercevoir, — un guet-apens véritable! Des gentlemen!
des collègues! »

Fix commençait à ne plus comprendre.

« Des collègues! s'écria Passepartout, des membres
du Reform-Club! Sachez, monsieur Fix, que mon
maître est un honnête homme, et que, quand il a
fait un pari, c'est loyalement qu'il prétend le gagner.

— Mais qui croyez-vous donc que je sois? demanda
Fix, en fixant son regard sur Passepartout.

— Parbleu! un agent des membres du Reform-
Club, qui a mission de contrôler l'itinéraire de mon
maître, ce qui est singulièrement humiliant! Aussi,
bien que, depuis quelque temps déjà, j'aie deviné
votre qualité, je me suis bien gardé de la révéler
à Mr. Fogg!

— Il ne sait rien?... demanda vivement Fix.

— Rien », répondit Passepartout en vidant encore
une fois son verre.

L'inspecteur de police passa sa main sur son front.
Il hésitait avant de reprendre la parole. Que devait-il
faire? L'erreur de Passepartout semblait sincère,
mais elle rendait son projet plus difficile. Il était
évident que ce garçon parlait avec une absolue
bonne foi, et qu'il n'était point le complice de son
maître, — ce que Fix aurait pu craindre.

« Eh bien, se dit-il, puisqu'il n'est pas son complice,
il m'aidera. »

Le détective avait une seconde fois pris son parti.
D'ailleurs, il n'avait plus le temps d'attendre. A tout
prix, il fallait arrêter Fogg à Hong-Kong.

« Écoutez, dit Fix d'une voix brève, écoutez-moi

« Écoutez », dit Fix d'une voix brève. (Page 157.)

bien. Je ne suis pas ce que vous croyez, c'est-à-dire un agent des membres du Reform-Club...

— Bah! dit Passepartout en le regardant d'un air goguenard.

— Je suis un inspecteur de police, chargé d'une mission par l'administration métropolitaine...

— Vous... inspecteur de police!...

— Oui, et je le prouve, reprit Fix. Voici ma commission. »

Et l'agent, tirant un papier de son portefeuille, montra à son compagnon une commission signée du directeur de la police centrale. Passepartout, abasourdi, regardait Fix, sans pouvoir articuler une parole.

« Le pari du sieur Fogg, reprit Fix, n'est qu'un prétexte dont vous êtes dupes, vous et ses collègues du Reform-Club, car il avait intérêt à s'assurer votre inconsciente complicité.

— Mais pourquoi?... s'écria Passepartout.

— Écoutez. Le 28 septembre dernier, un vol de cinquante-cinq mille livres a été commis à la Banque d'Angleterre par un individu dont le signalement a pu être relevé. Or, voici ce signalement, et c'est trait pour trait celui du sieur Fogg.

— Allons donc! s'écria Passepartout en frappant la table de son robuste poing. Mon maître est le plus honnête homme du monde!

— Qu'en savez-vous? répondit Fix. Vous ne le connaissez même pas! Vous êtes entré à son service le jour de son départ, et il est parti précipitamment sous un prétexte insensé, sans malles, emportant une grosse somme en bank-notes! Et vous osez soutenir que c'est un honnête homme!

— Oui! oui! répétait machinalement le pauvre garçon.

— Voulez-vous donc être arrêté comme son complice ? »

Passepartout avait pris sa tête à deux mains. Il n'était plus reconnaissable. Il n'osait regarder l'inspecteur de police. Phileas Fogg un voleur, lui, le sauveur d'Aouda, l'homme généreux et brave ! Et pourtant que de présomptions relevées contre lui ! Passepartout essayait de repousser les soupçons qui se glissaient dans son esprit. Il ne voulait pas croire à la culpabilité de son maître.

« Enfin, que voulez-vous de moi ? dit-il à l'agent de police, en se contenant par un suprême effort.

— Voici, répondit Fix. J'ai filé le sieur Fogg jusqu'ici, mais je n'ai pas encore reçu le mandat d'arrestation, que j'ai demandé à Londres. Il faut donc que vous m'aidiez à retenir à Hong-Kong...

— Moi ! que je...

— Et je partage avec vous la prime de deux mille livres promise par la Banque d'Angleterre !

— Jamais ! » répondit Passepartout, qui voulut se lever et retomba, sentant sa raison et ses forces lui échapper à la fois.

« Monsieur Fix, dit-il en balbutiant, quand bien même tout ce que vous m'avez dit serait vrai... quand mon maître serait le voleur que vous cherchez... ce que je nie... j'ai été... je suis à son service... je l'ai vu bon et généreux... Le trahir... jamais... non, pour tout l'or du monde... Je suis d'un village où l'on ne mange pas de ce pain-là !...

— Vous refusez ?

— Je refuse.

— Mettons que je n'ai rien dit, répondit Fix, et buvons.

— Oui, buvons ! »

Passepartout se sentait de plus en plus envahir

par l'ivresse. F x, comprenant qu'il fallait à tout
prix le séparer de son maître, voulut l'achever. Sur
la table se trouvaient quelques pipes chargées d'opium.
Fix en glissa une dans la main de Passepartout, qui
la prit, la porta à ses lèvres, l'alluma, respira quelques
bouffées, et retomba, la tête alourdie sous l'influence
du narcotique.

« Enfin, dit Fix en voyant Passepartout anéanti,
le sieur Fogg ne sera pas prévenu à temps du départ
du *Carnatic*, et s'il part, du moins partira-t-il sans ce
maudit Français ! »

Puis il sortit, après avoir payé la dépense.

XX

DANS LEQUEL FIX ENTRE DIRECTEMENT EN RELATION AVEC PHILEAS FOGG

PENDANT cette scène qui allait peut-être compromettre si gravement son avenir, Mr. Fogg, accom-
pagnant Mrs. Aouda, se promenait dans les rues
de la ville anglaise. Depuis que Mrs. Aouda avait
accepté son offre de la conduire jusqu'en Europe,
il avait dû songer à tous les détails que comporte
un aussi long voyage. Qu'un Anglais comme lui
fît le tour du monde un sac à la main, passe encore;
mais une femme ne pouvait entreprendre une pareille
traversée dans ces conditions. De là, nécessité d'acheter les vêtements et objets nécessaires au voyage.
Mr. Fogg s'acquitta de sa tâche avec le calme qui le
caractérisait, et à toutes les excuses ou objections

de la jeune veuve, confuse de tant de complaisance :

« C'est dans l'intérêt de mon voyage, c'est dans mon programme », répondait-il invariablement.

Les acquisitions faites, Mr. Fogg et la jeune femme rentrèrent à l'hôtel et dînèrent à la table d'hôte, qui était somptueusement servie. Puis Mrs. Aouda, un peu fatiguée, remonta dans son appartement, après avoir « à l'anglaise » serré la main de son imperturbable sauveur.

L'honorable gentleman, lui, s'absorba pendant toute la soirée dans la lecture du *Times* et de l'*Illustrated London News*.

S'il avait été homme à s'étonner de quelque chose, c'eût été de ne point voir apparaître son domestique à l'heure du coucher. Mais, sachant que le paquebot de Yokohama ne devait pas quitter Hong-Kong avant le lendemain matin, il ne s'en préoccupa pas autrement. Le lendemain, Passepartout ne vint point au coup de sonnette de Mr. Fogg.

Ce que pensa l'honorable gentleman en apprenant que son domestique n'était pas rentré à l'hôtel, nul n'aurait pu le dire. Mr. Fogg se contenta de prendre son sac, fit prévenir Mrs. Aouda, et envoya chercher un palanquin.

Il était alors huit heures, et la pleine mer, dont le *Carnatic* devait profiter pour sortir des passes, était indiquée pour neuf heures et demie.

Lorsque le palanquin fut arrivé à la porte de l'hôtel, Mr. Fogg et Mrs. Aouda montèrent dans ce confortable véhicule, et les bagages suivirent derrière sur une brouette.

Une demi-heure plus tard, les voyageurs descendaient sur le quai d'embarquement, et là Mr. Fogg apprenait que le *Carnatic* était parti depuis la veille.

Mr. Fogg, qui comptait trouver, à la fois, et le paquebot et son domestique, en était réduit à se passer de l'un et de l'autre. Mais aucune marque de désappointement ne parut sur son visage, et comme Mrs. Aouda le regardait avec inquiétude, il se contenta de répondre :

« C'est un incident, madame, rien de plus. »

En ce moment, un personnage qui l'observait avec attention s'approcha de lui. C'était l'inspecteur Fix, qui le salua et lui dit :

« N'êtes-vous pas comme moi, monsieur, un des passagers du *Rangoon*, arrivé hier ?

— Oui, monsieur, répondit froidement Mr. Fogg, mais je n'ai pas l'honneur...

— Pardonnez-moi, mais je croyais trouver ici votre domestique.

— Savez-vous où il est, monsieur ? demanda vivement la jeune femme.

— Quoi ! répondit Fix, feignant la surprise, n'est-il pas avec vous ?

— Non, répondit Mrs. Aouda. Depuis hier, il n'a pas reparu. Se serait-il embarqué sans nous à bord du *Carnatic* ?

— Sans vous, madame ?... répondit l'agent. Mais, excusez ma question, vous comptiez donc partir sur ce paquebot ?

— Oui, monsieur.

— Moi aussi, madame, et vous me voyez très désappointé. Le *Carnatic*, ayant terminé ses réparations, a quitté Hong-Kong douze heures plus tôt sans prévenir personne, et maintenant il faudra attendre huit jours le prochain départ ! »

En prononçant ces mots : « huit jours », Fix sentait son cœur bondir de joie. Huit jours ! Fogg

retenu huit jours à Hong-Kong! On aurait le temps
de recevoir le mandat d'arrêt. Enfin, la chance se
déclarait pour le représentant de la loi.

Que l'on juge donc du coup d'assommoir qu'il
reçut, quand il entendit Phileas Fogg dire de sa
voix calme :

« Mais il y a d'autres navires que le *Carnatic*, il
me semble, dans le port de Hong-Kong. »

Et Mr. Fogg, offrant son bras à Mrs. Aouda, se
dirigea vers les docks à la recherche d'un navire en
partance.

Fix, abasourdi, suivait. On eût dit qu'un fil le
rattachait à cet homme.

Toutefois, la chance sembla véritablement abandonner celui qu'elle avait si bien servi jusqu'alors.
Phileas Fogg, pendant trois heures, parcourut le
port en tous sens, décidé, s'il le fallait, à fréter un
bâtiment pour le transporter à Yokohama; mais il
ne vit que des navires en chargement ou en déchargement, et qui, par conséquent, ne pouvaient appareiller. Fix se reprit à espérer.

Cependant Mr. Fogg ne se déconcertait pas, et
il allait continuer ses recherches, dût-il pousser
jusqu'à Macao, quand il fut accosté par un marin
sur l'avant-port.

« Votre Honneur cherche un bateau? lui dit le
marin en se découvrant.

— Vous avez un bateau prêt à partir? demanda
Mr. Fogg.

— Oui, Votre Honneur, un bateau-pilote, nº 43,
le meilleur de la flottille.

— Il marche bien?

— Entre huit et neuf milles, au plus près. Voulez-
vous le voir?

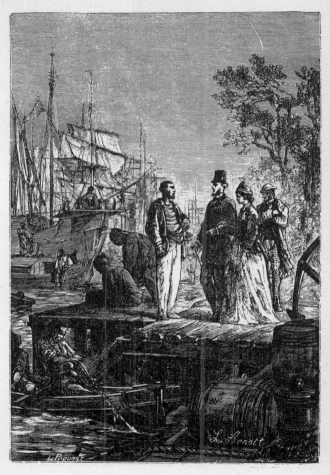

« Votre Honneur cherche un bateau ? » (Page 164.)

— Oui.

— Votre Honneur sera satisfait. Il s'agit d'une
promenade en mer ?

— Non. D'un voyage.

— Un voyage ?

— Vous chargez-vous de me conduire à Yokohama ?»

Le marin, à ces mots, demeura les bras ballants,
les yeux écarquillés.

« Votre Honneur veut rire ? dit-il.

— Non ! j'ai manqué le départ du *Carnatic*, et il
faut que je sois le 14, au plus tard, à Yokohama,
pour prendre le paquebot de San Francisco.

— Je le regrette, répondit le pilote, mais c'est
impossible.

— Je vous offre cent livres (2 500 F) par jour, et
une prime de deux cents livres si j'arrive à temps.

— C'est sérieux ? demanda le pilote.

— Très sérieux », répondit Mr. Fogg.

Le pilote s'était retiré à l'écart. Il regardait la mer,
évidemment combattu entre le désir de gagner une
somme énorme et la crainte de s'aventurer si loin.
Fix était dans des transes mortelles.

Pendant ce temps, Mr. Fogg s'était retourné
vers Mrs. Aouda.

« Vous n'aurez pas peur, madame ? lui demanda-
t-il.

— Avec vous, non, monsieur Fogg », répondit
la jeune femme.

Le pilote s'était de nouveau avancé vers le gentleman, et tournait son chapeau entre ses mains.

« Eh bien, pilote ? dit Mr. Fogg.

— Eh bien, Votre Honneur, répondit le pilote,
je ne puis risquer ni mes hommes, ni moi, ni vous-
même, dans une si longue traversée sur un bateau

de vingt tonneaux à peine, et à cette époque de
l'année. D'ailleurs, nous n'arriverions pas à temps,
car il y a seize cent cinquante milles de Hong-Kong
à Yokohama.

— Seize cents seulement, dit Mr. Fogg.

— C'est la même chose. »

Fix respira un bon coup d'air.

« Mais, ajouta le pilote, il y aurait peut-être moyen
de s'arranger autrement. »

Fix ne respira plus.

« Comment ? demanda Phileas Fogg.

— En allant à Nagasaki, à l'extrémité sud du Japon,
onze cents milles, ou seulement à Shangaï, à huit
cents milles de Hong-Kong. Dans cette dernière
traversée, on ne s'éloignerait pas de la côte chinoise,
ce qui serait un grand avantage, d'autant plus que
les courants y portent au nord.

— Pilote, répondit Phileas Fogg, c'est à Yokohama
que je dois prendre la malle américaine, et non à
Shangaï ou à Nagasaki.

— Pourquoi pas ? répondit le pilote. Le paquebot
de San Francisco ne part pas de Yokohama. Il fait
escale à Yokohama et à Nagasaki, mais son port de
départ est Shangaï.

— Vous êtes certain de ce que vous dites ?

— Certain.

— Et quand le paquebot quitte-t-il Shangaï ?

— Le 11, à sept heures du soir. Nous avons donc
quatre jours devant nous. Quatre jours, c'est quatre-
vingt-seize heures, et avec une moyenne de huit
milles à l'heure, si nous sommes bien servis, si le
vent tient au sud-est, si la mer est calme, nous pouvons enlever les huit cents milles qui nous séparent
de Shangaï.

— Et vous pourriez partir ?...

— Dans une heure. Le temps d'acheter des vivres et d'appareiller.

— Affaire convenue... Vous êtes le patron du bateau ?

— Oui, John Bunsby, patron de la *Tankadère*.

— Voulez-vous des arrhes ?

— Si cela ne désoblige pas Votre Honneur.

— Voici deux cents livres à compte... Monsieur, ajouta Phileas Fogg en se retournant vers Fix, si vous voulez profiter...

— Monsieur, répondit résolument Fix, j'allais vous demander cette faveur.

— Bien. Dans une demi-heure nous serons à bord.

— Mais ce pauvre garçon... dit Mrs. Aouda, que la disparition de Passepartout préoccupait extrêmement.

— Je vais faire pour lui tout ce que je puis faire », répondit Phileas Fogg.

Et, tandis que Fix, nerveux, fiévreux, rageant, se rendait au bateau-pilote, tous deux se dirigèrent vers les bureaux de la police de Hong-Kong. Là, Phileas Fogg donna le signalement de Passepartout, et laissa une somme suffisante pour le rapatrier. Même formalité fut remplie chez l'agent consulaire français, et le palanquin, après avoir touché à l'hôtel, où les bagages furent pris, ramena les voyageurs à l'avant-port.

Trois heures sonnaient. Le bateau-pilote n° 43, son équipage à bord, ses vivres embarqués, était prêt à appareiller.

C'était une charmante petite goélette de vingt tonneaux que la *Tankadère*, bien pincée de l'avant, très dégagée dans ses façons, très allongée dans ses lignes d'eau. On eût dit un yacht de course. Ses

cuivres brillants, ses ferrures galvanisées, son pont
blanc comme de l'ivoire, indiquaient que le patron
John Bunsby s'entendait à la tenir en bon état. Ses
deux mâts s'inclinaient un peu sur l'arrière. Elle
portait brigantine, misaine, trinquette, focs, flèches,
et pouvait gréer une fortune pour le vent arrière.
Elle devait merveilleusement marcher, et, de fait,
elle avait déjà gagné plusieurs prix dans les « matches »
de bateaux-pilotes.

L'équipage de la *Tankadère* se composait du patron
John Bunsby et de quatre hommes. C'étaient de
ces hardis marins qui, par tous les temps, s'aven-
turent à la recherche des navires, et connaissent
admirablement ces mers. John Bunsby, un homme
de quarante-cinq ans environ, vigoureux, noir de
hâle, le regard vif, la figure énergique, bien d'aplomb,
bien à son affaire, eût inspiré confiance aux plus
craintifs.

Phileas Fogg et Mrs. Aouda passèrent à bord.
Fix s'y trouvait déjà. Par le capot d'arrière de la
goélette, on descendait dans une chambre carrée,
dont les parois s'évidaient en forme de cadres, au-
dessus d'un divan circulaire. Au milieu, une table
éclairée par une lampe de roulis. C'était petit, mais
propre.

« Je regrette de n'avoir pas mieux à vous offrir »,
dit Mr. Fogg à Fix, qui s'inclina sans répondre.

L'inspecteur de police éprouvait comme une sorte
d'humiliation à profiter ainsi des obligeances du
sieur Fogg.

« A coup sûr, pensait-il, c'est un coquin fort poli,
mais c'est un coquin! »

A trois heures dix minutes, les voiles furent hissées.
Le pavillon d'Angleterre battait à la corne de la

« Je regrette de n'avoir pas mieux à vous offrir. » (Page 169.)

goélette. Les passagers étaient assis sur le pont.
Mr. Fogg et Mrs. Aouda jetèrent un dernier regard
sur le quai, afin de voir si Passepartout n'apparaîtrait
pas.

Fix n'était pas sans appréhension, car le hasard
aurait pu conduire en cet endroit même le malheureux garçon qu'il avait si indignement traité, et
alors une explication eût éclaté, dont le détective
ne se fût pas tiré à son avantage. Mais le Français
ne se montra pas, et, sans doute, l'abrutissant narcotique le tenait encore sous son influence.

Enfin, le patron John Bunsby passa au large, et
la *Tankadère*, prenant le vent sous sa brigantine, sa
misaine et ses focs, s'élança en bondissant sur les
flots.

XXI

OÙ LE PATRON DE LA « TANKADÈRE » RISQUE FORT DE PERDRE UNE PRIME DE DEUX CENTS LIVRES

C'ÉTAIT une aventureuse expédition que cette navigation de huit cents milles, sur une embarcation
de vingt tonneaux, et surtout à cette époque de
l'année. Elles sont généralement mauvaises, ces
mers de la Chine, exposées à des coups de vent
terribles, principalement pendant les équinoxes, et
on était encore aux premiers jours de novembre.

C'eût été, bien évidemment, l'avantage du pilote
de conduire ses passagers jusqu'à Yokohama, puisqu'il
était payé tant par jour. Mais son imprudence aurait

été grande de tenter une telle traversée dans ces conditions, et c'était déjà faire acte d'audace, sinon de témérité, que de remonter jusqu'à Shangaï. Mais John Bunsby avait confiance en sa *Tankadère*, qui s'élevait à la lame comme une mauve, et peut-être n'avait-il pas tort.

Pendant les dernières heures de cette journée, la *Tankadère* naviguia dans les passes capricieuses de Hong-Kong, et sous toutes les allures, au plus près ou vent arrière, elle se comporta admirablement.

« Je n'ai pas besoin, pilote, dit Phileas Fogg au moment où la goélette donnait en pleine mer, de vous recommander toute la diligence possible.

— Que Votre Honneur s'en rapporte à moi, répondit John Bunsby. En fait de voiles, nous portons tout ce que le vent permet de porter. Nos flèches n'y ajouteraient rien, et ne serviraient qu'à assommer l'embarcation en nuisant à sa marche.

— C'est votre métier, et non le mien, pilote, et je me fie à vous. »

Phileas Fogg, le corps droit, les jambes écartées, d'aplomb comme un marin, regardait sans broncher la mer houleuse. La jeune femme, assise à l'arrière, se sentait émue en contemplant cet océan, assombri déjà par le crépuscule, qu'elle bravait sur une frêle embarcation. Au-dessus de sa tête se déployaient les voiles blanches, qui l'emportaient dans l'espace comme de grandes ailes. La goélette, soulevée par le vent, semblait voler dans l'air.

La nuit vint. La lune entrait dans son premier quartier, et son insuffisante lumière devait s'éteindre bientôt dans les brumes de l'horizon. Des nuages chassaient de l'est et envahissaient déjà une partie du ciel.

La jeune femme, assise à l'arrière, se sentait émue. (Page 172.)

Le pilote avait disposé ses feux de position, — précaution indispensable à prendre dans ces mers très fréquentées aux approches des atterrages. Les rencontres de navires n'y étaient pas rares, et, avec la vitesse dont elle était animée, la goélette se fût brisée au moindre choc.

Fix rêvait à l'avant de l'embarcation. Il se tenait à l'écart, sachant Fogg d'un naturel peu causeur. D'ailleurs, il lui répugnait de parler à cet homme, dont il acceptait les services. Il songeait aussi à l'avenir. Cela lui paraissait certain que le sieur Fogg ne s'arrêterait pas à Yokohama, qu'il prendrait immédiatement le paquebot de San Francisco afin d'atteindre l'Amérique, dont la vaste étendue lui assurerait l'impunité avec la sécurité. Le plan de Phileas Fogg lui semblait on ne peut plus simple.

Au lieu de s'embarquer en Angleterre pour les États-Unis, comme un coquin vulgaire, ce Fogg avait fait le grand tour et traversé les trois quarts du globe, afin de gagner plus sûrement le continent américain, où il mangerait tranquillement le million de la Banque, après avoir dépisté la police. Mais une fois sur la terre de l'Union, que ferait Fix ? Abandonnerait-il cet homme ? Non, cent fois non ! et jusqu'à ce qu'il eût obtenu un acte d'extradition, il ne le quitterait pas d'une semelle. C'était son devoir, et il l'accomplirait jusqu'au bout. En tout cas, une circonstance heureuse s'était produite : Passepartout n'était plus auprès de son maître, et surtout, après les confidences de Fix, il était important que le maître et le serviteur ne se revissent jamais.

Phileas Fogg, lui, n'était pas non plus sans songer à son domestique, si singulièrement disparu. Toutes réflexions faites, il ne lui sembla pas impossible que, par suite d'un malentendu, le pauvre garçon ne se fût embarqué sur le *Carnatic*, au dernier moment. C'était aussi l'opinion de Mrs. Aouda, qui regrettait profondément cet honnête serviteur, auquel elle devait tant. Il pouvait donc se faire qu'on le retrouvât à Yokohama, et, si le *Carnatic* l'y avait transporté, il serait aisé de le savoir.

Vers dix heures, la brise vint à fraîchir. Peut-être eût-il été prudent de prendre un ris, mais le pilote, après avoir soigneusement observé l'état du ciel, laissa la voilure telle qu'elle était établie. D'ailleurs, la *Tankadère* portait admirablement la toile, ayant un grand tirant d'eau, et tout était paré à amener rapidement, en cas de grain.

A minuit, Phileas Fogg et Mrs. Aouda descendirent dans la cabine. Fix les y avait précédés, et s'était étendu sur l'un des cadres. Quant au pilote et à ses hommes, ils demeurèrent toute la nuit sur le pont.

Le lendemain, 8 novembre, au lever du soleil, la goélette avait fait plus de cent milles. Le loch, souvent jeté, indiquait que la moyenne de sa vitesse était entre huit et neuf milles. La *Tankadère* avait du largue dans ses voiles qui portaient toutes, et elle obtenait, sous cette allure, son maximum de rapidité. Si le vent tenait dans ces conditions, les chances étaient pour elle.

La *Tankadère*, pendant toute cette journée, ne s'éloigna pas sensiblement de la côte, dont les courants lui étaient favorables. Elle l'avait à cinq milles au plus par sa hanche de bâbord, et cette côte, irrégulièrement profilée, apparaissait parfois à travers quelques éclaircies. Le vent venant de terre, la mer était moins forte par là même : circonstance heureuse pour la goélette, car les embarcations d'un petit tonnage souffrent surtout de la houle qui rompt leur vitesse, qui « les tue », pour employer l'expression maritime.

Vers midi, la brise mollit un peu et hâla le sud-est. Le pilote fit établir les flèches ; mais au bout de deux heures, il fallut les amener, car le vent fraîchissait à nouveau.

Mr. Fogg et la jeune femme, fort heureusement réfractaires au mal de mer, mangèrent avec appétit les conserves et le biscuit du bord. Fix fut invité à partager leur repas et dut accepter, sachant bien qu'il est aussi nécessaire de lester les estomacs que les bateaux, mais cela le vexait ! Voyager aux frais de cet homme, se nourrir de ses propres vivres, il trouvait à cela quelque chose de peu loyal. Il mangea cependant, — sur le pouce, il est vrai, — mais enfin il mangea.

Toutefois, ce repas terminé, il crut devoir prendre le sieur Fogg à part, et il lui dit :

« Monsieur... »

Ce « monsieur » lui écorchait les lèvres, et il se retenait pour ne pas mettre la main au collet de ce « monsieur » !

Monsieur, vous avez été fort obligeant en m'offrant passage à votre bord. Mais, bien que mes ressources ne me permettent pas d'agir aussi largement que vous, j'entends payer ma part...

— Ne parlons pas de cela, monsieur, répondit Mr. Fogg.

— Mais si, je tiens...

— Non, monsieur, répéta Fogg d'un ton qui n'admettait pas de réplique. Cela entre dans les frais généraux ! »

Fix s'inclina, il étouffait, et, allant s'étendre sur l'avant de la goélette, il ne dit plus un mot de la journée.

Cependant on filait rapidement. John Bunsby avait bon espoir. Plusieurs fois il dit à Mr. Fogg qu'on arriverait en temps voulu à Shangaï. Mr. Fogg répondit simplement qu'il y comptait. D'ailleurs, tout l'équipage de la petite goélette y mettait du zèle. La prime affriolait ces braves gens. Aussi, pas une écoute qui ne fût consciencieusement raidie! Pas une voile qui ne fût vigoureusement étarquée! Pas une embardée que l'on pût reprocher à l'homme de barre! On n'eût pas manœuvré plus sévèrement dans une régate du Royal-Yacht-Club.

Le soir, le pilote avait relevé au loch un parcours de deux cent vingt milles depuis Hong-Kong, et Phileas Fogg pouvait espérer qu'en arrivant à Yokohama, il n'aurait aucun retard à inscrire à son programme. Ainsi donc, le premier contretemps sérieux qu'il eût éprouvé depuis son départ de Londres ne lui causerait probablement aucun préjudice.

Pendant la nuit, vers les premières heures du matin, la *Tankadère* entrait franchement dans le détroit de Fo-Kien, qui sépare la grande île Formose de la côte chinoise, et elle coupait le tropique du Cancer. La mer était très dure dans ce détroit, plein de remous formés par les contre-courants. La goélette fatigua beaucoup. Les lames courtes brisaient sa marche. Il devint très difficile de se tenir debout sur le pont.

Avec le lever du jour, le vent fraîchit encore. Il y avait dans le ciel l'apparence d'un coup de vent. Du reste, le baromètre annonçait un changement prochain de l'atmosphère; sa marche diurne était irrégulière, et le mercure oscillait capricieusement. On voyait aussi la mer se soulever vers le sud-est en longues houles « qui sentaient la tempête ». La veille, le soleil s'était couché dans une brume rouge, au milieu des scintillations phosphorescentes de l'océan.

Le pilote examina longtemps ce mauvais aspect du ciel et murmura entre ses dents des choses peu intelligibles. A un certain moment, se trouvant près de son passager :

« On peut tout dire à Votre Honneur ? dit-il à voix basse.

— Tout, répondit Phileas Fogg.

— Eh bien, nous allons avoir un coup de vent.

— Viendra-t-il du nord ou du sud ? demanda simplement Mr. Fogg.

— Du sud. Voyez. C'est un typhon qui se prépare !

— Va pour le typhon du sud, puisqu'il nous poussera du bon côté, répondit Mr. Fogg.

— Si vous le prenez comme cela, répliqua le pilote, je n'ai plus rien à dire ! »

Les pressentiments de John Bunsby ne le trompaient pas. A une époque moins avancée de l'année, le typhon, suivant l'expression d'un célèbre météorologiste, se fût écoulé comme une cascade lumineuse de flammes électriques, mais en équinoxe d'hiver, il était à craindre qu'il ne se déchaînât avec violence.

Le pilote prit ses précautions par avance. Il fit serrer toutes les voiles de la goélette et amener les vergues sur le pont. Les mâts de flèche furent dépassés. On rentra le bout-dehors. Les panneaux furent condamnés avec soin. Pas une goutte d'eau ne pouvait, dès lors, pénétrer dans la coque de l'embarcation. Une seule voile triangulaire, un tourmentin

de forte toile, fut hissé en guise de trinquette, de
manière à maintenir la goélette vent arrière. Et on
attendit.

John Bunsby avait engagé ses passagers à descendre
dans la cabine; mais, dans un étroit espace, à peu
près privé d'air, et par les secousses de la houle, cet
emprisonnement n'avait rien d'agréable. Ni Mr. Fogg,
ni Mrs. Aouda, ni Fix lui-même ne consentirent à
quitter le pont.

Vers huit heures, la bourrasque de pluie et de
rafale tomba à bord. Rien qu'avec son petit morceau
de toile, la *Tankadère* fut enlevée comme une plume
par ce vent dont on ne saurait donner une idée
exacte, quand il souffle en tempête. Comparer sa
vitesse à la quadruple vitesse d'une locomotive
lancée à toute vapeur, ce serait rester au-dessous
de la vérité.

Pendant toute la journée, l'embarcation courut
ainsi vers le nord, emportée par les lames mons-
trueuses, en conservant heureusement une rapidité
égale à la leur. Vingt fois elle faillit être coiffée par
une de ces montagnes d'eau qui se dressaient à
l'arrière; mais un adroit coup de barre, donné par
le pilote, parait la catastrophe. Les passagers étaient
quelquefois couverts en grand par les embruns qu'ils
recevaient philosophiquement. Fix maugréait sans
doute, mais l'intrépide Aouda, les yeux fixés sur
son compagnon, dont elle ne pouvait qu'admirer
le sang-froid, se montrait digne de lui et bravait
la tourmente à ses côtés. Quant à Phileas Fogg, il
semblait que ce typhon fît partie de son programme.

Jusqu'alors la *Tankadère* avait toujours fait route
au nord; mais vers le soir, comme on pouvait le
craindre, le vent, tournant de trois quarts, hâla le

La *Tankadère* fut enlevée comme une plume. (Page 179.)

nord-ouest. La goélette, prêtant alors le flanc à la lame, fut effroyablement secouée. La mer la frappait avec une violence bien faite pour effrayer, quand on ne sait pas avec quelle solidité toutes les parties d'un bâtiment sont reliées entre elles.

Avec la nuit, la tempête s'accentua encore. En voyant l'obscurité se faire, et avec l'obscurité s'accroître la tourmente, John Bunsby ressentit de vives inquiétudes. Il se demanda s'il ne serait pas temps de relâcher, et il consulta son équipage.

Ses hommes consultés, John Bunsby s'approcha de Mr. Fogg, et lui dit :

« Je crois, Votre Honneur, que nous ferions bien de gagner un des ports de la côte.

— Je le crois aussi, répondit Phileas Fogg.

— Ah! fit le pilote, mais lequel?

— Je n'en connais qu'un, répondit tranquillement Mr. Fogg.

— Et c'est!...

— Shangaï. »

Cette réponse, le pilote fut d'abord quelques instants sans comprendre ce qu'elle signifiait, ce qu'elle renfermait d'obstination et de ténacité. Puis il s'écria :

« Eh bien, oui! Votre Honneur a raison. A Shangaï! »

Et la direction de la *Tankadère* fut imperturbablement maintenue vers le nord.

Nuit vraiment terrible! Ce fut un miracle si la petite goélette ne chavira pas. Deux fois elle fut engagée, et tout aurait été enlevé à bord, si les saisines eussent manqué. Mrs. Aouda était brisée, mais elle ne fit pas entendre une plainte. Plus d'une fois Mr. Fogg dut se précipiter vers elle pour la protéger contre la violence des lames.

Le jour reparut. La tempête se déchaînait encore avec une extrême fureur. Toutefois, le vent retomba dans le sud-est. C'était une modification favorable, et la *Tankadère* fit de nouveau route sur cette mer démontée, dont les lames se heurtaient alors à celles que provoquait la nouvelle aire du vent. De là un choc de contre-houles qui eût écrasé une embarcation moins solidement construite.

De temps en temps on apercevait la côte à travers les brumes déchirées, mais pas un navire en vue. La *Tankadère* était seule à tenir la mer.

A midi, il y eut quelques symptômes d'accalmie, qui, avec l'abaissement du soleil sur l'horizon, se prononcèrent plus nettement.

Le peu de durée de la tempête tenait à sa violence même. Les passagers, absolument brisés, purent manger un peu et prendre quelque repos.

La nuit fut relativement paisible. Le pilote fit rétablir ses voiles au bas ris. La vitesse de l'embarcation fut considérable. Le lendemain, 11, au lever du jour, reconnaissance faite de la côte, John Bunsby put affirmer qu'on n'était pas à cent milles de Shangaï.

Cent milles, et il ne restait plus que cette journée pour les faire! C'était le soir même que Mr. Fogg devait arriver à Shangaï, s'il ne voulait pas manquer le départ du paquebot de Yokohama. Sans cette tempête, pendant laquelle il perdit plusieurs heures, il n'eût pas été en ce moment à trente milles du port.

La brise mollissait sensiblement, mais heureusement la mer tombait avec elle. La goélette se couvrit de toile. Flèches, voiles d'étais, contre-foc, tout portait, et la mer écumait sous l'étrave.

A midi, la *Tankadère* n'était pas à plus de quarante-cinq milles de Shangaï. Il lui restait six heures encore pour gagner ce port avant le départ du paquebot de Yokohama.

Les craintes furent vives à bord. On voulait arriver à tout prix. Tous — Phileas Fogg excepté sans doute — sentaient leur cœur battre d'impatience. Il fallait que la petite goélette se maintînt dans une moyenne de neuf milles à l'heure, et le vent mollissait toujours! C'était une brise irrégulière, des bouffées capricieuses venant de la côte. Elles passaient, et la mer se déridait aussitôt après leur passage.

Cependant l'embarcation était si légère, ses voiles hautes, d'un fin tissu, ramassaient si bien les folles brises, que, le courant aidant, à six heures, John Bunsby ne comptait plus que dix milles jusqu'à la rivière de Shangaï, car la ville elle-même est située à une distance de douze milles au moins au-dessus de l'embouchure.

A sept heures, on était encore à trois milles de Shangaï. Un formidable juron s'échappa des lèvres du pilote... La prime de deux cents livres allait évidemment lui échapper. Il regarda Mr. Fogg. Mr. Fogg était impassible, et cependant sa fortune entière se jouait à ce moment...

A ce moment aussi, un long fuseau noir, couronné d'un panache de fumée, apparut au ras de l'eau. C'était le paquebot américain, qui sortait à l'heure réglementaire.

« Malédiction! s'écria John Bunsby, qui repoussa la barre d'un bras désespéré.

— Des signaux! » dit simplement Phileas Fogg.

Un petit canon de bronze s'allongeait à l'avant de la *Tankadère*. Il servait à faire des signaux par les temps de brume.

Le canon fut chargé jusqu'à la gueule, mais au

moment où le pilote allait appliquer un charbon ardent sur la lumière :

« Le pavillon en berne », dit Mr. Fogg.

Le pavillon fut amené à mi-mât. C'était un signal de détresse, et l'on pouvait espérer que le paquebot américain, l'apercevant, modifierait un instant sa route pour rallier l'embarcation.

« Feu ! » dit Mr. Fogg.

Et la détonation du petit canon de bronze éclata dans l'air.

XXII

OÙ PASSEPARTOUT VOIT BIEN QUE, MÊME AUX ANTIPODES, IL EST PRUDENT D'AVOIR QUELQUE ARGENT DANS SA POCHE

Le *Carnatic*, ayant quitté Hong-Kong, le 7 novembre, à six heures et demie du soir, se dirigeait à toute vapeur vers les terres du Japon. Il emportait un plein chargement de marchandises et de passagers. Deux cabines de l'arrière restaient inoccupées. C'étaient celles qui avaient été retenues pour le compte de Mr. Phileas Fogg.

Le lendemain matin, les hommes de l'avant pouvaient voir, non sans quelque surprise, un passager, l'œil à demi hébété, la démarche branlante, la tête ébouriffée, qui sortait du capot des secondes et venait en titubant s'asseoir sur une drome.

Ce passager, c'était Passepartout en personne. Voici ce qui était arrivé.

Quelques instants après que Fix eut quitté la tabagie, deux garçons avaient enlevé Passepartout profondément endormi, et l'avaient couché sur le lit réservé aux fumeurs. Mais trois heures plus tard, Passepartout, poursuivi jusque dans ses cauchemars par une idée fixe, se réveillait et luttait contre l'action stupéfiante du narcotique. La pensée du devoir non accompli secouait sa torpeur. Il quittait ce lit d'ivrognes, et trébuchant, s'appuyant aux murailles, tombant et se relevant, mais toujours et irrésistiblement poussé par une sorte d'instinct, il sortait de la tabagie, criant comme dans un rêve : « Le *Carnatic* ! le *Carnatic* ! »

Le paquebot était là fumant, prêt à partir. Passepartout n'avait que quelques pas à faire. Il s'élança sur le pont volant, il franchit la coupée et tomba inanimé à l'avant, au moment où le *Carnatic* larguait ses amarres.

Quelques matelots, en gens habitués à ces sortes de scènes, descendirent le pauvre garçon dans une cabine des secondes, et Passepartout ne se réveilla que le lendemain matin, à cent cinquante milles des terres de la Chine.

Voilà donc pourquoi, ce matin-là, Passepartout se trouvait sur le pont du *Carnatic*, et venait humer à pleine gorgées les fraîches brises de la mer. Cet air pur le dégrisa. Il commença à rassembler ses idées et n'y parvint pas sans peine. Mais, enfin, il se rappela les scènes de la veille, les confidences de Fix, la tabagie, etc.

« Il est évident, se dit-il, que j'ai été abominablement grisé ! Que va dire Mr. Fogg ? En tout cas, je n'ai pas manqué le bateau, et c'est le principal. »

Puis, songeant à Fix :

« Pour celui-là, se dit-il, j'espère bien que nous

en sommes débarrassés, et qu'il n'a pas osé, après ce qu'il m'a proposé, nous suivre sur le *Carnatic*. Un inspecteur de police, un détective aux trousses de mon maître, accusé de ce vol commis à la Banque d'Angleterre! Allons donc! Mr. Fogg est un voleur comme je suis un assassin! »

Passepartout devait-il raconter ces choses à son maître? Convenait-il de lui apprendre le rôle joué par Fix dans cette affaire? Ne ferait-il pas mieux d'attendre son arrivée à Londres, pour lui dire qu'un agent de la police métropolitaine l'avait filé autour du monde, et pour en rire avec lui? Oui, sans doute. En tout cas, question à examiner. Le plus pressé, c'était de rejoindre Mr. Fogg et de lui faire agréer ses excuses pour cette inqualifiable conduite.

Passepartout se leva donc. La mer était houleuse, et le paquebot roulait fortement. Le digne garçon, aux jambes peu solides encore, gagna tant bien que mal l'arrière du navire.

Sur le pont, il ne vit personne qui ressemblât ni à son maître, ni à Mrs. Aouda.

« Bon, fit-il, Mrs. Aouda est encore couchée à cette heure. Quant à Mr. Fogg, il aura trouvé quelque joueur de whist, et suivant son habitude... »

Ce disant, Passepartout descendit au salon. Mr. Fogg n'y était pas. Passepartout n'avait qu'une chose à faire : c'était de demander au purser quelle cabine occupait Mr. Fogg. Le purser lui répondit qu'il ne connaissait aucun passager de ce nom.

« Pardonnez-moi, dit Passepartout en insistant. Il s'agit d'un gentleman, grand, froid, peu communicatif, accompagné d'une jeune dame...

— Nous n'avons pas de jeune dame à bord, répondit le purser. Au surplus, voici la liste des passagers.

Vous pouvez la consulter. »

Passepartout consulta la liste... Le nom de son maître n'y figurait pas.

Il eut comme un éblouissement. Puis une idée lui traversa le cerveau.

« Ah çà! je suis bien sur le *Carnatic*? s'écria-t-il.

— Oui, répondit le purser.

— En route pour Yokohama?

— Parfaitement. »

Passepartout avait eu un instant cette crainte de s'être trompé de navire! Mais s'il était sur le *Carnatic*, il était certain que son maître ne s'y trouvait pas.

Passepartout se laissa tomber sur un fauteuil. C'était un coup de foudre. Et, soudain, la lumière se fit en lui. Il se rappela que l'heure du départ du *Carnatic* avait été avancée, qu'il devait prévenir son maître, et qu'il ne l'avait pas fait! C'était donc sa faute si Mr. Fogg et Mrs. Aouda avaient manqué ce départ!

Sa faute, oui, mais plus encore celle du traître qui, pour le séparer de son maître, pour retenir celui-ci à Hong-Kong, l'avait enivré! Car il comprit enfin la manœuvre de l'inspecteur de police. Et maintenant, Mr. Fogg, à coup sûr ruiné, son pari perdu, arrêté, emprisonné peut-être!... Passepartout, à cette pensée, s'arracha les cheveux. Ah! si jamais Fix lui tombait sous la main, quel règlement de comptes!

Enfin, après le premier moment d'accablement, Passepartout reprit son sang-froid et etudia la situation. Elle était peu enviable. Le Français se trouvait en route pour le Japon. Certain d'y arriver, comment en reviendrait-il? Il avait la poche vide. Pas un shilling, pas un penny! Toutefois, son passage et sa nourriture à bord étaient payés d'avance. Il avait donc cinq ou six jours devant lui pour prendre un parti. S'il mangea et but pendant cette traversée, cela ne saurait se décrire. Il mangea pour son maître, pour Mrs. Aouda et pour lui-même. Il mangea comme si le Japon, où il allait aborder, eût été un pays désert, dépourvu de toute substance comestible.

Le 13, à la marée du matin, le *Carnatic* entrait dans le port de Yokohama.

Ce point est une relâche importante du Pacifique, où font escale tous les steamers employés au service de la poste et des voyageurs entre l'Amérique du Nord, la Chine, le Japon et les îles de la Malaisie. Yokohama est située dans la baie même de Yeddo, à peu de distance de cette immense ville, seconde capitale de l'empire japonais, autrefois résidence du taïkoun, du temps que cet empereur civil existait, et rivale de Meako, la grande cité qu'habite le mikado, empereur ecclésiastique, descendant des dieux.

Le *Carnatic* vint se ranger au quai de Yokohama, près des jetées du port et des magasins de la douane, au milieu de nombreux navires appartenant à toutes les nations.

Passepartout mit le pied, sans aucun enthousiasme, sur cette terre si curieuse des Fils du Soleil. Il n'avait rien de mieux à faire que de prendre le hasard pour guide, et d'aller à l'aventure par les rues de la ville.

Passepartout se trouva d'abord dans une cité absolument européenne, avec des maisons à basses façades, ornées de vérandas sous lesquelles se développaient d'élégants péristyles, et qui couvrait de ses rues, de ses places, de ses docks, de ses entrepôts, tout l'espace compris depuis le promontoire du Traité

jusqu'à la rivière. Là, comme à Hong-Kong, comme
à Calcutta, fourmillait un pêle-mêle de gens de toutes
races, Américains, Anglais, Chinois, Hollandais,
marchands prêts à tout vendre et à tout acheter,
au milieu desquels le Français se trouvait aussi
étranger que s'il eût été jeté au pays des Hottentots.

Passepartout avait bien une ressource : c'était
de se recommander près des agents consulaires
français ou anglais établis à Yokohama ; mais il lui
répugnait de raconter son histoire, si intimement
mêlée à celle de son maître, et avant d'en venir là,
il voulait avoir épuisé toutes les autres chances.

Donc, après avoir parcouru la partie européenne
de la ville, sans que le hasard l'eût en rien servi,
il entra dans la partie japonaise, décidé, s'il le fallait,
à pousser jusqu'à Yeddo.

Cette portion indigène de Yokohama est appelée
Benten, du nom d'une déesse de la mer, adorée sur
les îles voisines. Là se voyaient d'admirables allées
de sapins et de cèdres, des portes sacrées d'une architecture étrange, des ponts enfouis au milieu des
bambous et des roseaux, des temples abrités sous le
couvert immense et mélancolique des cèdres sécu-
laires, des bonzeries au fond desquelles végétaient
les prêtres du bouddhisme et les sectateurs de la
religion de Confucius, des rues interminables où l'on
eût pu recueillir une moisson d'enfants au teint rose
et aux joues rouges, petits bonshommes qu'on eût dit
découpés dans quelque paravent indigène, et qui
se jouaient au milieu de caniches à jambes courtes
et de chats jaunâtres, sans queue, très paresseux et
très caressants.

Dans les rues, ce n'était que fourmillement, va-et-
vient incessant : bonzes passant processionnellement

en frappant leurs tambourins monotones, yakounines, officiers de douane ou de police, à chapeaux
pointus incrustés de laque et portant deux sabres
à leur ceinture, soldats vêtus de cotonnades bleues
à raies blanches et armés de fusil à percussion, hommes
d'armes du mikado, ensachés dans leur pourpoint
de soie, avec haubert et cotte de mailles, et nombre
d'autres militaires de toutes conditions, — car, au
Japon, la profession de soldat est autant estimée
qu'elle est dédaignée en Chine. Puis, des frères
quêteurs, des pèlerins en longues robes, de simples
civils, chevelure lisse et d'un noir d'ébène, tête
grosse, buste long, jambes grêles, taille peu élevée,
teint coloré depuis les sombres nuances du cuivre
jusqu'au blanc mat, mais jamais jaune comme celui
des Chinois, dont les Japonais diffèrent essentielle-
ment. Enfin, entre les voitures, les palanquins, les
chevaux, les porteurs, les brouettes à voile, les « nor-
mons » à parois de laque, les « cangos » moelleux,
véritables litières en bambou, on voyait circuler,
à petits pas de leur petit pied, chaussé de souliers
de toile, de sandales de paille ou de socques en bois
ouvragé, quelques femmes peu jolies, les yeux bridés,
la poitrine déprimée, les dents noircies au goût du
jour, mais portant avec élégance le vêtement national,
le « kirimon », sorte de robe de chambre croisée
d'une écharpe de soie, dont la large ceinture s'épa-
nouissait derrière en un nœud extravagant, — que
les modernes Parisiennes semblent avoir emprunté
aux Japonaises.

Passepartout se promena pendant quelques heures
au milieu de cette foule bigarrée, regardant aussi
les curieuses et opulentes boutiques, les bazars où
s'entasse tout le clinquant de l'orfèvrerie japonaise.

les « restaurations » ornées de banderoles et de
bannières, dans lesquelles il lui était interdit d'entrer,
et ces maisons de thé où se boit à pleine tasse l'eau
chaude odorante, avec le « saki », liqueur tirée du
riz en fermentation, et ces confortables tabagies
où l'on fume un tabac très fin, et non l'opium, dont
l'usage est à peu près inconnu au Japon.

Puis Passepartout se trouva dans les champs, au
milieu des immenses rizières. Là s'épanouissaient,
avec des fleurs qui jetaient leurs dernières couleurs
et leurs derniers parfums, des camélias éclatants,
portés non plus sur des arbrisseaux, mais sur des
arbres, et, dans les enclos de bambous, des cerisiers,
des pruniers, des pommiers, que les indigènes cul-
tivent plutôt pour leurs fleurs que pour leurs fruits,
et que des mannequins grimaçants, des tourniquets
criards défendent contre le bec des moineaux, des
pigeons, des corbeaux et autres volatiles voraces.
Pas de cèdre majestueux qui n'abritât quelque
grand aigle; pas de saule pleureur qui ne recouvrît
de son feuillage quelque héron, mélancoliquement
perché sur une patte; enfin, partout des corneilles,
des canards, des éperviers, des oies sauvages, et
grand nombre de ces grues que les Japonais traitent
de « Seigneuries », et qui symbolisent pour eux la
longévité et le bonheur.

En errant ainsi, Passepartout aperçut quelques
violettes entre les herbes :

« Bon! dit-il, voilà mon souper. »

Mais les ayant senties, il ne leur trouva aucun
parfum.

« Pas de chance! » pensa-t-il.

Certes, l'honnête garçon avait, par prévision,
aussi copieusement déjeuné qu'il avait pu avant de

quitter le *Carnatic*; mais après une journée de promenade, il se sentit l'estomac très creux. Il avait bien remarqué que moutons, chèvres ou porcs, manquaient absolument aux étalages des bouchers indigènes, et, comme il savait que c'est un sacrilège de tuer les bœufs, uniquement réservés aux besoins de l'agriculture, il en avait conclu que la viande était rare au Japon. Il ne se trompait pas; mais à défaut de viande de boucherie, son estomac se fût fort accommodé des quartiers de sanglier ou de daim, des perdrix ou des cailles, de la volaille ou du poisson, dont les Japonais se nourrissent presque exclusivement avec le produit des rizières. Mais il dut faire contre fortune bon cœur, et remit au lendemain le soin de pourvoir à sa nourriture.

La nuit vint. Passepartout rentra dans la ville indigène, et il erra dans les rues au milieu des lanternes multicolores, regardant les groupes de baladins exécuter leurs prestigieux exercices, et les astrologues en plein vent qui amassaient la foule autour de leur lunette. Puis il revit la rade, émaillée des feux de pêcheurs, qui attiraient le poisson à la lueur de résines enflammées.

Enfin les rues se dépeuplèrent. A la foule succédèrent les rondes des yakounines. Ces officiers, dans leurs magnifiques costumes et au milieu de leur suite, ressemblaient à des ambassadeurs, et Passepartout répétait plaisamment, chaque fois qu'il rencontrait quelque patrouille éblouissante :

« Allons, bon! encore une ambassade japonaise qui part pour l'Europe! »

La nuit vint. Passepartout rentra dans la ville indigène... (Page 192.)

XXIII

DANS LEQUEL LE NEZ DE PASSEPARTOUT S'ALLONGE
DÉMESURÉMENT

LE lendemain, Passepartout, éreinté, affamé, se dit
qu'il fallait manger à tout prix, et que le plus tôt
serait le mieux. Il avait bien cette ressource de
vendre sa montre, mais il fût plutôt mort de faim.
C'était alors le cas ou jamais, pour ce brave garçon,
d'utiliser la voix forte, sinon mélodieuse, dont la
nature l'avait gratifié.

Il savait quelques refrains de France et d'Angleterre, et il résolut de les essayer. Les Japonais devaient
certainement être amateurs de musique, puisque
tout se fait chez eux aux sons des cymbales, du tam-
tam et des tambours, et ils ne pouvaient qu'apprécier
les talents d'un virtuose européen.

Mais peut-être était-il un peu matin pour orga-
niser un concert, et les dilettanti, inopinément
réveillés, n'auraient peut-être pas payé le chanteur
en monnaie à l'effigie du mikado.

Passepartout se décida donc à attendre quelques
heures ; mais, tout en cheminant, il fit cette réflexion
qu'il semblerait trop bien vêtu pour un artiste ambulant, et l'idée lui vint alors d'échanger ses vêtements contre une défroque plus en harmonie avec
sa position. Cet échange devait, d'ailleurs, produire
une soulte, qu'il pourrait immédiatement appliquer
à satisfaire son appétit.

Cette résolution prise, restait à l'exécuter. Ce ne fut qu'après de longues recherches que Passepartout découvrit un brocanteur indigène, auquel il exposa sa demande. L'habit européen plut au brocanteur, et bientôt Passepartout sortait affublé d'une vieille robe japonaise et coiffé d'une sorte de turban à côtes, décoloré sous l'action du temps. Mais, en retour, quelques piécettes d'argent résonnaient dans sa poche.

« Bon, pensa-t-il, je me figurerai que nous sommes en carnaval ! »

Le premier soin de Passepartout, ainsi « japonaisé », fut d'entrer dans une « tea-house » de modeste apparence, et là, d'un reste de volaille et de quelques poignées de riz, il déjeuna en homme pour qui le dîner serait encore un problème à résoudre.

« Maintenant, se dit-il quand il fut copieusement restauré, il s'agit de ne pas perdre la tête. Je n'ai plus la ressource de vendre cette défroque contre une autre encore plus japonaise. Il faut donc aviser au moyen de quitter le plus promptement possible ce pays du Soleil, dont je ne garderai qu'un lamentable souvenir ! »

Passepartout songea alors à visiter les paquebots en partance pour l'Amérique. Il comptait s'offrir en qualité de cuisinier ou de domestique, ne demandant pour toute rétribution que le passage et la nourriture. Une fois à San Francisco, il verrait à se tirer d'affaire. L'important, c'était de traverser ces quatre mille sept cents milles du Pacifique qui s'étendent entre le Japon et le Nouveau Monde.

Passepartout, n'étant point homme à laisser languir une idée, se dirigea vers le port de Yokohama. Mais à mesure qu'il s'approchait des docks, son projet, qui lui avait paru si simple au moment où

Passepartout sortait affublé d'une vieille robe japonaise. (Page 195.)

il en avait eu l'idée, lui semblait de plus en plus inexécutable. Pourquoi aurait-on besoin d'un cuisinier ou d'un domestique à bord d'un paquebot américain, et quelle confiance inspirerait-il, affublé de la sorte? Quelles recommandations faire valoir? Quelles références indiquer?

Comme il réfléchissait ainsi, ses regards tombèrent sur une immense affiche qu'une sorte de clown promenait dans les rues de Yokohama. Cette affiche était ainsi libellée en anglais :

TROUPE JAPONAISE ACROBATIQUE

DE

L'HONORABLE WILLIAM BATULCAR

DERNIÈRES REPRÉSENTATIONS

Avant leur départ pour les États-Unis d'Amérique

DES

LONGS-NEZ-LONGS-NEZ

SOUS L'INVOCATION DIRECTE DU DIEU TINGOU

Grande Attraction!

« Les États-Unis d'Amérique! s'écria Passepartout, voilà justement mon affaire!... »

Il suivit l'homme-affiche, et, à sa suite, il rentra bientôt dans la ville japonaise. Un quart d'heure plus tard, il s'arrêtait devant une vaste case, que

couronnaient plusieurs faisceaux de banderoles, et
dont les parois extérieures représentaient, sans
perspective, mais en couleurs violentes, toute une
bande de jongleurs.

C'était l'établissement de l'honorable Batulcar,
sorte de Barnum américain, directeur d'une troupe
de saltimbanques, jongleurs, clowns, acrobates, équilibristes, gymnastes, qui, suivant l'affiche, donnait
ses dernières représentations avant de quitter l'empire
du Soleil pour les États de l'Union.

Passepartout entra sous un péristyle qui précédait
la case, et demanda Mr. Batulcar. Mr. Batulcar
apparut en personne.

« Que voulez-vous ? dit-il à Passepartout, qu'il
prit d'abord pour un indigène.

— Avez-vous besoin d'un domestique ? demanda
Passepartout.

— Un domestique, s'écria le Barnum en caressant
l'épaisse barbiche grise qui foisonnait sous son men-
ton, j'en ai deux, obéissants, fidèles, qui ne m'ont
jamais quitté, et qui me servent pour rien, à condition
que je les nourrisse... Et les voilà, ajouta-t-il en
montrant ses deux bras robustes, sillonnés de veines
grosses comme des cordes de contrebasse.

— Ainsi, je ne puis vous être bon à rien ?

— A rien.

— Diable ! ça m'aurait pourtant fort convenu de
partir avec vous.

— Ah çà ! dit l'honorable Batulcar, vous êtes
Japonais comme je suis un singe ! Pourquoi donc
êtes-vous habillé de la sorte ?

— On s'habille comme on peut !

— Vrai, cela. Vous êtes un Français, vous ?

— Oui, un Parisien de Paris.

— Alors, vous devez savoir faire des grimaces?

— Ma foi, répondit Passepartout, vexé de voir sa nationalité provoquer cette demande, nous autres Français, nous savons faire des grimaces, c'est vrai, mais pas mieux que les Américains!

— Juste. Eh bien, si je ne vous prends pas comme domestique, je peux vous prendre comme clown. Vous comprenez, mon brave. En France, on exhibe des farceurs étrangers, et à l'étranger, des farceurs français!

— Ah!

— Vous êtes vigoureux, d'ailleurs?

— Surtout quand je sors de table.

— Et vous savez chanter?

— Oui, répondit Passepartout, qui avait autrefois fait sa partie dans quelques concerts de rue.

— Mais savez-vous chanter la tête en bas, avec une toupie tournante sur la plante du pied gauche, et un sabre en équilibre sur la plante du pied droit?

— Parbleu! répondit Passepartout, qui se rappelait les premiers exercices de son jeune âge.

— C'est que, voyez-vous, tout est là! » répondit l'honorable Batulcar.

L'engagement fut conclu *hic et nunc*.

Enfin, Passepartout avait trouvé une position. Il était engagé pour tout faire dans la célèbre troupe japonaise. C'était peu flatteur, mais avant huit jours il serait en route pour San Francisco.

La représentation, annoncée à grand fracas par l'honorable Batulcar, devait commencer à trois heures, et bientôt les formidables instruments d'un orchestre japonais, tambours et tam-tams, tonnaient à la porte. On comprend bien que Passepartout n'avait pu étudier un rôle, mais il devait prêter l'appui de ses solides épaules dans le grand exercice de la « grappe humaine » exécuté par les Longs-Nez du dieu Tingou. Ce « great attraction » de la représentation devait clore la série des exercices.

Avant trois heures, les spectateurs avaient envahi la vaste case. Européens et indigènes, Chinois et Japonais, hommes, femmes et enfants, se précipitaient sur les étroites banquettes et dans les loges qui faisaient face à la scène. Les musiciens étaient rentrés à l'intérieur, et l'orchestre au complet, gongs, tam-tams, cliquettes, flûtes, tambourins et grosses caisses, opéraient avec fureur.

Cette représentation fut ce que sont toutes ces exhibitions d'acrobates. Mais il faut bien avouer que les Japonais sont les premiers équilibristes du monde. L'un, armé de son éventail et de petits morceaux de papier, exécutait l'exercice si gracieux des papillons et des fleurs. Un autre, avec la fumée odorante de sa pipe, traçait rapidement dans l'air une série de mots bleuâtres, qui formaient un compliment à l'adresse de l'assemblée. Celui-ci jonglait avec des bougies allumées, qu'il éteignit successivement quand elles passèrent devant ses lèvres, et qu'il ralluma l'une à l'autre sans interrompre un seul instant sa prestigieuse jonglerie. Celui-là reproduisit, au moyen de toupies tournantes, les plus invraisemblables combinaisons; sous sa main, ces ronflantes machines semblaient s'animer d'une vie propre dans leur interminable giration; elles couraient sur des tuyaux de pipe, sur des tranchants de sabre, sur des fils de fer, véritables cheveux tendus d'un côté de la scène à l'autre; elles faisaient le tour de grands vases de cristal, elles gravissaient des échelles de bambou, elles se dispersaient dans tous les coins, produisant des effets harmoniques d'un étrange caractère en combinant leurs tonalités diverses. Les jongleurs jonglaient avec elles, et elles tournaient dans l'air; ils les lançaient comme des volants, avec des raquettes de bois, et elles tournaient toujours ils les fourraient dans leur poche, et quand ils les retiraient, elles tournaient encore, — jusqu'au moment où un ressort détendu les faisait s'épanouir en gerbes d'artifice!

Inutile de décrire ici les prodigieux exercices des acrobates et gymnastes de la troupe. Les tours de l'échelle, de la perche, de la boule des tonneaux, etc. furent exécutés avec une précision remarquable. Mais le principal attrait de la représentation était l'exhibition de ces « Longs-Nez », étonnants équilibristes que l'Europe ne connaît pas encore.

Ces Longs-Nez forment une corporation particulière placée sous l'invocation directe du dieu Tingou. Vêtus comme des hérauts du Moyen Age, ils portaient une splendide paire d'ailes à leurs épaules. Mais ce qui les distinguait plus spécialement, c'était ce long nez dont leur face était agrémentée, et surtout l'usage qu'ils en faisaient. Ces nez n'étaient rien moins que des bambous, longs de cinq, de six, de dix pieds, les uns droits, les autres courbés, ceux-ci lisses, ceux-là verruqueux. Or, c'était sur ces appendices, fixés d'une façon solide, que s'opéraient tous leurs exercices d'équilibre. Une douzaine de ces sectateurs du dieu Tingou se couchèrent sur le dos, et leurs camarades vinrent s'ébattre sur leurs nez, dressés comme des paratonnerres, sautant, voltigeant de celui-ci à celui-là, et exécutant les tours les plus invraisemblables.

Pour terminer, on avait spécialement annoncé au public la pyramide humaine, dans laquelle une

cinquantaine de Longs-Nez devaient figurer le
« Char de Jaggernaut ». Mais au lieu de former
cette pyramide en prenant leurs épaules pour point
d'appui, les artistes de l'honorable Batulcar ne
devaient s'emmancher que par leur nez. Or, l'un
de ceux qui formaient la base du char avait quitté
la troupe, et comme il suffisait d'être vigoureux et
adroit, Passepartout avait été choisi pour le rem-
placer.

Certes, le digne garçon se sentit tout piteux,
quand — triste souvenir de sa jeunesse — il eut
endossé son costume du Moyen Age, orné d'ailes
multicolores, et qu'un nez de six pieds lui eut été
appliqué sur la face! Mais enfin, ce nez, c'était son
gagne-pain, et il en prit son parti.

Passepartout entra en scène, et vint se ranger
avec ceux de ses collègues qui devaient figurer la
base du Char de Jaggernaut. Tous s'étendirent à
terre, le nez dressé vers le ciel. Une seconde section
d'équilibristes vint se poser sur ces longs appendices,
une troisième s'étagea au-dessus, puis une quatrième,
et sur ces nez qui ne se touchaient que par leur pointe,
un monument humain s'éleva bientôt jusqu'aux
frises du théâtre.

Or, les applaudissements redoublaient, et les
instruments de l'orchestre éclataient comme autant
de tonnerres, quand la pyramide s'ébranla, l'équilibre se rompit, un des nez de la base vint à manquer,
et le monument s'écroula comme un château de
cartes...

C'était la faute à Passepartout qui, abandonnant
son poste, franchissant la rampe sans le secours de
ses ailes, et grimpant à la galerie de droite, tombait
aux pieds d'un spectateur en s'écriant :

Le monument s'écroula comme un château de cartes. (Page 202.)

« Ah ! mon maître ! mon maître !

— Vous ?

— Moi !

— Eh bien ! en ce cas, au paquebot, mon garçon !... »

Mr. Fogg, Mrs. Aouda, qui l'accompagnait, Passe-partout s'étaient précipités par les couloirs au-dehors de la case. Mais, là, ils trouvèrent l'honorable Batul-car, furieux, qui réclamait des dommages-intérêts pour « la casse ». Phileas Fogg apaisa sa fureur en lui jetant une poignée de bank-notes. Et, à six heures et demie, au moment où il allait partir, Mr. Fogg et Mrs. Aouda mettaient le pied sur le paquebot américain, suivis de Passepartout, les ailes au dos, et sur la face ce nez de six pieds qu'il n'avait pas encore pu arracher de son visage !

XXIV

PENDANT LEQUEL S'ACCOMPLIT LA TRAVERSÉE DE L'OCÉAN PACIFIQUE

Ce qui était arrivé en vue de Shangaï, on le comprend. Les signaux faits par la *Tankadère* avaient été aperçus du paquebot de Yokohama. Le capitaine, voyant un pavillon en berne, s'était dirigé vers la petite goélette. Quelques instants après, Phileas Fogg, soldant son passage au prix convenu, mettait dans la poche du patron John Bunsby cinq cent cinquante livres (13 750 F). Puis l'honorable gentleman, Mrs. Aouda et Fix étaient montés à bord du steamer, qui avait aussitôt fait route pour Nagasaki et Yokohama.

Suivis de Passepartout, les ailes au dos... (Page 204.)

Arrivé le matin même, 14 novembre, à l'heure réglementaire, Phileas Fogg, laissant Fix aller à ses affaires, s'était rendu à bord du *Carnatic*, et là il apprenait, à la grande joie de Mrs. Aouda — et peut-être à la sienne, mais du moins il n'en laissa rien paraître — que le Français Passepartout était effectivement arrivé la veille à Yokohama.

Phileas Fogg, qui devait repartir le soir même pour San Francisco, se mit immédiatement à la recherche de son domestique. Il s'adressa, mais en vain, aux agents consulaires français et anglais, et, après avoir inutilement parcouru les rues de Yokohama, il désespérait de retrouver Passepartout, quand le hasard, ou peut-être une sorte de pressentiment, le fit entrer dans la case de l'honorable Batulcar. Il n'eût certes point reconnu son serviteur sous cet excentrique accoutrement de héraut; mais celui-ci, dans sa position renversée, aperçut son maître à la galerie. Il ne put retenir un mouvement de son nez. De là rupture de l'équilibre, et ce qui s'ensuivit.

Voilà ce que Passepartout apprit de la bouche même de Mrs. Aouda, qui lui raconta alors comment s'était faite cette traversée de Hong-Kong à Yoko-hama, en compagnie d'un sieur Fix, sur la goélette la *Tankadère*.

Au nom de Fix, Passepartout ne sourcilla pas. Il pensait que le moment n'était pas venu de dire à son maître ce qui s'était passé entre l'inspecteur de police et lui. Aussi, dans l'histoire que Passepartout fit de ses aventures, il s'accusa et s'excusa seulement d'avoir été surpris par l'ivresse de l'opium dans une tabagie de Yokohama.

Mr. Fogg écouta froidement ce récit, sans répondre;

puis il ouvrit à son domestique un crédit suffisant
pour que celui-ci pût se procurer à bord des habits
plus convenables. Et, en effet, une heure ne s'était
pas écoulée, que l'honnête garçon, ayant coupé son
nez et rogné ses ailes, n'avait plus rien en lui qui
rappelât le sectateur du dieu Tingou.

Le paquebot faisant la traversée de Yokohama à
San Francisco appartenait à la Compagnie du
« Pacific Mail steam », et se nommait le *General-
Grant*. C'était un vaste steamer à roues, jaugeant
deux mille cinq cents tonnes, bien aménagé et doué
d'une grande vitesse. Un énorme balancier s'élevait
et s'abaissait successivement au-dessus du pont; à
l'une de ses extrémités s'articulait la tige d'un piston,
et à l'autre celle d'une bielle, qui, transformant le
mouvement rectiligne en mouvement circulaire,
s'appliquait directement à l'arbre des roues. Le
General-Grant était gréé en trois-mâts goélette, et il
possédait une grande surface de voilure, qui aidait
puissamment la vapeur. A filer ses douze milles à
l'heure, le paquebot ne devait pas employer plus
de vingt et un jours pour traverser le Pacifique.
Phileas Fogg était donc autorisé à croire que, rendu
le 2 décembre à San Francisco, il serait le 11 à New
York et le 20 à Londres, — gagnant ainsi de quelques
heures cette date fatale du 21 décembre.

Les passagers étaient assez nombreux à bord du
steamer, des Anglais, beaucoup d'Américains, une
véritable émigration de coolies pour l'Amérique,
et un certain nombre d'officiers de l'armée des Indes,
qui utilisaient leur congé en faisant le tour du monde.

Pendant cette traversée il ne se produisit aucun
incident nautique. Le paquebot, soutenu sur ses
larges roues, appuyé par sa forte voilure, roulait peu.

L'océan Pacifique justifiait assez son nom. Mr. Fogg était aussi calme, aussi peu communicatif que d'ordinaire. Sa jeune compagne se sentait de plus en plus attachée à cet homme par d'autres liens que ceux de la reconnaissance. Cette silencieuse nature, si généreuse en somme, l'impressionnait plus qu'elle ne le croyait, et c'était presque à son insu qu'elle se laissait aller à des sentiments dont l'énigmatique Fogg ne semblait aucunement subir l'influence.

En outre, Mrs. Aouda s'intéressait prodigieusement aux projets du gentleman. Elle s'inquiétait des contrariétés qui pouvaient compromettre le succès du voyage. Souvent elle causait avec Passepartout, qui n'était point sans lire entre les lignes dans le cœur de Mrs. Aouda. Ce brave garçon avait, maintenant, à l'égard de son maître, la foi du charbonnier; il ne tarissait pas en éloges sur l'honnêteté, la générosité, le dévouement de Phileas Fogg; puis il rassurait Mrs. Aouda sur l'issue du voyage, répétant que le plus difficile était fait, que l'on était sorti de ces pays fantastiques de la Chine et du Japon, que l'on retournait aux contrées civilisées, et enfin qu'un train de San Francisco à New York et un transatlantique de New York à Londres suffiraient, sans doute, pour achever cet impossible tour du monde dans les délais convenus.

Neuf jours après avoir quitté Yokohama, Phileas Fogg avait exactement parcouru la moitié du globe terrestre.

En effet, le *General-Grant*, le 23 novembre, passait au cent quatre-vingtième méridien, celui sur lequel se trouvent, dans l'hémisphère austral, les antipodes de Londres. Sur quatre-vingts jours mis à sa disposition, Mr. Fogg, il est vrai, en avait employé cin-

quante-deux, et il ne lui en restait plus que vingt-
huit à dépenser. Mais il faut remarquer que si le
gentleman se trouvait à moitié route seulement
« par la différence des méridiens », il avait en réalité
accompli plus des deux tiers du parcours total.
Quels détours forcés, en effet, de Londres à Aden,
d'Aden à Bombay, de Calcutta à Singapore, de
Singapore à Yokohama! A suivre circulairement
le cinquantième parallèle, qui est celui de Londres,
la distance n'eût été que de douze mille milles environ, tandis que Phileas Fogg était forcé, par les
caprices des moyens de locomotion, d'en parcourir
vingt-six mille dont il avait fait environ dix-sept
mille cinq cents, à cette date du 23 novembre. Mais
maintenant la route était droite, et Fix n'était plus
là pour y accumuler les obstacles!

Il arriva aussi que, ce 23 novembre, Passepartout
éprouva une grande joie. On se rappelle que l'entêté
s'était obstiné à garder l'heure de Londres à sa fameuse montre de famille, tenant pour fausses toutes
les heures des pays qu'il traversait Or, ce jour-là,
bien qu'il ne l'eût jamais ni avancée ni retardée, sa
montre se trouva d'accord avec les chronomètres
du bord.

Si Passepartout triompha, cela se comprend de
reste. Il aurait bien voulu savoir ce que Fix aurait
pu dire, s'il eût été présent.

« Ce coquin qui me racontait un tas d'histoires
sur les méridiens, sur le soleil, sur la lune! répétait
Passepartout. Hein! ces gens-là! Si on les écoutait,
on ferait de la belle horlogerie! J'étais bien sûr qu'un
jour ou l'autre, le soleil se déciderait à se régler sur
ma montre!... »

Passepartout ignorait ceci : c'est que si le cadran

de sa montre eût été divisé en vingt-quatre heures comme les horloges italiennes, il n'aurait eu aucun motif de triompher, car les aiguilles de son instrument, quand il était neuf heures du matin à bord, auraient indiqué neuf heures du soir, c'est-à-dire la vingt et unième heure depuis minuit, — différence précisément égale à celle qui existe entre Londres et le cent quatre-vingtième méridien.

Mais si Fix avait été capable d'expliquer cet effet purement physique, Passepartout, sans doute, eût été incapable, sinon de le comprendre, du moins de l'admettre. Et en tout cas, si, par impossible, l'inspecteur de police se fût inopinément montré à bord en ce moment, il est probable que Passepartout, à bon droit rancunier, eût traité avec lui un sujet tout différent et d'une tout autre manière.

Or, où était Fix en ce moment?...

Fix était précisément à bord du *General-Grant*.

En effet, en arrivant à Yokohama, l'agent, abandonnant Mr. Fogg qu'il comptait retrouver dans la journée, s'était immédiatement rendu chez le consul anglais. Là, il avait enfin trouvé le mandat, qui, courant après lui depuis Bombay, avait déjà quarante jours de date, — mandat qui lui avait été expédié de Hong-Kong par ce même *Carnatic* à bord duquel on le croyait. Qu'on juge du désappointement du détective! Le mandat devenait inutile! Le sieur Fogg avait quitté les possessions anglaises! Un acte d'extradition était maintenant nécessaire pour l'arrêter!

« Soit! se dit Fix, après le premier moment de colère, mon mandat n'est plus bon ici, il le sera en Angleterre. Ce coquin a tout l'air de revenir dans sa patrie, croyant avoir dépisté la police. Bien. Je

le suivrai jusque-là. Quant à l'argent, Dieu veuille
qu'il en reste! Mais en voyages, en primes, en procès,
en amendes, en éléphant, en frais de toute
sorte, mon homme a déjà laissé plus de cinq
mille livres sur sa route. Après tout, la Banque
est riche! »

Son parti pris, il s'embarqua aussitôt sur le *General-
Grant*. Il était à bord, quand Mr. Fogg et Mrs. Aouda
y arrivèrent. A son extrême surprise, il reconnut
Passepartout sous son costume de héraut. Il se cacha
aussitôt dans sa cabine, afin d'éviter une explication
qui pouvait tout compromettre, — et, grâce au
nombre des passagers, il comptait bien n'être point
aperçu de son ennemi, lorsque ce jour-là précisément
il se trouva face à face avec lui sur l'avant du
navire.

Passepartout sauta à la gorge de Fix, sans autre
explication, et, au grand plaisir de certains Américains
qui parièrent immédiatement pour lui, il administra
au malheureux inspecteur une volée superbe, qui
démontra la haute supériorité de la boxe française
sur la boxe anglaise.

Quand Passepartout eut fini, il se trouva plus
calme et comme soulagé. Fix se releva, en assez
mauvais état, et, regardant son adversaire, il lui dit
froidement :

« Est-ce fini?

— Oui, pour l'instant.

— Alors venez me parler.

— Que je...

— Dans l'intérêt de votre maître. »

Passepartout, comme subjugué par ce sang-froid,
suivit l'inspecteur de police, et tous deux s'assirent
à l'avant du steamer.

« Vous m'avez rossé, dit Fix. Bien. A présent, écoutez-moi. Jusqu'ici j'ai été l'adversaire de Mr. Fogg, mais maintenant je suis dans son jeu.

— Enfin ! s'écria Passepartout, vous le croyez un honnête homme ?

— Non, répondit froidement Fix, je le crois un coquin... Chut ! ne bougez pas et laissez-moi dire. Tant que Mr. Fogg a été sur les possessions anglaises, j'ai eu intérêt à le retenir en attendant un mandat d'arrestation. J'ai tout fait pour cela. J'ai lancé contre lui les prêtres de Bombay, je vous ai enivré à Hong-Kong, je vous ai séparé de votre maître, je lui ai fait manquer le paquebot de Yoko-hama... »

Passepartout écoutait, les poings fermés.

« Maintenant, reprit Fix, Mr. Fogg semble retourner en Angleterre ? Soit, je le suivrai. Mais, désormais, je mettrai à écarter les obstacles de sa route autant de soin et de zèle que j'en ai mis jusqu'ici à les accumuler. Vous le voyez, mon jeu est changé, et il est changé parce que mon intérêt le veut. J'ajoute que votre intérêt est pareil au mien, car c'est en Angleterre seulement que vous saurez si vous êtes au service d'un criminel ou d'un honnête homme ! »

Passepartout avait très attentivement écouté Fix, et il fut convaincu que Fix parlait avec une entière bonne foi.

« Sommes-nous amis ? demanda Fix.

— Amis, non, répondit Passepartout. Alliés, oui et sous bénéfice d'inventaire, car, à la moindre apparence de trahison, je vous tords le cou.

— Convenu », dit tranquillement l'inspecteur de police.

Onze jours après, le 3 décembre, le *General-Grant*

entrait dans la baie de la Porte-d'Or et arrivait à San Francisco.

Mr. Fogg n'avait encore ni gagné ni perdu un seul jour.

XXV

Il était sept heures du matin, quand Phileas Fogg, Mrs. Aouda et Passepartout prirent pied sur le continent américain, — si toutefois on peut donner ce nom au quai flottant sur lequel ils débarquèrent. Ces quais, montant et descendant avec la marée, facilitent le chargement et le déchargement des navires. Là s'embossent les clippers de toutes dimensions, les steamers de toutes nationalités, et ces steam-boats à plusieurs étages, qui font le service du Sacramento et de ses affluents. Là s'entassent aussi les produits d'un commerce qui s'étend au Mexique, au Pérou, au Chili, au Brésil, à l'Europe, à l'Asie, à toutes les îles de l'océan Pacifique.

Passepartout, dans sa joie de toucher enfin la terre américaine, avait cru devoir opérer son débarquement en exécutant un saut périlleux du plus beau style. Mais quand il retomba sur le quai dont le plancher était vermoulu, il faillit passer au travers. Tout décontenancé de la façon dont il avait « pris pied » sur le nouveau continent, l'honnête garçon poussa un cri formidable, qui fit envoler une innombrable

Il faillit passer au travers. (Page 213.)

troupe de cormorans et de pélicans, hôtes habituels des quais mobiles.

Mr. Fogg, aussitôt débarqué, s'informa de l'heure à laquelle partait le premier train pour New York. C'était à six heures du soir. Mr. Fogg avait donc une journée entière à dépenser dans la capitale californienne. Il fit venir une voiture pour Mrs. Aouda et pour lui. Passepartout monta sur le siège, et le véhicule, à trois dollars la course, se dirigea vers International-Hôtel.

De la place élevée qu'il occupait, Passepartout observait avec curiosité la grande ville américaine : larges rues, maisons basses bien alignées, églises et temples d'un gothique anglo-saxon, docks immenses, entrepôts comme des palais, les uns en bois, les autres en brique; dans les rues, voitures nombreuses, omnibus, « cars » de tramways, et sur les trottoirs encombrés, non seulement des Américains et des Européens, mais aussi des Chinois et des Indiens, — enfin de quoi composer une population de plus de deux cent mille habitants.

Passepartout fut assez surpris de ce qu'il voyait. Il en était encore à la cité légendaire de 1849, à la ville des bandits, des incendiaires et des assassins, accourus à la conquête des pépites, immense capharnaüm de tous les déclassés, où l'on jouait la poudre d'or, un revolver d'une main et un couteau de l'autre. Mais « ce beau temps » était passé. San Francisco présentait l'aspect d'une grande ville commerçante. La haute tour de l'hôtel de ville, où veillent les guetteurs, dominait tout cet ensemble de rues et d'avenues, se coupant à angles droits, entre lesquels s'épanouissaient des squares verdoyants, puis une ville chinoise qui semblait avoir été importée du

Céleste Empire dans une boîte à joujoux. Plus de
sombreros, plus de chemises rouges à la mode des
coureurs de placers, plus d'Indiens emplumés, mais
des chapeaux de soie et des habits noirs, que portaient un grand nombre de gentlemen doués d'une
activité dévorante. Certaines rues, entre autres
Montgommery-street — le Régent-street de Londres,
le boulevard des Italiens de Paris, le Broadway de
New York —, étaient bordées de magasins splendides,
qui offraient à leur étalage les produits du monde
entier.

Lorsque Passepartout arriva à International-Hôtel,
il ne lui semblait pas qu'il eût quitté l'Angleterre.

Le rez-de-chaussée de l'hôtel était occupé par un
immense « bar », sorte de buffet ouvert *gratis* à tout
passant. Viande sèche, soupe aux huîtres, biscuit et
chester s'y débitaient sans que le consommateur
eût à délier sa bourse. Il ne payait que sa boisson,
ale, porto ou xérès, si sa fantaisie le portait à se
rafraîchir. Cela parut « très américain » à Passepartout.

Le restaurant de l'hôtel était confortable. Mr. Fogg
et Mrs. Aouda s'installèrent devant une table et
furent abondamment servis dans des plats lilliputiens
par des Nègres du plus beau noir.

Après déjeuner, Phileas Fogg, accompagné de
Mrs. Aouda, quitta l'hôtel pour se rendre aux bureaux
du consul anglais afin d'y faire viser son passeport.
Sur le trottoir, il trouva son domestique, qui lui
demanda si, avant de prendre le chemin de fer du
Pacifique, il ne serait pas prudent d'acheter quelques
douzaïnes de carabines Enfield ou de revolvers Colt.
Passepartout avait entendu parler de Sioux et de
Pawnies, qui arrêtent les trains comme de simples

voleurs espagnols. Mr. Fogg répondit que c'était
là une précaution inutile, mais il le laissa libre d'agir
comme il lui conviendrait. Puis il se dirigea vers
les bureaux de l'agent consulaire.

Phileas Fogg n'avait pas fait deux cents pas que,
« par le plus grand des hasards », il rencontrait Fix.
L'inspecteur se montra extrêmement surpris. Comment! Mr. Fogg et lui avaient fait ensemble la traversée du Pacifique, et ils ne s'étaient pas rencontrés
à bord! En tout cas, Fix ne pouvait être qu'honoré
de revoir le gentleman auquel il devait tant, et, ses
affaires le rappelant en Europe, il serait enchanté
de poursuivre son voyage en une si agréable compagnie.

Mr. Fogg répondit que l'honneur serait pour lui,
et Fix — qui tenait à ne point le perdre de vue —
lui demanda la permission de visiter avec lui cette
curieuse ville de San Francisco. Ce qui fut accordé.

Voici donc Mrs. Aouda, Phileas Fogg et Fix
flânant par les rues. Ils se trouvèrent bientôt dans
Montgommery-street, où l'affluence du populaire
était énorme. Sur les trottoirs, au milieu de la chaussée,
sur les rails des tramways, malgré le passage incessant
des coaches et des omnibus, au seuil des boutiques,
aux fenêtres de toutes les maisons, et même jusque
sur les toits, foule innombrable. Des hommes-affiches
circulaient au milieu des groupes. Des bannières
et des banderoles flottaient au vent. Des cris éclataient de toutes parts.

« Hurrah pour Kamerfield!
— Hurrah pour Mandiboy! »

C'était un meeting. Ce fut du moins la pensée de
Fix, et il communiqua son idée à Mr. Fogg, en
ajoutant :

« Nous ferons peut-être bien, monsieur, de ne
point nous mêler à cette cohue. Il n'y a que de
mauvais coups à recevoir.

— En effet, répondit Phileas Fogg, et les coups
de poing, pour être politiques, n'en sont pas moins
des coups de poing ! »

Fix crut devoir sourire en entendant cette observation, et, afin de voir sans être pris dans la bagarre,
Mrs. Aouda, Phileas Fogg et lui prirent place sur
le palier supérieur d'un escalier que desservait une
terrasse, située en contre-haut de Montgommery-
street. Devant eux, de l'autre côté de la rue, entre
le wharf d'un marchand de charbon et le magasin
d'un négociant en pétrole, se développait un large
bureau en plein vent, vers lequel les divers courants
de la foule semblaient converger.

Et maintenant, pourquoi ce meeting ? A quelle
occasion se tenait-il ? Phileas Fogg l'ignorait absolument. S'agissait-il de la nomination d'un haut
fonctionnaire militaire ou civil, d'un gouverneur
d'État ou d'un membre du Congrès ? Il était permis
de le conjecturer, à voir l'animation extraordinaire
qui passionnait la ville.

En ce moment un mouvement considérable se
produisit dans la foule. Toutes les mains étaient en
l'air. Quelques-unes, solidement fermées, semblaient
se lever et s'abattre rapidement au milieu des cris, —
manière énergique, sans doute, de formuler un vote.
Des remous agitaient la masse qui refluait. Les
bannières oscillaient, disparaissaient un instant et
reparaissaient en loques. Les ondulations de la houle
se propageaient jusqu'à l'escalier, tandis que toutes
les têtes moutonnaient à la surface comme une mer
soudainement remuée par un grain. Le nombre

des chapeaux noirs diminuait à vue d'œil, et la plupart semblaient avoir perdu de leur hauteur normale.

« C'est évidemment un meeting, dit Fix, et la question qui l'a provoqué doit être palpitante. Je ne serais point étonné qu'il fût encore question de l'affaire de l'*Alabama*, bien qu'elle soit résolue.

— Peut-être, répondit simplement Mr. Fogg.

— En tout cas, reprit Fix, deux champions sont en présence l'un de l'autre, l'honorable Kamerfield et l'honorable Mandiboy. »

Mrs. Aouda, au bras de Phileas Fogg, regardait avec surprise cette scène tumultueuse, et Fix allait demander à l'un de ses voisins la raison de cette effervescence populaire, quand un mouvement plus accusé se prononça. Les hurrahs, agrémentés d'injures, redoublèrent. La hampe des bannières se transforma en arme offensive. Plus de mains, des poings partout. Du haut des voitures arrêtées, et des omnibus enrayés dans leur course, s'échangeaient force horions. Tout servait de projectiles. Bottes et souliers décrivaient dans l'air des trajectoires très tendues, et il sembla même que quelques revolvers mêlaient aux vociférations de la foule leurs détonations nationales.

La cohue se rapprocha de l'escalier et reflua sur les premières marches. L'un des partis était évidemment repoussé, sans que les simples spectateurs pussent reconnaître si l'avantage restait à Mandiboy ou à Kamerfield.

« Je crois prudent de nous retirer, dit Fix, qui ne tenait pas à ce que « son homme » reçût un mauvais coup ou se fît une mauvaise affaire. S'il est question de l'Angleterre dans tout ceci et qu'on nous recon-

naisse, nous serons fort compromis dans la bagarre!
— Un citoyen anglais... », répondit Phileas Fogg.

Mais le gentleman ne put achever sa phrase.
Derrière lui, de cette terrasse qui précédait l'escalier,
partirent des hurlements épouvantables. On criait :
« Hurrah! Hip! Hip! pour Mandiboy! » C'était
une troupe d'électeurs qui arrivait à la rescousse,
prenant en flanc les partisans de Kamerfield.

Mr. Fogg, Mrs. Aouda, Fix se trouvèrent entre
deux feux. Il était trop tard pour s'échapper. Ce
torrent d'hommes, armés de cannes plombées et de
casse-tête, était irrésistible. Phileas Fogg et Fix, en
préservant la jeune femme, furent horriblement
bousculés. Mr. Fogg, non moins flegmatique que
d'habitude, voulut se défendre avec ces armes naturelles que la nature a mises au bout des bras de tout
Anglais, mais inutilement. Un énorme gaillard à
barbiche rouge, au teint coloré, large d'épaules,
qui paraissait être le chef de la bande, leva son
formidable poing sur Mr. Fogg, et il eût fort endom-
magé le gentleman, si Fix, par dévouement, n'eût
reçu le coup à sa place. Une énorme bosse se déve-
loppa instantanément sous le chapeau de soie du
détective, transformé en simple toque.

« Yankee! dit Mr. Fogg, en lançant à son adversaire un regard de profond mépris.

— Englishman! répondit l'autre.

— Nous nous retrouverons!

— Quand il vous plaira. — Votre nom?

— Phileas Fogg. Le vôtre?

— Le colonel Stamp W. Proctor. »

Puis, cela dit, la marée passa. Fix fut renversé et
se releva, les habits déchirés, mais sans meurtrissure
sérieuse. Son paletot de voyage s'était séparé en

Si Fix, par dévouement, n'eût reçu le coup... (Page 220.)

deux parties inégales, et son pantalon ressemblait à ces culottes dont certains Indiens — affaire de mode — ne se vêtent qu'après en avoir préalablement enlevé le fond. Mais, en somme, Mrs. Aouda avait été épargnée, et, seul, Fix en était pour son coup de poing.

« Merci, dit Mr. Fogg à l'inspecteur, dès qu'ils furent hors de la foule.

— Il n'y a pas de quoi, répondit Fix, mais venez.

— Où ?

— Chez un marchand de confection. »

En effet, cette visite était opportune. Les habits de Phileas Fogg et de Fix étaient en lambeaux, comme si ces deux gentlemen se fussent battus pour le compte des honorables Kamerfield et Mandiboy.

Une heure après, ils étaient convenablement vêtus et coiffés. Puis ils revinrent à International-Hôtel.

Là, Passepartout attendait son maître, armé d'une demi-douzaine de revolvers-poignards à six coups et à inflammation centrale. Quand il aperçut Fix en compagnie de Mr. Fogg, son front s'obscurcit. Mais Mrs. Aouda, ayant fait en quelques mots le récit de ce qui s'était passé, Passepartout se rasséréna. Évidemment Fix n'était plus un ennemi, c'était un allié. Il tenait sa parole.

Le dîner terminé, un coach fut amené, qui devait conduire à la gare les voyageurs et leurs colis. Au moment de monter en voiture, Mr. Fogg dit à Fix :

« Vous n'avez pas revu ce colonel Proctor ?

— Non, répondit Fix.

— Je reviendrai en Amérique pour le retrouver, dit froidement Phileas Fogg. Il ne serait pas conve-

nable qu'un citoyen anglais se laissât traiter de cette
façon. »

L'inspecteur sourit et ne répondit pas. Mais, on
le voit, Mr. Fogg était de cette race d'Anglais qui,
s'ils ne tolèrent pas le duel chez eux, se battent à
l'étranger, quand il s'agit de soutenir leur honneur.

A six heures moins un quart, les voyageurs attei-
gnaient la gare et trouvaient le train prêt à partir.

Au moment où Mr. Fogg allait s'embarquer,
il avisa un employé et le rejoignant :

« Mon ami, lui dit-il, n'y a-t-il pas eu quelques
troubles aujourd'hui à San Francisco ?

— C'était un meeting, monsieur, repondit l'employé.

— Cependant, j'ai cru remarquer une certaine
animation dans les rues.

— Il s'agissait simplement d'un meeting organisé
pour une élection.

— L'élection d'un général en chef, sans doute ?
demanda Mr. Fogg.

— Non, monsieur, d'un juge de paix. »

Sur cette réponse, Phileas Fogg monta dans le
wagon, et le train partit à toute vapeur.

XXVI

DANS LEQUEL ON PREND LE TRAIN EXPRESS DU CHEMIN DE FER DU PACIFIQUE

« Ocean to Ocean » — ainsi disent les Américains —,
et ces trois mots devraient être la dénomination
générale du « grand trunk », qui traverse les États-

Unis d'Amérique dans leur plus grande largeur
Mais, en réalité, le « Pacific rail-road » se divise en
deux parties distinctes : « Central Pacific » entre
San Francisco et Ogden, et « Union Pacific » entre
Ogden et Omaha. Là se raccordent cinq lignes
distinctes, qui mettent Omaha en communication
fréquente avec New York.

New York et San Francisco sont donc présentement
réunis par un ruban de métal non interrompu qui
ne mesure pas moins de trois mille sept cent quatre-
vingt-six milles. Entre Omaha et le Pacifique, le
chemin de fer franchit une contrée encore fréquentée
par les Indiens et les fauves, — vaste étendue de
territoire que les Mormons commencèrent à coloniser
vers 1845, après qu'ils eurent été chassés de l'Illinois.

Autrefois, dans les circonstances les plus favorables,
on employait six mois pour aller de New York à
San Francisco. Maintenant, on met sept jours.

C'est en 1862 que, malgré l'opposition des députés
du Sud, qui voulaient une ligne plus méridionale,
le tracé du rail-road fut arrêté entre le quarante et
unième et le quarante-deuxième parallèle. Le prési-
dent Lincoln, de si regrettée mémoire, fixa lui-même,
dans l'État de Nebraska, à la ville d'Omaha, la tête
de ligne du nouveau réseau. Les travaux furent
aussitôt commencés et poursuivis avec cette activité
américaine, qui n'est ni paperassière ni bureau-
cratique. La rapidité de la main-d'œuvre ne devait
nuire en aucune façon à la bonne exécution du
chemin. Dans la prairie, on avançait à raison d'un
mille et demi par jour. Une locomotive, roulant
sur les rails de la veille, apportait les rails du lendemain, et courait à leur surface au fur et à mesure
qu'ils étaient posés.

Le Pacific rail-road jette plusieurs embranchements sur son parcours, dans les États de Iowa, du Kansas, du Colorado et de l'Oregon. En quittant Omaha, il longe la rive gauche de Platte-river jusqu'à l'embouchure de la branche du nord, suit la branche du sud, traverse les terrains de Laramie et les montagnes Wahsatch, contourne le lac Salé, arrive à Lake Salt City, la capitale des Mormons, s'enfonce dans la vallée de la Tuilla, longe le désert américain, les monts de Cédar et Humboldt, Humboldt-river, la Sierra Nevada, et redescend par Sacramento jusqu'au Pacifique, sans que ce tracé dépasse en pente cent douze pieds par mille, même dans la traversée des montagnes Rocheuses.

Telle était cette longue artère que les trains parcouraient en sept jours, et qui allait permettre à l'honorable Phileas Fogg — il l'espérait du moins — de prendre, le 11, à New York, le paquebot de Liverpool.

Le wagon occupé par Phileas Fogg était une sorte de long omnibus qui reposait sur deux trains formés de quatre roues chacun, dont la mobilité permet d'attaquer des courbes de petit rayon. A l'intérieur, point de compartiments : deux files de sièges, disposés de chaque côté, perpendiculairement à l'axe, et entre lesquels était réservé un passage conduisant aux cabinets de toilette et autres, dont chaque wagon est pourvu. Sur toute la longueur du train, les voitures communiquaient entre elles par des passerelles, et les voyageurs pouvaient circuler d'une extrémité à l'autre du convoi, qui mettait à leur disposition des wagons-salons, des wagons-terrasses, des wagons-restaurants et des wagons à cafés. Il n'y manquait que des wagons-théâtres. Mais il y en aura un jour.

Sur les passerelles circulaient incessamment des marchands de livres et de journaux, débitant leur marchandise, et des vendeurs de liqueurs, de comestibles, de cigares, qui ne manquaient point de chalands.

Les voyageurs étaient partis de la station d'Oakland à six heures du soir. Il faisait déjà nuit, — une nuit froide, sombre, avec un ciel couvert dont les nuages menaçaient de se résoudre en neige. Le train ne marchait pas avec une grande rapidité. En tenant compte des arrêts, il ne parcourait pas plus de vingt milles à l'heure, vitesse qui devait, cependant, lui permettre de franchir les États-Unis dans les temps réglementaires.

On causait peu dans le wagon. D'ailleurs, le sommeil allait bientôt gagner les voyageurs. Passepartout se trouvait placé auprès de l'inspecteur de police, mais il ne lui parlait pas. Depuis les derniers événements, leurs relations s'étaient notablement refroidies. Plus de sympathie, plus d'intimité. Fix n'avait rien changé à sa manière d'être, mais Passepartout se tenait, au contraire, sur une extrême réserve, prêt au moindre soupçon à étrangler son ancien ami.

Une heure après le départ du train, la neige tomba —, neige fine, qui ne pouvait, fort heureusement, retarder la marche du convoi. On n'apercevait plus à travers les fenêtres qu'une immense nappe blanche, sur laquelle, en déroulant ses volutes, la vapeur de la locomotive paraissait grisâtre.

A huit heures, un « steward » entra dans le wagon et annonça aux voyageurs que l'heure du coucher était sonnée. Ce wagon était un « sleeping-car », qui, en quelques minutes, fut transformé en dortoir. Les dossiers des bancs se replièrent, des couchettes

soigneusement paquetées se déroulèrent par un
système ingénieux, des cabines furent improvisées
en quelques instants, et chaque voyageur eut bientôt
à sa disposition un lit confortable, que d'épais rideaux
défendaient contre tout regard indiscret. Les draps
étaient blancs, les oreillers moelleux. Il n'y avait
plus qu'à se coucher et à dormir — ce que chacun
fit, comme s'il se fût trouvé dans la cabine confortable d'un paquebot —, pendant que le train filait
à toute vapeur à travers l'État de Californie.

Dans cette portion du territoire qui s'étend entre
San Francisco et Sacramento, le sol est peu accidenté.
Cette partie du chemin de fer, sous le nom de « Central Pacific road », prit d'abord Sacramento pour
point de départ, et s'avança vers l'est à la rencontre
de celui qui partait d'Omaha. De San Francisco
à la capitale de la Californie, la ligne courait directement au nord-est, en longeant American-river,
qui se jette dans la baie de San Pablo. Les cent
vingt milles compris entre ces deux importantes
cités furent franchis en six heures, et vers minuit,
pendant qu'ils dormaient de leur premier sommeil,
les voyageurs passèrent à Sacramento. Ils ne virent
donc rien de cette ville considérable, siège de la
législature de l'État de Californie, ni ses beaux quais,
ni ses rues larges, ni ses hôtels splendides, ni ses
squares, ni ses temples.

En sortant de Sacramento, le train, après avoir
dépassé les stations de Junction, de Roclin, d'Auburn
et de Colfax, s'engagea dans le massif de la Sierra
Nevada. Il était sept heures du matin quand fut
traversée la station de Cisco. Une heure après, le
dortoir était redevenu un wagon ordinaire et les
voyageurs pouvaient à travers les vitres entrevoir

Les draps étaient blancs. (Page 227.)

les points de vue pittoresques de ce montagneux
pays. Le tracé du train obéissait aux caprices de
la Sierra, ici accroché aux flancs de la montagne,
là suspendu au-dessus des précipices, évitant les
angles brusques par des courbes audacieuses, s'élançant dans des gorges étroites que l'on devait croire
sans issues. La locomotive, étincelante comme une
châsse, avec son grand fanal qui jetait de fauves
lueurs, sa cloche argentée, son « chasse-vache »,
qui s'étendait comme un éperon, mêlait ses sifflements
et ses mugissements à ceux des torrents et des cascades,
et tordait sa fumée à la noire ramure des sapins.

Peu ou point de tunnels, ni de ponts sur le parcours.
Le rail-road contournait le flanc des montagnes,
ne cherchant pas dans la ligne droite le plus court
chemin d'un point à un autre, et ne violentant pas
la nature.

Vers neuf heures, par la vallée de Carson, le train
pénétrait dans l'État de Nevada, suivant toujours
la direction du nord-est. A midi, il quittait Reno,
où les voyageurs eurent vingt minutes pour déjeuner.

Depuis ce point, la voie ferrée, côtoyant Humboldt-
river, s'éleva pendant quelques milles vers le nord,
en suivant son cours. Puis elle s'infléchit vers l'est,
et ne devait plus quitter le cours d'eau avant d'avoir
atteint les Humboldt-Ranges, qui lui donnent naissance, presque à l'extrémité orientale de l'État de
Nevada.

Après avoir déjeuné, Mr. Fogg, Mrs. Aouda et
leurs compagnons reprirent leur place dans le wagon.
Phileas Fogg, la jeune femme, Fix et Passepartout,
confortablement assis, regardaient le paysage varié
qui passait sous leurs yeux, — vastes prairies, montagnes se profilant à l'horizon, « creeks » roulant

leurs eaux écumeuses. Parfois, un grand troupeau de bisons, se massant au loin, apparaissait comme une digue mobile. Ces innombrables armées de ruminants opposent souvent un insurmontable obstacle au passage des trains. On a vu des milliers de ces animaux défiler pendant plusieurs heures, en rangs pressés, au travers du rail-road. La locomotive est alors forcée de s'arrêter et d'attendre que la voie soit redevenue libre.

Ce fut même ce qui arriva dans cette occasion. Vers trois heures du soir, un troupeau de dix à douze mille têtes barra le rail-road. La machine, après avoir modéré sa vitesse, essaya d'engager son éperon dans le flanc de l'immense colonne, mais elle dut s'arrêter devant l'impénétrable masse.

On voyait ces ruminants — ces buffalos, comme les appellent improprement les Américains — marcher ainsi de leur pas tranquille, poussant parfois des beuglements formidables. Ils avaient une taille supérieure à celle des taureaux d'Europe, les jambes et la queue courtes, le garrot saillant qui formait une bosse musculaire, les cornes écartées à la base, la tête, le cou et les épaules recouverts d'une crinière à longs poils. Il ne fallait pas songer à arrêter cette migration. Quand les bisons ont adopté une direction, rien ne pourrait ni enrayer ni modifier leur marche. C'est un torrent de chair vivante qu'aucune digue ne saurait contenir.

Les voyageurs, dispersés sur les passerelles, regardaient ce curieux spectacle. Mais celui qui devait être le plus pressé de tous, Phileas Fogg, était demeuré à sa place et attendait philosophiquement qu'il plût aux buffles de lui livrer passage. Passepartout était furieux du retard que causait cette agglomération

Un troupeau de dix à douze mille têtes barra le rail-road. (Page 230.)

d'animaux. Il eût voulu décharger contre eux son
arsenal de revolvers.

« Quel pays! s'écria-t-il. De simples bœufs qui
arrêtent des trains, et qui s'en vont là, processionnellement, sans plus se hâter que s'ils ne gênaient
pas la circulation! Pardieu! je voudrais bien savoir
si Mr. Fogg avait prévu ce contretemps dans son
programme! Et ce mécanicien qui n'ose pas lancer
sa machine à travers ce bétail encombrant! »

Le mécanicien n'avait point tenté de renverser
l'obstacle, et il avait prudemment agi. Il eût écrasé
sans doute les premiers buffles attaqués par l'éperon
de la locomotive; mais, si puissante qu'elle fût, la
machine eût été arrêtée bientôt, un déraillement
se serait inévitablement produit, et le train fût resté
en détresse.

Le mieux était donc d'attendre patiemment,
quitte ensuite à regagner le temps perdu par une
accélération de la marche du train. Le défilé des
bisons dura trois grandes heures, et la voie ne redevint
libre qu'à la nuit tombante. A ce moment, les derniers
rangs du troupeau traversaient les rails, tandis que
les premiers disparaissaient au-dessous de l'horizon
du sud.

Il était donc huit heures, quand le train franchit
les défilés des Humboldt-Ranges, et neuf heures
et demie, lorsqu'il pénétra sur le territoire de l'Utah,
la région du grand lac Salé, le curieux pays des
Mormons.

XXVII

PENDANT la nuit du 5 au 6 décembre, le train courut
au sud-est sur un espace de cinquante milles environ;
puis il remonta d'autant vers le nord-est, en s'appro-
chant du grand lac Salé.

Passepartout, vers neuf heures du matin, vint
prendre l'air sur les passerelles. Le temps était froid,
le ciel gris, mais il ne neigeait plus. Le disque du
soleil, élargi par les brumes, apparaissait comme
une énorme pièce d'or, et Passepartout s'occupait
à en calculer la valeur en livres sterling, quand
il fut distrait de cet utile travail par l'apparition
d'un personnage assez étrange.

Ce personnage, qui avait pris le train à la station
d'Elko, était un homme de haute taille, très brun,
moustaches noires, bas noirs, chapeau de soie noir,
gilet noir, pantalon noir, cravate blanche, gants
de peau de chien. On eût dit un révérend. Il allait
d'une extrémité du train à l'autre, et, sur la portière
de chaque wagon, il collait avec des pains à cacheter
une notice écrite à la main.

Passepartout s'approcha et lut sur une de ces
notices que l'honorable « elder » William Hitch,
missionnaire mormon, profitant de sa présence sur
le train n° 48, ferait, de onze heures à midi, dans

le car n° 117, une conférence sur le mormonisme —,
invitant à l'entendre tous les gentlemen soucieux
de s'instruire touchant les mystères de la religion
des « Saints des derniers jours ».

« Certes, j'irai », se dit Passepartout, qui ne connaissait guère du mormonisme que ses usages polygames, base de la société mormone.

La nouvelle se répandit rapidement dans le train,
qui emportait une centaine de voyageurs. Sur ce
nombre, trente au plus, alléchés par l'appât de la
conférence, occupaient à onze heures les banquettes
du car n° 117. Passepartout figurait au premier
rang des fidèles. Ni son maître ni Fix n'avaient cru
devoir se déranger.

A l'heure dite, l'elder William Hitch se leva, et
d'une voix assez irritée, comme s'il eût été contredit
d'avance, il s'écria :

« Je vous dis, moi, que Joe Smyth est un martyr,
que son frère Hvram est un martyr, et que les persécutions du gouvernement de l'Union contre les
prophètes vont faire également un martyr de Brigham
Young! Qui oserait soutenir le contraire? »

Personne ne se hasarda à contredire le missionnaire, dont l'exaltation contrastait avec sa physionomie naturellement calme. Mais, sans doute, sa
colère s'expliquait par ce fait que le mormonisme
était actuellement soumis à de dures épreuves. Et,
en effet, le gouvernement des États-Unis venait,
non sans peine, de réduire ces fanatiques indépen-
dants. Il s'était rendu maître de l'Utah, et l'avait
soumis aux lois de l'Union, après avoir emprisonné
Brigham Young, accusé de rébellion et de polygamie.
Depuis cette époque, les disciples du prophète redoublaient leurs efforts, et, en attendant les actes, ils

résistaient par la parole aux prétentions du
Congrès.

On le voit, l'elder William Hitch faisait du pro-
sélytisme jusqu'en chemin de fer.

Et alors il raconta, en passionnant son récit par
les éclats de sa voix et la violence de ses gestes, l'histoire du mormonisme, depuis les temps bibliques :
« comment, dans Israël, un prophète mormon de la
tribu de Joseph publia les annales de la religion
nouvelle, et les légua à son fils Morom ; comment,
bien des siècles plus tard, une traduction de ce précieux livre, écrit en caractères égyptiens, fut faite
par Joseph Smyth junior, fermier de l'État de Ver-
mont, qui se révéla comme prophète mystique en
1825 ; comment, enfin, un messager céleste lui apparut
dans une forêt lumineuse et lui remit les annales
du Seigneur. »

En ce moment, quelques auditeurs, peu intéressés
par le récit rétrospectif du missionnaire, quittèrent
le wagon ; mais William Hitch, continuant, raconta
« comment Smyth junior, réunissant son père, ses
deux frères et quelques disciples, fonda la religion
des Saints des derniers jours —, religion qui, adoptée
non seulement en Amérique, mais en Angleterre,
en Scandinavie, en Allemagne, compte parmi ses
fidèles des artisans et aussi nombre de gens exerçant
des professions libérales ; comment une colonie fut
fondée dans l'Ohio ; comment un temple fut élevé
au prix de deux cent mille dollars et une ville bâtie
à Kirkland ; comment Smyth devint un audacieux
banquier et reçut d'un simple montreur de momies
un papyrus contenant un récit écrit de la main
d'Abraham et autres célèbres Égyptiens. »

Cette narration devenant un peu longue, les rangs

des auditeurs s'éclaircirent encore, et le public ne
se composa plus que d'une vingtaine de personnes.

Mais l'elder, sans s'inquiéter de cette désertion,
raconta avec détail « comme quoi Joe Smyth fit
banqueroute en 1837; comme quoi ses actionnaires
ruinés l'enduisirent de goudron et le roulèrent dans
la plume; comme quoi on le retrouva, plus honorable et plus honoré que jamais, quelques années
après, à Independance, dans le Missouri, et chef
d'une communauté florissante, qui ne comptait pas
moins de trois mille disciples, et qu'alors, poursuivi
par la haine des gentils, il dut fuir dans le Far West
américain. »

Dix auditeurs étaient encore là, et parmi eux
l'honnête Passepartout, qui écoutait de toutes ses
oreilles. Ce fut ainsi qu'il apprit « comment, après
de longues persécutions, Smyth reparut dans l'Illinois
et fonda en 1839, sur les bords du Mississippi, Nauvoo-
la-Belle, dont la population s'éleva jusqu'à vingt-cinq
mille âmes; comment Smyth en devint le maire,
le juge suprême et le général en chef; comment,
en 1843, il posa sa candidature à la présidence des
États-Unis, et comment enfin, attiré dans un guet-
apens, à Carthage, il fut jeté en prison et assassiné
par une bande d'hommes masqués. »

En ce moment, Passepartout était absolument
seul dans le wagon, et l'elder, le regardant en face,
le fascinant par ses paroles, lui rappela que, deux ans
après l'assassinat de Smyth, son successeur, le prophète inspiré, Brigham Young, abandonnant Nauvoo,
vint s'établir aux bords du lac Salé, et que là, sur
cet admirable territoire, au milieu de cette contrée
fertile, sur le chemin des émigrants qui traversaient
l'Utah pour se rendre en Californie, la nouvelle

« Et vous, mon fidèle ! » (Page 238.)

colonie, grâce aux principes polygames du mormonisme, prit une extension énorme.

« Et voilà, ajouta William Hitch, voilà pourquoi
la jalousie du Congrès s'est exercée contre nous !
pourquoi les soldats de l'Union ont foulé le sol de
l'Utah ! pourquoi notre chef, le prophète Brigham
Young, a été emprisonné au mépris de toute justice !
Céderons-nous à la force ? Jamais ! Chassés du Ver-
mont, chassés de l'Illinois, chassés de l'Ohio, chassés
du Missouri, chassés de l'Utah, nous retrouverons
encore quelque territoire indépendant où nous
planterons notre tente... Et vous, mon fidèle, ajouta
l'elder en fixant sur son unique auditeur des regards
courroucés, planterez-vous la vôtre à l'ombre de
notre drapeau ?

— Non », répondit bravement Passepartout, qui
s'enfuit à son tour, laissant l'énergumène prêcher
dans le désert.

Mais pendant cette conférence, le train avait
marché rapidement, et, vers midi et demi, il touchait
à sa pointe nord-ouest le grand lac Salé. De là, on
pouvait embrasser, sur un vaste périmètre, l'aspect
de cette mer intérieure, qui porte aussi le nom de
mer Morte et dans laquelle se jette un Jourdain
d'Amérique. Lac admirable, encadré de belles
roches sauvages, à larges assises, encroûtées de sel
blanc, superbe nappe d'eau qui couvrait autrefois
un espace plus considérable ; mais avec le temps,
ses bords, montant peu à peu, ont réduit sa superficie
en accroissant sa profondeur.

Le lac Salé, long de soixante-dix milles environ,
large de trente-cinq, est situé à trois mille huit cents
pieds au-dessus du niveau de la mer. Bien différent
du lac Asphaltite, dont la dépression accuse douze

Lac admirable !... (Page 238.)

cents pieds au-dessous, sa salure est considérable, et ses eaux tiennent en dissolution le quart de leur poids de matière solide. Leur pesanteur spécifique est de 1 170, celle de l'eau distillée étant 1 000. Aussi les poissons n'y peuvent vivre. Ceux qu'y jettent le Jourdain, le Weber et autres creeks, y périssent bientôt; mais il n'est pas vrai que la densité de ses eaux soit telle qu'un homme n'y puisse plonger.

Autour du lac, la campagne était admirablement cultivée, car les Mormons s'entendent aux travaux de la terre : des ranchos et des corrals pour les animaux domestiques, des champs de blé, de maïs, de sorgho, des prairies luxuriantes, partout des haies de rosiers sauvages, des bouquets d'acacias et d'euphorbes, tel eût été l'aspect de cette contrée, six mois plus tard; mais en ce moment le sol disparaissait sous une mince couche de neige, qui le poudrait légèrement.

A deux heures, les voyageurs descendaient à la station d'Ogden. Le train ne devant repartir qu'à six heures, Mr. Fogg, Mrs. Aouda et leurs deux compagnons avaient donc le temps de se rendre à la Cité des Saints par le petit embranchement qui se détache de la station d'Ogden. Deux heures suffisaient à visiter cette ville absolument américaine et, comme telle, bâtie sur le patron de toutes les villes de l'Union, vastes échiquiers à longues lignes froides, avec « la tristesse lugubre des angles droits », suivant l'expression de Victor Hugo. Le fondateur de la Cité des Saints ne pouvait échapper à ce besoin de symétrie qui distingue les Anglo-Saxons. Dans ce singulier pays, où les hommes ne sont certainement pas à la hauteur des institutions, tout se fait « carrément », les villes, les maisons et les sottises.

A trois heures, les voyageurs se promenaient donc par les rues de la cité, bâtie entre la rive du Jourdain et les premières ondulations des monts Wahsatch. Ils y remarquèrent peu ou point d'églises, mais, comme monuments, la maison du prophète, la Court-house et l'arsenal; puis, des maisons de brique bleuâtre avec vérandas et galeries, entourées de jardins, bordées d'acacias, de palmiers et de caroubiers. Un mur d'argile et de cailloux, construit en 1853, ceignait la ville. Dans la principale rue, où se tient le marché, s'élevaient quelques hôtels ornés de pavillons, et entre autres Lake-Salt-house.

Mr. Fogg et ses compagnons ne trouvèrent pas la cité fort peuplée. Les rues étaient presque désertes, — sauf toutefois la partie du Temple qu'ils n'atteignirent qu'après avoir traversé plusieurs quartiers entourés de palissades. Les femmes étaient assez nombreuses, ce qui s'explique par la composition singulière des ménages mormons. Il ne faut pas croire, cependant, que tous les Mormons soient polygames. On est libre, mais il est bon de remarquer que ce sont les citoyennes de l'Utah qui tiennent surtout à être épousées, car, suivant la religion du pays, le ciel mormon n'admet point à la possession de ses béatitudes les célibataires du sexe féminin. Ces pauvres créatures ne paraissaient ni aisées ni heureuses. Quelques-unes, les plus riches sans doute, portaient une jaquette de soie noire ouverte à la taille, sous une capuche ou un châle fort modeste. Les autres n'étaient vêtues que d'indienne.

Passepartout, lui, en sa qualité de garçon convaincu, ne regardait pas sans un certain effroi ces Mormones chargées de faire à plusieurs le bonheur d'un seul Mormon. Dans son bon sens, c'était le mari qu'il

plaignait surtout. Cela lui paraissait terrible d'avoir
à guider tant de dames à la fois au travers des vicissi-
tudes de la vie, à les conduire ainsi en troupe jusqu'au
paradis mormon, avec cette perspective de les y
retrouver pour l'éternité en compagnie du glorieux
Smyth, qui devait faire l'ornement de ce lieu de
délices. Décidément, il ne se sentait pas la vocation,
et il trouvait — peut-être s'abusait-il en ceci — que
les citoyennes de Great-Lake-City jetaient sur sa
personne des regards un peu inquiétants.

Très heureusement, son séjour dans la Cité des
Saints ne devait pas se prolonger. A quatre heures
moins quelques minutes, les voyageurs se retrouvaient
à la gare et reprenaient leur place dans leurs
wagons.

Le coup de sifflet se fit entendre; mais au moment
où les roues motrices de la locomotive, patinant sur
les rails, commençaient à imprimer au train quelque
vitesse, ces cris : « Arrêtez! arrêtez! » retentirent.

On n'arrête pas un train en marche. Le gentleman
qui proférait ces cris était évidemment un Mormon
attardé. Il courait à perdre haleine. Heureusement
pour lui, la gare n'avait ni portes ni barrières. Il
s'élança donc sur la voie, sauta sur le marchepied
de la dernière voiture, et tomba essoufflé sur une des
banquettes du wagon.

Passepartout, qui avait suivi avec émotion les
incidents de cette gymnastique, vint contempler ce
retardataire, auquel il s'intéressa vivement, quand
il apprit que ce citoyen de l'Utah n'avait ainsi pris
la fuite qu'à la suite d'une scène de ménage.

Lorsque le Mormon eut repris haleine, Passepartout
se hasarda à lui demander poliment combien il avait
de femmes, à lui tout seul, — et à la façon dont il

venait de décamper, il lui en supposait une vingtaine
au moins.

« Une, monsieur! répondit le Mormon en levant
les bras au ciel, une, et c'était assez! »

XXVIII

DANS LEQUEL PASSEPARTOUT NE PUT PARVENIR A
FAIRE ENTENDRE LE LANGAGE DE LA RAISON

LE train, en quittant Great-Salt-Lake et la station
d'Ogden, s'éleva pendant une heure vers le nord,
jusqu'à Weber-river, ayant franchi neuf cents milles
environ depuis San Francisco. A partir de ce point,
il reprit la direction de l'est à travers le massif accidenté des monts Wahsatch. C'est dans cette partie
du territoire, comprise entre ces montagnes et les
montagnes Rocheuses proprement dites, que les
ingénieurs américains ont été aux prises avec les plus
sérieuses difficultés. Aussi, dans ce parcours, la
subvention du gouvernement de l'Union s'est-elle
élevée à quarante-huit mille dollars par mille, tandis
qu'elle n'était que de seize mille dollars en plaine;
mais les ingénieurs, ainsi qu'il a été dit, n'ont pas
violenté la nature, ils ont rusé avec elle, tournant
les difficultés, et pour atteindre le grand bassin, un
seul tunnel, long de quatorze mille pieds, a été percé
dans tout le parcours du rail-road.

C'était au lac Salé même que le tracé avait atteint
jusqu'alors sa plus haute cote d'altitude. Depuis ce
point, son profil décrivait une courbe très allongée,

s'abaissant vers la vallée du Bitter-creek, pour remonter jusqu'au point de partage des eaux entre l'Atlantique et le Pacifique. Les rios étaient nombreux dans cette montagneuse région. Il fallut franchir sur des ponceaux le Muddy, le Green et autres. Passepartout était devenu plus impatient à mesure qu'il s'approchait du but. Mais Fix, à son tour, aurait voulu être déjà sorti de cette difficile contrée. Il craignait les retards, il redoutait les accidents, et était plus pressé que Phileas Fogg lui-même de mettre le pied sur la terre anglaise !

A dix heures du soir, le train s'arrêtait à la station de Fort-Bridger, qu'il quitta presque aussitôt, et, vingt milles plus loin, il entrait dans l'État de Wyoming, — l'ancien Dakota —, en suivant toute la vallée du Bitter-creek, d'où s'écoulent une partie des eaux qui forment le système hydrographique du Colorado.

Le lendemain, 7 décembre, il y eut un quart d'heure d'arrêt à la station de Green-river. La neige avait tombé pendant la nuit assez abondamment, mais, mêlée à de la pluie, à demi fondue, elle ne pouvait gêner la marche du train. Toutefois, ce mauvais temps ne laissa pas d'inquiéter Passepartout, car l'accumulation des neiges, en embourbant les roues des wagons, eût certainement compromis le voyage.

« Aussi, quelle idée, se disait-il, mon maître a-t-il eue de voyager pendant l'hiver ! Ne pouvait-il attendre la belle saison pour augmenter ses chances ? »

Mais, en ce moment, où l'honnête garçon ne se préoccupait que de l'état du ciel et de l'abaissement de la température, Mrs. Aouda éprouvait des craintes plus vives, qui provenaient d'une tout autre cause.

En effet, quelques voyageurs étaient descendus de leur wagon, et se promenaient sur le quai de la gare de Green-river, en attendant le départ du train. Or, à travers la vitre, la jeune femme reconnut parmi eux le colonel Stamp W. Proctor, cet Américain qui s'était si grossièrement comporté à l'égard de Phileas Fogg pendant le meeting de San Francisco. Mrs. Aouda, ne voulant pas être vue, se rejeta en arrière.

Cette circonstance impressionna vivement la jeune femme. Elle s'était attachée à l'homme qui, si froidement que ce fût, lui donnait chaque jour les marques du plus absolu dévouement. Elle ne comprenait pas, sans doute, toute la profondeur du sentiment que lui inspirait son sauveur, et à ce sentiment elle ne donnait encore que le nom de reconnaissance, mais, à son insu, il y avait plus que cela. Aussi son cœur se serra-t-il, quand elle reconnut le grossier personnage auquel Mr. Fogg voulait tôt ou tard demander raison de sa conduite. Évidemment, c'était le hasard seul qui avait amené dans ce train le colonel Proctor, mais enfin il y était, et il fallait empêcher à tout prix que Phileas Fogg aperçût son adversaire.

Mrs. Aouda, lorsque le train se fut remis en route, profita d'un moment où sommeillait Mr. Fogg pour mettre Fix et Passepartout au courant de la situation.

« Ce Proctor est dans le train ! s'écria Fix. Eh bien, rassurez-vous, madame, avant d'avoir affaire au sieur... à Mr. Fogg, il aura affaire à moi ! Il me semble que, dans tout ceci, c'est encore moi qui ai reçu les plus graves insultes !

— Et, de plus, ajouta Passepartout, je me charge de lui, tout colonel qu'il est.

— Monsieur Fix, reprit Mrs. Aouda, Mr. Fogg ne laissera à personne le soin de le venger. Il est homme, il l'a dit, à revenir en Amérique pour retrouver cet insulteur. Si donc il aperçoit le colonel Proctor, nous ne pourrons empêcher une rencontre, qui peut amener de déplorables résultats. Il faut donc qu'il ne le voie pas.

— Vous avez raison, madame, répondit Fix, une rencontre pourrait tout perdre. Vainqueur ou vaincu, Mr. Fogg serait retardé, et...

— Et, ajouta Passepartout, cela ferait le jeu des gentlemen du Reform-Club. Dans quatre jours nous serons à New York! Eh bien, si pendant quatre jours mon maître ne quitte pas son wagon, on peut espérer que le hasard ne le mettra pas face à face avec ce maudit Américain, que Dieu confonde! Or, nous saurons bien l'empêcher... »

La conversation fut suspendue. Mr. Fogg s'était réveillé, et regardait la campagne à travers la vitre tachetée de neige. Mais, plus tard, et sans être entendu de son maître ni de Mrs. Aouda, Passepartout dit à l'inspecteur de police :

« Est-ce que vraiment vous vous battriez pour lui ?

— Je ferai tout pour le ramener vivant en Europe! » répondit simplement Fix, d'un ton qui marquait une implacable volonté.

Passepartout sentit comme un frisson lui courir par le corps, mais ses convictions à l'endroit de son maître ne faiblirent pas.

Et maintenant, y avait-il un moyen quelconque de retenir Mr. Fogg dans ce compartiment pour prévenir toute rencontre entre le colonel et lui? Cela ne pouvait être difficile, le gentleman étant d'un naturel peu remuant et peu curieux. En tout cas, l'inspecteur de police crut avoir trouvé ce moyen, car, quelques instants plus tard, il disait à Phileas Fogg :

« Ce sont de longues et lentes heures, monsieur, que celles que l'on passe ainsi en chemin de fer.

— En effet, répondit le gentleman, mais elles passent.

— A bord des paquebots, reprit l'inspecteur, vous aviez l'habitude de faire votre whist ?

— Oui, répondit Phileas Fogg, mais ici ce serait difficile. Je n'ai ni cartes ni partenaires.

— Oh ! les cartes, nous trouverons bien à les acheter. On vend de tout dans les wagons américains. Quant aux partenaires, si, par hasard, madame...

— Certainement, monsieur, répondit vivement la jeune femme, je connais le whist. Cela fait partie de l'éducation anglaise.

— Et moi, reprit Fix, j'ai quelques prétentions à bien jouer ce jeu. Or, à nous trois et un mort...

— Comme il vous plaira, monsieur », répondit Phileas Fogg, enchanté de reprendre son jeu favori —, même en chemin de fer.

Passepartout fut dépêché à la recherche du steward, et il revint bientôt avec deux jeux complets, des fiches, des jetons et une tablette recouverte de drap. Rien ne manquait. Le jeu commença. Mrs. Aouda savait très suffisamment le whist, et elle reçut même quelques compliments du sévère Phileas Fogg. Quant à l'inspecteur, il était tout simplement de première force, et digne de tenir tête au gentleman.

« Maintenant, se dit Passepartout à lui-même, nous le tenons. Il ne bougera plus ! »

A onze heures du matin, le train avait atteint le point de partage des eaux des deux océans. C'était

à Passe-Bridger, à une hauteur de sept mille cinq
cent vingt-quatre pieds anglais au-dessus du niveau
de la mer, un des plus hauts points touchés par le
profil du tracé dans ce passage à travers les montagnes
Rocheuses. Après deux cents milles environ, les
voyageurs se trouveraient enfin sur ces longues plaines
qui s'étendent jusqu'à l'Atlantique, et que la nature
rendait si propices à l'établissement d'une voie ferrée.

Sur le versant du bassin atlantique se développaient
déjà les premiers rios, affluents ou sous-affluents
de North-Platte-river. Tout l'horizon du nord et
de l'est était couvert par cette immense courtine
semi-circulaire, qui forme la portion septentrionale
des Rocky-Mountains, dominée par le pic de Laramie.
Entre cette courbure et la ligne de fer s'étendaient
de vastes plaines, largement arrosées. Sur la droite
du rail-road s'étageaient les premières rampes du
massif montagneux qui s'arrondit au sud jusqu'aux
sources de la rivière de l'Arkansas, l'un des grands
tributaires du Missouri.

A midi et demi, les voyageurs entrevoyaient un
instant le fort Halleck, qui commande cette contrée.
Encore quelques heures, et la traversée des montagnes
Rocheuses serait accomplie. On pouvait donc espérer
qu'aucun accident ne signalerait le passage du train
à travers cette difficile région. La neige avait cessé
de tomber. Le temps se mettait au froid sec. De
grands oiseaux, effrayés par la locomotive, s'en-
fuyaient au loin. Aucun fauve, ours ou loup, ne se
montrait sur la plaine. C'était le désert dans son
immense nudité.

Après un déjeuner assez confortable, servi dans le
wagon même, Mr. Fogg et ses partenaires venaient
de reprendre leur interminable whist, quand de

violents coups de sifflet se firent entendre. Le train s'arrêta.

Passepartout mit la tête à la portière et ne vit rien qui motivât cet arrêt. Aucune station n'était en vue.

Mrs. Aouda et Fix purent craindre un instant que Mr. Fogg ne songeât à descendre sur la voie. Mais le gentleman se contenta de dire à son domestique :

« Voyez donc ce que c'est. »

Passepartout s'élança hors du wagon. Une quarantaine de voyageurs avaient déjà quitté leurs places, et parmi eux le colonel Stamp W. Proctor.

Le train était arrêté devant un signal tourné au rouge qui fermait la voie. Le mécanicien et le conducteur, étant descendus, discutaient assez vivement avec un garde-voie, que le chef de gare de Medicine-Bow, la station prochaine, avait envoyé au-devant du train. Des voyageurs s'étaient approchés et prenaient part à la discussion, — entre autres le susdit colonel Proctor, avec son verbe haut et ses gestes impérieux.

Passepartout, ayant rejoint le groupe, entendit le garde-voie qui disait :

« Non ! il n'y a pas moyen de passer ! Le pont de Medicine-Bow est ébranlé et ne supporterait pas le poids du train. »

Ce pont, dont il était question, était un pont suspendu, jeté sur un rapide, à un mille de l'endroit où le convoi s'était arrêté. Au dire du garde-voie, il menaçait ruine, plusieurs des fils étaient rompus, et il était impossible d'en risquer le passage. Le garde-voie n'exagérait donc en aucune façon en affirmant qu'on ne pouvait passer. Et d'ailleurs, avec les habitudes d'insouciance des Américains, on peut dire que, quand ils se mettent à être prudents, il y aurait folie à ne pas l'être.

Passepartout, n'osant aller prévenir son maître, écoutait, les dents serrées, immobile comme une statue.

« Ah çà! s'écria le colonel Proctor, nous n'allons pas, j'imagine, rester ici à prendre racine dans la neige!

— Colonel, répondit le conducteur, on a télégraphié à la station d'Omaha pour demander un train, mais il n'est pas probable qu'il arrive à Med cine-Bow avant six heures.

— Six heures! s'écria Passepartout.

— Sans doute, répondit le conducteur. D'ailleurs, ce temps nous sera nécessaire pour gagner à pied la station.

— A pied! s'écrièrent tous les voyageurs.

— Mais à quelle distance est donc cette station? demanda l'un d'eux au conducteur.

— A douze milles, de l'autre côté de la rivière.

— Douze milles dans la neige! » s'écria Stamp W. Proctor.

Le colonel lança une bordée de jurons, s'en prenant à la compagnie, s'en prenant au conducteur, et Passepartout, furieux, n'était pas loin de faire chorus avec lui. Il y avait là un obstacle matériel contre lequel échoueraient, cette fois, toutes les bank-notes de son maître.

Au surplus, le désappointement était général parmi les voyageurs, qui, sans compter le retard, se voyaient obligés à faire une quinzaine de milles à travers la plaine couverte de neige. Aussi était-ce un brouhaha, des exclamations, des vociférations, qui auraient certainement attiré l'attention de Phileas Fogg, si ce gentleman n'eût été absorbé par son jeu.

Cependant Passepartout se trouvait dans la nécessité de le prévenir, et, la tête basse, il se dirigeait vers le wagon, quand le mécanicien du train — un vrai Yankee, nommé Forster —, élevant la voix, dit :

« Messieurs, il y aurait peut-être moyen de passer.

— Sur le pont ? répondit un voyageur.

— Sur le pont.

— Avec notre train ? demanda le colonel.

— Avec notre train. »

Passepartout s'était arrêté, et dévorait les paroles du mécanicien.

« Mais le pont menace ruine ! reprit le conducteur.

— N'importe, répondit Forster. Je crois qu'en lançant le train avec son maximum de vitesse, on aurait quelques chances de passer.

— Diable ! » fit Passepartout.

Mais un certain nombre de voyageurs avaient été immédiatement séduits par la proposition. Elle plaisait particulièrement au colonel Proctor. Ce cerveau brûlé trouvait la chose très faisable. Il rappela même que des ingénieurs avaient eu l'idée de passer des rivières « sans pont » avec des trains rigides lancés à toute vitesse, etc. Et, en fin de compte, tous les intéressés dans la question se rangèrent à l'avis du mécanicien.

« Nous avons cinquante chances pour passer, disait l'un.

— Soixante, disait l'autre.

— Quatre-vingts !... quatre-vingt-dix sur cent ! »

Passepartout était ahuri, quoiqu'il fût prêt à tout

tenter pour opérer le passage du Medicine-creek, mais
la tentative lui semblait un peu trop « américaine ».

« D'ailleurs, pensa-t-il, il y a une chose bien plus
simple à faire, et ces gens-là n'y songent même pas !... »

« Monsieur, dit-il à un des voyageurs, le moyen
proposé par le mécanicien me paraît un peu hasardé,
mais...

— Quatre-vingts chances ! répondit le voyageur,
qui lui tourna le dos.

— Je sais bien, répondit Passepartout en s'adressant à un autre gentleman, mais une simple réflexion...

— Pas de réflexion, c'est inutile ! répondit l'Américain interpellé en haussant les épaules, puisque
le mécanicien assure qu'on passera !

— Sans doute, reprit Passepartout, on passera,
mais il serait peut-être plus prudent...

— Quoi ! prudent ! s'écria le colonel Proctor,
que ce mot, entendu par hasard, fit bondir. A grande
vitesse, on vous dit ! Comprenez-vous ? A grande
vitesse !

— Je sais... je comprends..., répétait Passepartout,
auquel personne ne laissait achever sa phrase, mais
il serait, sinon plus prudent, puisque le mot vous
choque, du moins plus naturel...

— Qui ? que ? quoi ? Qu'a-t-il donc celui-là avec
son naturel ?... » s'écria-t-on de toutes parts.

Le pauvre garçon ne savait plus de qui se faire
entendre.

« Est-ce que vous avez peur ? lui demanda le
colonel Proctor.

— Moi, peur ! s'écria Passepartout. Eh bien, soit !
Je montrerai à ces gens-là qu'un Français peut être
aussi Américain qu'eux !

— En voiture ! en voiture ! criait le conducteur.

— Oui! en voiture, répétait Passepartout, en voiture! Et tout de suite! Mais on ne m'empêchera pas de penser qu'il eût été plus naturel de nous faire d'abord passer à pied sur ce pont, nous autres voyageurs, puis le train ensuite!... »

Mais personne n'entendit cette sage réflexion, et personne n'eût voulu en reconnaître la justesse.

Les voyageurs étaient réintégrés dans leur wagon. Passepartout reprit sa place, sans rien dire de ce qui s'était passé. Les joueurs étaient tout entiers à leur whist.

La locomotive siffla vigoureusement. Le mécanicien, renversant la vapeur, ramena son train en arrière pendant près d'un mille —, reculant comme un sauteur qui veut prendre son élan.

Puis, à un second coup de sifflet, la marche en avant recommença : elle s'accéléra; bientôt la vitesse devint effroyable; on n'entendait plus qu'un seul hennissement sortant de la locomotive; les pistons battaient vingt coups à la seconde; les essieux des roues fumaient dans les boîtes à graisse. On sentait, pour ainsi dire, que le train tout entier, marchant avec une rapidité de cent milles à l'heure, ne pesait plus sur les rails. La vitesse mangeait la pesanteur.

Et l'on passa! Et ce fut comme un éclair. On ne vit rien du pont. Le convoi sauta, on peut le dire, d'une rive à l'autre, et le mécanicien ne parvint à arrêter sa machine emportée qu'à cinq milles au-delà de la station.

Mais à peine le train avait-il franchi la rivière, que le pont, définitivement ruiné, s'abîmait avec fracas dans le rapide de Medicine-Bow.

Le pont, définitivement ruiné, s'abîmait avec fracas... (Page 253.)

XXIX

LE soir même, le train poursuivait sa route sans
obstacles, dépassait le fort Sauders, franchissait
la passe de Cheyenne et arrivait à la passe d'Evans.
En cet endroit, le rail-road atteignait le plus haut
point du parcours, soit huit mille quatre-vingt-onze
pieds au-dessus du niveau de l'océan. Les voyageurs
n'avaient plus qu'à descendre jusqu'à l'Atlantique
sur ces plaines sans limites, nivelées par la nature.

Là se trouvait sur le « grand trunk » l'embranchement de Denver-city, la principale ville du Colorado. Ce territoire est riche en mines d'or et d'argent,
et plus de cinquante mille habitants y ont déjà fixé
leur demeure.

A ce moment, treize cent quatre-vingt-deux milles
avaient été faits depuis San Francisco, en trois jours
et trois nuits. Quatre nuits et quatre jours, selon
toute prévision, devaient suffire pour atteindre
New York. Phileas Fogg se maintenait donc dans les
délais réglementaires.

Pendant la nuit, on laissa sur la gauche le camp
Walbah. Le Lodge-pole-creek courait parallèlement
à la voie, en suivant la frontière rectiligne commune
aux États du Wyoming et du Colorado. A onze
heures, on entrait dans le Nebraska, on passait près

Le rail-road atteignait le plus haut point de son parcours. (Page 255.)

du Sedgwick, et l'on touchait à Julesburgh, placé
sur la branche sud de Platte-river.

C'est à ce point que se fit l'inauguration de l'Union
Pacific Road, le 23 octobre 1867, et dont l'ingénieur
en chef fut le général J. M. Dodge. Là s'arrêtèrent
les deux puissantes locomotives, remorquant les
neuf wagons des invités, au nombre desquels figurait
le vice-président, Mr. Thomas C. Durant; là retentirent les acclamations; là, les Sioux et les Pawnies
donnèrent le spectacle d'une petite guerre indienne;
là, les feux d'artifice éclatèrent; là, enfin, se publia,
au moyen d'une imprimerie portative, le premier
numéro du journal *Railway Pioneer*. Ainsi fut célébrée
l'inauguration de ce grand chemin de fer, instrument
de progrès et de civilisation, jeté à travers le désert
et destiné à relier entre elles des villes et des cités
qui n'existaient pas encore. Le sifflet de la locomotive,
plus puissant que la lyre d'Amphion, allait bientôt
les faire surgir du sol américain.

A huit heures du matin, le fort Mac-Pherson
était laissé en arrière. Trois cent cinquante-sept
milles séparent ce point d'Omaha. La voie ferrée
suivait, sur sa rive gauche, les capricieuses sinuosités
de la branche sud de Platte-river. A neuf heures,
on arrivait à l'importante ville de North-Platte,
bâtie entre ces deux bras du grand cours d'eau, qui
se rejoignent autour d'elle pour ne plus former qu'une
seule artère —, affluent considérable dont les eaux
se confondent avec celles du Missouri, un peu au-
dessus d'Omaha.

Le cent-unième méridien était franchi.

Mr. Fogg et ses partenaires avaient repris leur jeu.
Aucun d'eux ne se plaignait de la longueur de la
route —, pas même le mort. Fix avait commencé

par gagner quelques guinées, qu'il était en train
de reperdre, mais il ne se montrait pas moins pas-
sionné que Mr. Fogg. Pendant cette matinée, la
chance favorisa singulièrement ce gentleman. Les
atouts et les honneurs pleuvaient dans ses mains.
A un certain moment, après avoir combiné un coup
audacieux, il se préparait à jouer pique, quand,
derrière la banquette, une voix se fit entendre, qui
disait :

« Moi, je jouerais carreau... »

Mr. Fogg, Mrs. Aouda, Fix levèrent la tête. Le
colonel Proctor était près d'eux.

Stamp W. Proctor et Phileas Fogg se reconnurent
aussitôt.

« Ah! c'est vous, monsieur l'Anglais, s'écria le
colonel, c'est vous qui voulez jouer pique!

— Et qui le joue, répondit froidement Phileas Fogg,
en abattant un dix de cette couleur.

— Eh bien, il me plaît que ce soit carreau »,
répliqua le colonel Proctor d'une voix irritée.

Et il fit un geste pour saisir la carte jouée, en
ajoutant :

« Vous n'entendez rien à ce jeu.

— Peut-être serai-je plus habile à un autre, dit
Phileas Fogg, qui se leva.

— Il ne tient qu'à vous d'en essayer, fils de John
Bull! » répliqua le grossier personnage.

Mrs. Aouda était devenue pâle. Tout son sang
lui refluait au cœur. Elle avait saisi le bras de Phileas
Fogg, qui la repoussa doucement. Passepartout était
prêt à se jeter sur l'Américain, qui regardait son adversaire de l'air le plus insultant. Mais Fix s'était levé,
et, allant au colonel Proctor, il lui dit :

« Vous oubliez que c'est moi à qui vous avez

« Moi, je jouerais carreau... » (Page 258.)

affaire, monsieur, moi que vous avez, non seulement injurié, mais frappé!

— Monsieur Fix, dit Mr. Fogg, je vous demande pardon, mais ceci me regarde seul. En prétendant que j'avais tort de jouer pique, le colonel m'a fait une nouvelle injure, et il m'en rendra raison.

— Quand vous voudrez, et où vous voudrez, répondit l'Américain, et à l'arme qu'il vous plaira! »

Mrs. Aouda essaya vainement de retenir Mr. Fogg. L'inspecteur tenta inutilement de reprendre la querelle à son compte. Passepartout voulait jeter le colonel par la portière, mais un signe de son maître l'arrêta. Phileas Fogg quitta le wagon, et l'Américain le suivit sur la passerelle.

« Monsieur, dit Mr. Fogg à son adversaire, je suis fort pressé de retourner en Europe, et un retard quelconque préjudicierait beaucoup à mes intérêts.

— Eh bien! qu'est-ce que cela me fait? répondit le colonel Proctor.

— Monsieur, reprit très poliment Mr. Fogg, après notre rencontre à San Francisco, j'avais formé le projet de venir vous retrouver en Amérique, dès que j'aurais terminé les affaires qui m'appellent sur l'ancien continent.

— Vraiment!

— Voulez-vous me donner rendez-vous dans six mois?

— Pourquoi pas dans six ans?

— Je dis six mois, répondit Mr. Fogg, et je serai exact au rendez-vous.

— Des défaites, tout cela! s'écria Stamp W. Proctor. Tout de suite ou pas.

— Soit, répondit Mr. Fogg. Vous allez à New York?

— Non.

— A Chicago?

— Non.

— A Omaha?

— Peu vous importe! Connaissez-vous Plum-Creek?

— Non, répondit Mr. Fogg.

— C'est la station prochaine. Le train y sera dans une heure. Il y stationnera dix minutes. En dix minutes, on peut échanger quelques coups de revolver.

— Soit, répondit Mr. Fogg. Je m'arrêterai à Plum-Creek.

— Et je crois même que vous y resterez! ajouta l'Américain avec une insolence sans pareille.

— Qui sait, monsieur? » répondit Mr. Fogg, et il rentra dans son wagon, aussi froid que d'habitude.

Là, le gentleman commença par rassurer Mrs. Aouda, lui disant que les fanfarons n'étaient jamais à craindre. Puis il pria Fix de lui servir de témoin dans la rencontre qui allait avoir lieu. Fix ne pouvait refuser, et Phileas Fogg reprit tranquillement son jeu interrompu, en jouant pique avec un calme parfait.

A onze heures, le sifflet de la locomotive annonça l'approche de la station de Plum-Creek. Mr. Fogg se leva, et, suivi de Fix, il se rendit sur la passerelle. Passepartout l'accompagnait, portant une paire de revolvers. Mrs. Aouda était restée dans le wagon, pâle comme une morte.

En ce moment, la porte de l'autre wagon s'ouvrit, et le colonel Proctor apparut également sur la passerelle, suivi de son témoin, un Yankee de sa trempe. Mais à l'instant où les deux adversaires allaient descendre sur la voie, le conducteur accourut et leur cria :

« On ne descend pas, messieurs.

— Et pourquoi ? demanda le colonel.

— Nous avons vingt minutes de retard, et le train ne s'arrête pas.

— Mais je dois me battre avec monsieur.

— Je le regrette, répondit l'employé, mais nous repartons immédiatement. Voici la cloche qui sonne ! »

La cloche sonnait, en effet, et le train se remit en route.

« Je suis vraiment désolé, messieurs, dit alors le conducteur. En toute autre circonstance, j'aurais pu vous obliger. Mais, après tout, puisque vous n'avez pas eu le temps de vous battre ici, qui vous empêche de vous battre en route ?

— Cela ne conviendra peut-être pas à monsieur ! dit le colonel Proctor d'un air goguenard.

— Cela me convient parfaitement », répondit Phileas Fogg.

« Allons, décidément, nous sommes en Amérique ! pensa Passepartout, et le conducteur de train est un gentleman du meilleur monde ! »

Et ce disant il suivit son maître.

Les deux adversaires, leurs témoins, précédés du conducteur, se rendirent, en passant d'un wagon à l'autre, à l'arrière du train. Le dernier wagon n'était occupé que par une dizaine de voyageurs. Le conducteur leur demanda s'ils voulaient bien, pour quelques instants, laisser la place libre à deux gentlemen qui avaient une affaire d'honneur à vider.

Comment donc ! Mais les voyageurs étaient trop heureux de pouvoir être agréables aux deux gentlemen, et ils se retirèrent sur les passerelles.

Ce wagon, long d'une cinquantaine de pieds, se prêtait très convenablement à la circonstance. Les

deux adversaires pouvaient marcher l'un sur l'autre
entre les banquettes et s'arquebuser à leur aise.
Jamais duel ne fut plus facile à régler. Mr. Fogg et
le colonel Proctor, munis chacun de deux revolvers
à six coups, entrèrent dans le wagon. Leurs témoins,
restés en dehors, les y enfermèrent. Au premier coup
de sifflet de la locomotive, ils devaient commencer
le feu... Puis, après un laps de deux minutes, on
retirerait du wagon ce qui resterait des deux gentlemen.

Rien de plus simple en vérité. C'était même si
simple, que Fix et Passepartout sentaient leur cœur
battre à se briser.

On attendait donc le coup de sifflet convenu,
quand soudain des cris sauvages retentirent. Des
détonations les accompagnèrent, mais elles ne venaient
point du wagon réservé aux duellistes. Ces détonations
se prolongeaient, au contraire, jusqu'à l'avant et
sur toute la ligne du train. Des cris de frayeur se
faisaient entendre à l'intérieur du convoi.

Le colonel Proctor et Mr. Fogg, revolver au poing,
sortirent aussitôt du wagon et se précipitèrent vers
l'avant, où retentissaient plus bruyamment les détonations et les cris.

Ils avaient compris que le train était attaqué par
une bande de Sioux.

Ces hardis Indiens n'en étaient pas à leur coup
d'essai, et plus d'une fois déjà ils avaient arrêté les
convois. Suivant leur habitude, sans attendre l'arrêt
du train, s'élançant sur les marchepieds au nombre
d'une centaine, ils avaient escaladé les wagons
comme fait un clown d'un cheval au galop.

Ces Sioux étaient munis de fusils. De là les détonations auxquelles les voyageurs, presque tous
armés, ripostaient par des coups de revolver. Tout

d'abord, les Indiens s'étaient précipités sur la machine. Le mécanicien et le chauffeur avaient été à demi assommés à coups de casse-tête. Un chef sioux, voulant arrêter le train, mais ne sachant pas manœuvrer la manette du régulateur, avait largement ouvert l'introduction de la vapeur au lieu de la fermer, et la locomotive, emportée, courait avec une vitesse effroyable.

En même temps, les Sioux avaient envahi les wagons, ils couraient comme des singes en fureur sur les impériales, ils enfonçaient les portières et luttaient corps à corps avec les voyageurs. Hors du wagon de bagages, forcé et pillé, les colis étaient précipités sur la voie. Cris et coups de feu ne discontinuaient pas.

Cependant les voyageurs se défendaient avec courage. Certains wagons, barricadés, soutenaient un siège, comme de véritables forts ambulants, emportés avec une rapidité de cent milles à l'heure.

Dès le début de l'attaque, Mrs. Aouda s'était courageusement comportée. Le revolver à la main, elle se défendait héroïquement, tirant à travers les vitres brisées, lorsque quelque sauvage se présentait à elle. Une vingtaine de Sioux, frappés à mort, étaient tombés sur la voie, et les roues des wagons écrasaient comme des vers ceux d'entre eux qui glissaient sur les rails du haut des passerelles.

Plusieurs voyageurs, grièvement atteints par les balles ou les casse-tête, gisaient sur les banquettes.

Cependant il fallait en finir. Cette lutte durait déjà depuis dix minutes, et ne pouvait que se terminer à l'avantage des Sioux, si le train ne s'arrêtait pas. En effet, la station du fort Kearney n'était pas à deux milles de distance. Là se trouvait un poste

Les Sioux avaient envahi les wagons. (Page 264.)

américain, mais ce poste passé, entre le fort Kearney et la station suivante les Sioux seraient les maîtres du train.

Le conducteur se battait aux côtés de Mr. Fogg, quand une balle le renversa. En tombant, cet homme s'écria :

« Nous sommes perdus, si le train ne s'arrête pas avant cinq minutes !

— Il s'arrêtera ! dit Phileas Fogg, qui voulut s'élancer hors du wagon.

— Restez, monsieur, lui cria Passepartout. Cela me regarde ! »

Phileas Fogg n'eut pas le temps d'arrêter ce courageux garçon, qui, ouvrant une portière sans être vu des Indiens, parvint à se glisser sous le wagon. Et alors, tandis que la lutte continuait, pendant que les balles se croisaient au-dessus de sa tête, retrouvant son agilité, sa souplesse de clown, se faufilant sous les wagons, s'accrochant aux chaînes, s'aidant du levier des freins et des longerons des châssis, rampant d'une voiture à l'autre avec une adresse merveilleuse, il gagna ainsi l'avant du train. Il n'avait pas été vu, il n'avait pu l'être.

Là, suspendu d'une main entre le wagon des bagages et le tender, de l'autre il décrocha les chaînes de sûreté ; mais par suite de la traction opérée, il n'aurait jamais pu parvenir à dévisser la barre d'attelage, si une secousse que la machine éprouva n'eût fait sauter cette barre, et le train, détaché, resta peu à peu en arrière, tandis que la locomotive s'enfuyait avec une nouvelle vitesse.

Emporté par la force acquise, le train roula encore pendant quelques minutes, mais les freins furent manœuvrés à l'intérieur des wagons, et le convoi

Suspendu d'une main entre le wagon de bagages... (Page 266.)

s'arrêta enfin, à moins de cent pas de la station de Kearney.

Là, les soldats du fort, attirés par les coups de feu, accoururent en hâte. Les Sioux ne les avaient pas attendus, et, avant l'arrêt complet du train, toute la bande avait décampé.

Mais quand les voyageurs se comptèrent sur le quai de la station, ils reconnurent que plusieurs manquaient à l'appel, et entre autres le courageux Français dont le dévouement venait de les sauver.

XXX

DANS LEQUEL PHILEAS FOGG FAIT TOUT SIMPLEMENT SON DEVOIR

TROIS voyageurs, Passepartout compris, avaient disparu. Avaient-ils été tués dans la lutte? Étaient-ils prisonniers des Sioux? On ne pouvait encore le savoir.

Les blessés étaient assez nombreux, mais on reconnut qu'aucun n'était atteint mortellement. Un des plus grièvement frappé, c'était le colonel Proctor, qui s'était bravement battu, et qu'une balle à l'aine avait renversé. Il fut transporté à la gare avec d'autres voyageurs, dont l'état réclamait des soins immédiats.

Mrs. Aouda était sauve. Phileas Fogg, qui ne s'était pas épargné, n'avait pas une égratignure. Fix était blessé au bras, blessure sans importance. Mais Passepartout manquait, et des larmes coulaient des yeux de la jeune femme.

Cependant tous les voyageurs avaient quitté le train. Les roues des wagons étaient tachées de sang. Aux moyeux et aux rayons pendaient d'informes lambeaux de chair. On voyait à perte de vue sur la plaine blanche de longues traînées rouges. Les derniers Indiens disparaissaient alors dans le sud, du côté de Republican-river.

Mr. Fogg, les bras croisés, restait immobile. Il avait une grave décision à prendre. Mrs. Aouda, près de lui, le regardait sans prononcer une parole... Il comprit ce regard. Si son serviteur était prisonnier, ne devait-il pas tout risquer pour l'arracher aux Indiens ?...

« Je le retrouverai mort ou vivant, dit-il simplement à Mrs. Aouda.

— Ah ! monsieur... monsieur Fogg ! s'écria la jeune femme, en saisissant les mains de son compagnon qu'elle couvrit de larmes.

— Vivant ! ajouta Mr. Fogg, si nous ne perdons pas une minute ! »

Par cette résolution, Phileas Fogg se sacrifiait tout entier. Il venait de prononcer sa ruine. Un seul jour de retard lui faisait manquer le paquebot à New York. Son pari était irrévocablement perdu. Mais devant cette pensée : « C'est mon devoir ! » il n'avait pas hésité.

Le capitaine commandant le fort Kearney était là. Ses soldats — une centaine d'hommes environ — s'étaient mis sur la défensive pour le cas où les Sioux auraient dirigé une attaque directe contre la gare.

« Monsieur, dit Mr. Fogg au capitaine, trois voyageurs ont disparu.

— Morts ? demanda le capitaine.

— Morts ou prisonniers, répondit Phileas Fogg.

Là est une incertitude qu'il faut faire cesser. Votre intention est-elle de poursuivre les Sioux?

— Cela est grave, monsieur, dit le capitaine. Ces Indiens peuvent fuir jusqu'au-delà de l'Arkansas! Je ne saurais abandonner le fort qui m'est confié.

— Monsieur, reprit Phileas Fogg, il s'agit de la vie de trois hommes.

— Sans doute... mais puis-je risquer la vie de cinquante pour en sauver trois?

— Je ne sais si vous le pouvez, monsieur, mais vous le devez.

— Monsieur, répondit le capitaine, personne ici n'a à m'apprendre quel est mon devoir.

— Soit, dit froidement Phileas Fogg. J'irai seul!

— Vous, monsieur! s'écria Fix, qui s'était approché, aller seul à la poursuite des Indiens!

— Voulez-vous donc que je laisse périr ce malheureux, à qui tout ce qui est vivant ici doit la vie? J'irai.

— Eh bien, non, vous n'irez pas seul! s'écria le capitaine, ému malgré lui. Non! Vous êtes un brave cœur!... Trente hommes de bonne volonté! » ajouta-t-il en se tournant vers ses soldats.

Toute la compagnie s'avança en masse. Le capitaine n'eut qu'à choisir parmi ces braves gens. Trente soldats furent désignés, et un vieux sergent se mit à leur tête.

« Merci, capitaine! dit Mr. Fogg.

— Vous me permettrez de vous accompagner? demanda Fix au gentleman.

— Vous ferez comme il vous plaira, monsieur, lui répondit Phileas Fogg. Mais si vous voulez me rendre service, vous resterez près de Mrs. Aouda Au cas où il m'arriverait malheur... »

Une pâleur subite envahit la figure de l'inspecteur

de police. Se séparer de l'homme qu'il avait suivi pas à pas et avec tant de persistance! Le laisser s'aventurer ainsi dans ce désert! Fix regarda attentivement le gentleman, et, quoi qu'il en eût, malgré ses préventions, en dépit du combat qui se livrait en lui, il baissa les yeux devant ce regard calme et franc.

« Je resterai », dit-il.

Quelques instants après, Mr. Fogg avait serré la main de la jeune femme; puis, après lui avoir remis son précieux sac de voyage, il partait avec le sergent et sa petite troupe.

Mais avant de partir, il avait dit aux soldats :

« Mes amis, il y a mille livres pour vous si nous sauvons les prisonniers! »

Il était alors midi et quelques minutes.

Mrs. Aouda s'était retirée dans une chambre de la gare, et là, seule, elle attendait, songeant à Philéas Fogg, à cette générosité simple et grande, à ce tranquille courage. Mr. Fogg avait sacrifié sa fortune, et maintenant il jouait sa vie, tout cela sans hésitation, par devoir, sans phrases. Philéas Fogg était un héros à ses yeux.

L'inspecteur Fix, lui, ne pensait pas ainsi, et il ne pouvait contenir son agitation Il se promenait fébrilement sur le quai de la gare. Un moment subjugué, il redevenait lui-même. Fogg parti, il comprenait la sottise qu'il avait faite de le laisser partir. Quoi! cet homme qu'il venait de suivre autour du monde, il avait consenti à s'en séparer! Sa nature reprenait le dessus, il s'incriminait, il s'accusait, il se traitait comme s'il eût été le directeur de la police métropolitaine, admonestant un agent pris en flagrant délit de naïveté.

« J'ai été inepte! pensait-il. L'autre lui aura appris

qui j'étais! Il est parti, il ne reviendra pas! Où le
reprendre maintenant? Mais comment ai-je pu me
laisser fasciner ainsi, moi, Fix, moi, qui ai en poche
son ordre d'arrestation! Décidément je ne suis qu'une
bête! »

Ainsi raisonnait l'inspecteur de police, tandis que
les heures s'écoulaient si lentement à son gré. Il ne
savait que faire. Quelquefois, il avait envie de tout
dire à Mrs. Aouda. Mais il comprenait comment
il serait reçu par la jeune femme. Quel parti prendre ?
Il était tenté de s'en aller à travers les longues plaines
blanches, à la poursuite de ce Fogg! Il ne lui semblait pas impossible de le retrouver. Les pas du
détachement étaient encore imprimés sur la neige!...
Mais bientôt, sous une couche nouvelle, toute em-
preinte s'effaça.

Alors le découragement prit Fix. Il éprouva comme
une insurmontable envie d'abandonner la partie.
Or, précisément, cette occasion de quitter la station
de Kearney et de poursuivre ce voyage, si fécond
en déconvenues, lui fut offerte.

En effet, vers deux heures après midi, pendant que
la neige tombait à gros flocons, on entendit de longs
sifflets qui venaient de l'est. Une énorme ombre,
précédée d'une lueur fauve, s'avançait lentement,
considérablement grandie par les brumes, qui lui
donnaient un aspect fantastique.

Cependant on n'attendait encore aucun train
venant de l'est. Les secours réclamés par le télé-
graphe ne pouvaient arriver sitôt, et le train d'Omaha
à San Francisco ne devait passer que le lendemain. —
On fut bientôt fixé.

Cette locomotive qui marchait à petite vapeur,
en jetant de grands coups de sifflet, c'était celle qui,

Une énorme ombre, précédée d'une lueur fauve. (Page 272.)

après avoir été détachée du train, avait continué
sa route avec une si effrayante vitesse, emportant
le chauffeur et le mécanicien inanimés. Elle avait
couru sur les rails pendant plusieurs milles; puis,
le feu avait baissé, faute de combustible; la vapeur
s'était détendue, et une heure après, ralentissant
peu à peu sa marche, la machine s'arrêtait enfin à
vingt milles au-delà de la station de Kearney.

Ni le mécanicien ni le chauffeur n'avaient succombé,
et, après un évanouissement assez prolongé, ils étaient
revenus à eux.

La machine était alors arrêtée. Quand il se vit
dans le désert, la locomotive seule, n'ayant plus de
wagons à sa suite, le mécanicien comprit ce qui
s'était passé. Comment la locomotive avait été
détachée du train, il ne put le deviner, mais il n'était
pas douteux, pour lui, que le train, resté en arrière,
se trouvât en détresse.

Le mécanicien n'hésita pas sur ce qu'il devait faire.
Continuer la route dans la direction d'Omaha était
prudent; retourner vers le train, que les Indiens
pillaient peut-être encore, était dangereux... N'importe! Des pelletées de charbon et de bois furent
engouffrées dans le foyer de sa chaudière, le feu se
ranima, la pression monta de nouveau, et, vers deux
heures après midi, la machine revenait en arrière
vers la station de Kearney. C'était elle qui sifflait
dans la brume.

Ce fut une grande satisfaction pour les voyageurs,
quand ils virent la locomotive se mettre en tête du
train. Ils allaient pouvoir continuer ce voyage si
malheureusement interrompu.

A l'arrivée de la machine, Mrs. Aouda avait quitté
la gare, et s'adressant au conducteur :

« Vous allez partir? lui demanda-t-elle.

— A l'instant, madame.

— Mais ces prisonniers... nos malheureux compagnons...

— Je ne puis interrompre le service, répondit le conducteur. Nous avons déjà trois heures de retard.

— Et quand passera l'autre train venant de San Francisco?

— Demain soir, madame.

— Demain soir! mais il sera trop tard. Il faut attendre...

— C'est impossible, répondit le conducteur. Si vous voulez partir, montez en voiture.

— Je ne partirai pas », répondit la jeune femme.

Fix avait entendu cette conversation. Quelques instants auparavant, quand tout moyen de locomotion lui manquait, il était décidé à quitter Kearney, et maintenant que le train était là, prêt à s'élancer, qu'il n'avait plus qu'à reprendre sa place dans le wagon, une irrésistible force le rattachait au sol. Ce quai de la gare lui brûlait les pieds, et il ne pouvait s'en arracher. Le combat recommençait en lui. La colère de l'insuccès l'étouffait. Il voulait lutter jusqu'au bout.

Cependant les voyageurs et quelques blessés — entre autres le colonel Proctor, dont l'état était grave — avaient pris place dans les wagons. On entendait les bourdonnements de la chaudière surchauffée, et la vapeur s'échappait par les soupapes. Le mécanicien siffla, le train se mit en marche, et disparut bientôt, mêlant sa fumée blanche au tourbillon des neiges.

L'inspecteur Fix était resté.

Quelques heures s'écoulèrent. Le temps était fort
mauvais, le froid très vif. Fix, assis sur un banc dans
la gare, restait immobile. On eût pu croire qu'il
dormait. Mrs. Aouda, malgré la rafale, quittait à
chaque instant la chambre qui avait été mise à sa
disposition. Elle venait à l'extrémité du quai, cherchant à voir à travers la tempête de neige, voulant
percer cette brume qui réduisait l'horizon autour
d'elle, écoutant si quelque bruit se ferait entendre.
Mais rien. Elle rentrait alors, toute transie, pour
revenir quelques moments plus tard, et toujours
inutilement.

Le soir se fit. Le petit détachement n'était pas
de retour. Où était-il en ce moment? Avait-il pu
rejoindre les Indiens? Y avait-il eu lutte, ou ces
soldats, perdus dans la brume, erraient-ils au hasard?
Le capitaine du fort Kearney était très inquiet, bien
qu'il ne voulût rien laisser paraître de son inquiétude.

La nuit vint, la neige tomba moins abondamment,
mais l'intensité du froid s'accrut. Le regard le plus
intrépide n'eût pas considéré sans épouvante cette
obscure immensité. Un absolu silence régnait sur
la plaine. Ni le vol d'un oiseau, ni la passée d'un
fauve n'en troublait le calme infini.

Pendant toute cette nuit, Mrs. Aouda, l'esprit
plein de pressentiments sinistres, le cœur rempli
d'angoisses, erra sur la lisière de la prairie. Son
imagination l'emportait au loin et lui montrait
mille dangers. Ce qu'elle souffrit pendant ces longues
heures ne saurait s'exprimer.

Fix était toujours immobile à la même place,
mais, lui non plus, il ne dormait pas. A un certain
moment, un homme s'était approché, lui avait parlé

même, mais l'agent l'avait renvoyé, après avoir
répondu à ses paroles par un signe négatif.

La nuit s'écoula ainsi. A l'aube, le disque à demi
éteint du soleil se leva sur un horizon embrumé.
Cependant la portée du regard pouvait s'étendre
à une distance de deux milles. C'était vers le sud
que Phileas Fogg et le détachement s'étaient dirigés...
Le sud était absolument désert. Il était alors sept
heures du matin.

Le capitaine, extrêmement soucieux, ne savait
quel parti prendre. Devait-il envoyer un second
détachement au secours du premier? Devait-il
sacrifier de nouveaux hommes avec si peu de chances
de sauver ceux qui étaient sacrifiés tout d'abord?
Mais son hésitation ne dura pas, et d'un geste, appe-
lant un de ses lieutenants, il lui donnait l'ordre de
pousser une reconnaissance dans le sud —, quand
des coups de feu éclatèrent. Était-ce un signal?
Les soldats se jetèrent hors du fort, et à un demi-
mille ils aperçurent une petite troupe qui revenait
en bon ordre.

Mr. Fogg marchait en tête, et près de lui Passepartout et les deux autres voyageurs, arrachés aux
mains des Sioux.

Il y avait eu combat à dix milles au sud de Kearney.
Peu d'instants avant l'arrivée du détachement,
Passepartout et ses deux compagnons luttaient déjà
contre leurs gardiens, et le Français en avait assommé
trois à coups de poing, quand son maître et les soldats
se précipitèrent à leur secours.

Tous, les sauveurs et les sauvés, furent accueillis
par des cris de joie, et Phileas Fogg distribua aux
soldats la prime qu'il leur avait promise, tandis que
Passepartout se répétait, non sans quelque raison :

Le Français en avait assommé trois à coups de poing... (Page 277.)

« Décidément, il faut avouer que je coûte cher à
mon maître! »

Fix, sans prononcer une parole, regardait Mr. Fogg,
et il eût été difficile d'analyser les impressions qui
se combattaient alors en lui. Quant à Mrs. Aouda,
elle avait pris la main du gentleman, et elle la serrait
dans les siennes, sans pouvoir prononcer une parole!

Cependant Passepartout, dès son arrivée, avait
cherché le train dans la gare. Il croyait le trouver là,
prêt à filer sur Omaha, et il espérait que l'on pourrait
encore regagner le temps perdu.

« Le train, le train! s'écria-t-il.

— Parti, répondit Fix.

— Et le train suivant, quand passera-t-il? demanda
Phileas Fogg.

— Ce soir seulement.

— Ah! » répondit simplement l'impassible gentleman.

XXXI

DANS LEQUEL L'INSPECTEUR FIX PREND TRÈS SÉRIEU-
SEMENT LES INTÉRÊTS DE PHILEAS FOGG

PHILEAS FOGG se trouvait en retard de vingt heures.
Passepartout, la cause involontaire de ce retard,
était désespéré. Il avait décidément ruiné son maître!

En ce moment, l'inspecteur s'approcha de Mr. Fogg,
et, le regardant bien en face :

« Très sérieusement, monsieur, lui demanda-t-il,
vous êtes pressé?

— Très sérieusement, répondit Phileas Fogg.

— J'insiste, reprit Fix. Vous avez bien intérêt à être à New York le 11, avant neuf heures du soir, heure du départ du paquebot de Liverpool ?

— Un intérêt majeur.

— Et si votre voyage n'eût pas été interrompu par cette attaque d'Indiens, vous seriez arrivé à New York le 11, dès le matin ?

— Oui, avec douze heures d'avance sur le paquebot.

— Bien. Vous avez donc vingt heures de retard. Entre vingt et douze, l'écart est de huit. C'est huit heures à regagner. Voulez-vous tenter de le faire ?

— A pied ? demanda Mr. Fogg.

— Non, en traîneau, répondit Fix, en traîneau à voiles. Un homme m'a proposé ce moyen de transport. »

C'était l'homme qui avait parlé à l'inspecteur de police pendant la nuit, et dont Fix avait refusé l'offre.

Phileas Fogg ne répondit pas à Fix ; mais Fix lui ayant montré l'homme en question qui se promenait devant la gare, le gentleman alla à lui. Un instant après, Phileas Fogg et cet Américain, nommé Mudge, entraient dans une hutte construite au bas du fort Kearney.

Là, Mr. Fogg examina un assez singulier véhicule, sorte de châssis, établi sur deux longues poutres, un peu relevées à l'avant comme les semelles d'un traîneau, et sur lequel cinq ou six personnes pouvaient prendre place. Au tiers du châssis, sur l'avant, se dressait un mât très élevé, sur lequel s'enverguait une immense brigantine. Ce mât, solidement retenu par des haubans métalliques, tendait un étai de fer qui servait à guinder un foc de grande dimension.

A l'arrière, une sorte de gouvernail-gocille permettait de diriger l'appareil.

C'était, on le voit, un traîneau gréé en sloop. Pendant l'hiver, sur la plaine glacée, lorsque les trains sont arrêtés par les neiges, ces véhicules font des traversées extrêmement rapides d'une station à l'autre. Ils sont, d'ailleurs, prodigieusement voilés — plus voilés même que ne peut l'être un cotre de course, exposé à chavirer —, et, vent arrière, ils glissent à la surface des prairies avec une rapidité égale, sinon supérieure, à celle des express.

En quelques instants, un marché fut conclu entre Mr. Fogg et le patron de cette embarcation de terre. Le vent était bon. Il soufflait de l'ouest en grande brise. La neige était durcie, et Mudge se faisait fort de conduire Mr. Fogg en quelques heures à la station d'Omaha. Là, les trains sont fréquents et les voies nombreuses, qui conduisent à Chicago et à New York. Il n'était pas impossible que le retard fût regagné. Il n'y avait donc pas à hésiter à tenter l'aventure.

Mr. Fogg, ne voulant pas exposer Mrs. Aouda aux tortures d'une traversée en plein air, par ce froid que la vitesse rendrait plus insupportable encore, lui proposa de rester sous la garde de Passepartout à la station de Kearney. L'honnête garçon se chargerait de ramener la jeune femme en Europe par une route meilleure et dans des conditions plus acceptables.

Mrs. Aouda refusa de se séparer de Mr. Fogg, et Passepartout se sentit très heureux de cette détermination. En effet, pour rien au monde il n'eût voulu quitter son maître, puisque Fix devait l'accompagner.

Quant à ce que pensait alors l'inspecteur de police,

ce serait difficile à dire. Sa conviction avait-elle été
ébranlée par le retour de Phileas Fogg, ou bien le
tenait-il pour un coquin extrêmement fort, qui,
son tour du monde accompli, devait croire qu'il
serait absolument en sûreté en Angleterre? Peut-être
l'opinion de Fix touchant Phileas Fogg était-elle
en effet modifiée. Mais il n'en était pas moins décidé
à faire son devoir et, plus impatient que tous, à
presser de tout son pouvoir le retour en Angleterre.

A huit heures, le traîneau était prêt à partir. Les
voyageurs — on serait tenté de dire les passagers —
y prenaient place et se serraient étroitement dans
leurs couvertures de voyage. Les deux immenses
voiles étaient hissées, et, sous l'impulsion du vent,
le véhicule filait sur la neige durcie avec une rapidité
de quarante milles à l'heure.

La distance qui sépare le fort Kearney d'Omaha
est, en droite ligne — à vol d'abeille, comme disent
les Américains —, de deux cents milles au plus.
Si le vent tenait, en cinq heures cette distance pouvait
être franchie. Si aucun incident ne se produisait,
à une heure après midi le traîneau devait avoir
atteint Omaha.

Quelle traversée! Les voyageurs, pressés les uns
contre les autres, ne pouvaient se parler. Le froid,
accru par la vitesse, leur eût coupé la parole. Le
traîneau glissait aussi légèrement à la surface de la
plaine qu'une embarcation à la surface des eaux —,
avec la houle en moins. Quand la brise arrivait en
rasant la terre, il semblait que le traîneau fût enlevé
du sol par ses voiles, vastes ailes d'une immense
envergure. Mudge, au gouvernail, se maintenait
dans la ligne droite, et, d'un coup de godille, il
rectifiait les embardées que l'appareil tendait à faire.

Les voyageurs, pressés les uns contre les autres... (Page 282.)

Toute la toile portait. Le foc avait été perqué et n'était plus abrité par la brigantine. Un mât de hune fut guindé, et une flèche, tendue au vent, ajouta sa puissance d'impulsion à celle des autres voiles. On ne pouvait l'estimer, mathématiquement, mais certainement la vitesse du traîneau ne devait pas être moindre de quarante milles à l'heure.

« Si rien ne casse, dit Mudge, nous arriverons »

Et Mudge avait intérêt à arriver dans le délai convenu, car Mr. Fogg, fidèle à son système, l'avait alléché par une forte prime.

La prairie, que le traîneau coupait en ligne droite, était plate comme une mer. On eût dit un immense étang glacé. Le rail-road qui desservait cette partie du territoire remontait, du sud-ouest au nord-ouest, par Grand-Island, Columbus, ville importante du Nebraska, Schuyler, Fremont, puis Omaha. Il suivait pendant tout son parcours la rive droite de Platte-river. Le traîneau, abrégeant cette route, prenait la corde de l'arc décrit par le chemin de fer. Mudge ne pouvait craindre d'être arrêté par la Platte-river, à ce petit coude qu'elle fait en avant de Fremont, puisque ses eaux étaient glacées. Le chemin était donc entièrement débarrassé d'obstacles, et Phileas Fogg n'avait donc que deux circonstances à redouter : une avarie à l'appareil, un changement ou une tombée du vent.

Mais la brise ne mollissait pas. Au contraire. Elle soufflait à courber le mât, que les haubans de fer maintenaient solidement. Ces filins métalliques, semblables aux cordes d'un instrument, résonnaient comme si un archet eût provoqué leurs vibrations. Le traîneau s'enlevait au milieu d'une harmonie plaintive, d'une intensité toute particulière.

« Ces cordes donnent la quinte et l'octave », dit
Mr. Fogg.

Et ce furent les seules paroles qu'il prononça pendant cette traversée. Mrs. Acuda, soigneusement
empaquetée dans les fourrures et les couvertures de
voyage, était, autant que possible, préservée des
atteintes du froid.

Quant à Passepartout, la face rouge comme le
disque solaire quand il se couche dans les brumes,
il humait cet air piquant. Avec le fond d'imperturbable confiance qu'il possédait, il s'était repris à
espérer. Au lieu d'arriver le matin à New York, on
y arriverait le soir, mais il y avait encore quelques
chances pour que ce fût avant le départ du paquebot
de Liverpool.

Passepartout avait même éprouvé une forte envie
de serrer la main de son allié Fix. Il n'oubliait pas
que c'était l'inspecteur lui-même qui avait procuré
le traîneau à voiles, et, par conséquent, le seul moyen
qu'il y eût de gagner Omaha en temps utile. Mais,
par on ne sait quel pressentiment, il se tint dans sa
réserve accoutumée.

En tout cas, une chose que Passepartout n'oublierait jamais, c'était le sacrifice que Mr. Fogg
avait fait, sans hésiter, pour l'arracher aux mains
des Sioux. A cela, Mr. Fogg avait risqué sa fortune
et sa vie... Non! son serviteur ne l'oublierait pas!

Pendant que chacun des voyageurs se laissait
aller à des réflexions si diverses, le traîneau volait
sur l'immense tapis de neige. S'il passait quelques
creeks, affluents ou sous-affluents de la Little-Blue-
river, on ne s'en apercevait pas. Les champs et les
cours d'eau disparaissaient sous une blancheur
uniforme. La plaine était absolument déserte. Com-

prise entre l'Union Pacific Road et l'embranchement qui doit réunir Kearney à Saint-Joseph, elle formait comme une grande île inhabitée. Pas un village, pas une station, pas même un fort. De temps en temps, on voyait passer comme un éclair quelque arbre grimaçant, dont le blanc squelette se tordait sous la brise. Parfois, des bandes d'oiseaux sauvages s'enlevaient du même vol. Parfois aussi, quelques loups de prairies, en troupes nombreuses, maigres, affamés, poussés par un besoin féroce, luttaient de vitesse avec le traîneau. Alors Passepartout, le revolver à la main, se tenait prêt à faire feu sur les plus rapprochés. Si quelque accident eût alors arrêté le traîneau, les voyageurs, attaqués par ces féroces carnassiers, auraient couru les plus grands risques. Mais le traîneau tenait bon, il ne tardait pas à prendre de l'avance, et bientôt toute la bande hurlante restait en arrière.

A midi, Mudge reconnut à quelques indices qu'il passait le cours glacé de la Platte-river. Il ne dit rien, mais il était déjà sûr que, vingt milles plus loin, il aurait atteint la station d'Omaha.

Et, en effet, il n'était pas une heure, que ce guide habile, abandonnant la barre, se précipitait aux drisses des voiles et les amenait en bande, pendant que le traîneau, emporté par son irrésistible élan, franchissait encore un demi-mille à sec de toile. Enfin il s'arrêta, et Mudge, montrant un amas de toits blancs de neige, disait :

« Nous sommes arrivés. »

Arrivés! Arrivés, en effet, à cette station qui, par des trains nombreux, est quotidiennement en communication avec l'est des États-Unis!

Passepartout et Fix avaient sauté à terre et se-

Parfois aussi, quelques loups des prairies... (Page 286.)

couaient leurs membres engourdis. Ils aidèrent
Mr. Fogg et la jeune femme à descendre du traîneau.
Phileas Fogg régla généreusement avec Mudge,
auquel Passepartout serra la main comme à un ami,
et tous se précipitèrent vers la gare d'Omaha.

C'est à cette importante cité du Nebraska que
s'arrête le chemin de fer du Pacifique proprement
dit, qui met le bassin du Mississippi en communication avec le grand océan. Pour aller d'Omaha à
Chicago, le rail-road, sous le nom de « Chicago-
Rock-island-road », court directement dans l'est
en desservant cinquante stations.

Un train direct était prêt à partir. Phileas Fogg
et ses compagnons n'eurent que le temps de se précipiter dans un wagon. Ils n'avaient rien vu d'Omaha,
mais Passepartout s'avoua à lui-même qu'il n'y avait
pas lieu de le regretter, et que ce n'était pas de voir
qu'il s'agissait.

Avec une extrême rapidité, ce train passa dans
l'État d'Iowa, par Council-Bluffs, Des Moines,
Iowa-city. Pendant la nuit, il traversait le Mississippi
à Davenport, et par Rock-Island, il entrait dans
l'Illinois. Le lendemain, 10, à quatre heures du soir,
il arrivait à Chicago, déjà relevée de ses ruines, et
plus fièrement assise que jamais sur les bords de son
beau lac Michigan.

Neuf cents milles séparent Chicago de New York.
Les trains ne manquaient pas à Chicago. Mr. Fogg
passa immédiatement de l'un dans l'autre. La frin-
gante locomotive du « Pittsburg-Fort-Wayne-Chicago-
rail-road » partit à toute vitesse, comme si elle eût
compris que l'honorable gentleman n'avait pas de
temps à perdre. Elle traversa comme un éclair
l'Indiana, l'Ohio, la Pennsylvanie, le New Jersey,

passant par des villes aux noms antiques, dont
quelques-unes avaient des rues et des tramways,
mais pas de maisons encore. Enfin l'Hudson apparut,
et, le 11 décembre, à onze heures un quart du soir,
le train s'arrêtait dans la gare, sur la rive droite du
fleuve, devant le « pier » même des steamers de la
ligne Cunard, autrement dite « British and North
American royal mail steam packet Co. »

Le *China*, à destination de Liverpool, était parti
depuis quarante-cinq minutes!

XXXII

DANS LEQUEL PHILEAS FOGG ENGAGE UNE LUTTE DIRECTE CONTRE LA MAUVAISE CHANCE

En partant, le *China* semblait avoir emporté avec lui
le dernier espoir de Phileas Fogg.

En effet, aucun des autres paquebots qui font le
service direct entre l'Amérique et l'Europe, ni les
transatlantiques français, ni les navires du « White-
Star-line », ni les steamers de la Compagnie Imman,
ni ceux de la ligne Hambourgeoise, ni autres, ne
pouvaient servir les projets du gentleman.

En effet, le *Pereire*, de la Compagnie transatlantique française — dont les admirables bâtiments
égalent en vitesse et surpassent en confortable tous
ceux des autres lignes, sans exception —, ne partait
que le surlendemain, 14 décembre. Et d'ailleurs,
de même que ceux de la Compagnie hambourgeoise,
il n'allait pas directement à Liverpool ou à Londres,

mais au Havre, et cette traversée supplémentaire du Havre à Southampton, en retardant Phileas Fogg, eût annulé ses derniers efforts.

Quant aux paquebots Imman, dont l'un, le *City-of-Paris*, mettait en mer le lendemain, il n'y fallait pas songer. Ces navires sont particulièrement affectés au transport des émigrants, leurs machines sont faibles, ils naviguent autant à la voile qu'à la vapeur, et leur vitesse est médiocre. Ils employaient à cette traversée de New York à l'Angleterre plus de temps qu'il n'en restait à Mr. Fogg pour gagner son pari.

De tout ceci le gentleman se rendit parfaitement compte en consultant son *Bradshaw*, qui lui donnait, jour par jour, les mouvements de la navigation transocéanienne.

Passepartout était anéanti. Avoir manqué le paquebot de quarante-cinq minutes, cela le tuait. C'était sa faute, à lui, qui, au lieu d'aider son maître, n'avait cessé de semer des obstacles sur sa route ! Et quand il revoyait dans son esprit tous les incidents du voyage, quand il supputait les sommes dépensées en pure perte et dans son seul intérêt, quand il songeait que cet énorme pari, en y joignant les frais considérables de ce voyage devenu inutile, ruinait complètement Mr. Fogg, il s'accablait d'injures.

Mr. Fogg ne lui fit, cependant, aucun reproche, et, en quittant le pier des paquebots transatlantiques, il ne dit que ces mots :

« Nous aviserons demain. Venez. »

Mr. Fogg, Mrs. Aouda, Fix, Passepartout traversèrent l'Hudson dans le Jersey-city-ferry-boat, et montèrent dans un fiacre, qui les conduisit à l'hôtel Saint-Nicolas, dans Broadway. Des chambres furent mises à leur disposition, et la nuit se passa, courte pour Phileas Fogg, qui dormit d'un sommeil parfait, mais bien longue pour Mrs. Aouda et ses compagnons, auxquels leur agitation ne permit pas de reposer.

Le lendemain, c'était le 12 décembre. Du 12, sept heures du matin, au 21, huit heures quarante-cinq minutes du soir, il restait neuf jours treize heures et quarante-cinq minutes. Si donc Phileas Fogg fût parti la veille par le *China*, l'un des meilleurs marcheurs de la ligne Cunard, il serait arrivé à Liverpool, puis à Londres, dans les délais voulus!

Mr. Fogg quitta l'hôtel, seul, après avoir recommandé à son domestique de l'attendre et de prévenir Mrs. Aouda de se tenir prête à tout instant.

Mr. Fogg se rendit aux rives de l'Hudson, et parmi les navires amarrés au quai ou ancrés dans le fleuve, il rechercha avec soin ceux qui étaient en partance. Plusieurs bâtiments avaient leur guidon de départ et se préparaient à prendre la mer à la marée du matin, car dans cet immense et admirable port de New York, il n'est pas de jour où cent navires ne fassent route pour tous les points du monde; mais la plupart étaient des bâtiments à voiles, et ils ne pouvaient convenir à Phileas Fogg.

Ce gentleman semblait devoir échouer dans sa dernière tentative, quand il aperçut, mouillé devant la Batterie, à une encablure au plus, un navire de commerce à hélice, de formes fines, dont la cheminée, laissant échapper de gros flocons de fumée, indiquait qu'il se préparait à appareiller.

Phileas Fogg héla un canot, s'y embarqua, et, en quelques coups d'aviron, il se trouvait à l'échelle de l'*Henrietta*, steamer à coque de fer, dont tous les hauts étaient en bois.

Le capitaine de l'*Henrietta* était à bord. Phileas

Fogg monta sur le pont et fit demander le capitaine.
Celui-ci se présenta aussitôt.

C'était un homme de cinquante ans, une sorte
de loup de mer, un bougon qui ne devait pas être
commode. Gros yeux, teint de cuivre oxydé, cheveux
rouges, forte encolure, — rien de l'aspect d'un
homme du monde.

« Le capitaine ? demanda Mr. Fogg.

— C'est moi.

— Je suis Phileas Fogg, de Londres.

— Et moi, Andrew Speedy, de Cardif.

— Vous allez partir ?...

— Dans une heure.

— Vous êtes chargé pour... ?

— Bordeaux.

— Et votre cargaison ?

— Des cailloux dans le ventre. Pas de fret. Je pars
sur lest.

— Vous avez des passagers ?

— Pas de passagers. Jamais de passagers. Marchandise encombrante et raisonnante.

— Votre navire marche bien ?

— Entre onze et douze nœuds. L'*Henrietta*, bien
connue.

— Voulez-vous me transporter à Liverpool, moi
et trois personnes ?

— A Liverpool ? Pourquoi pas en Chine ?

— Je dis Liverpool.

— Non !

— Non ?

— Non. Je suis en partance pour Bordeaux, et
je vais à Bordeaux.

— N'importe quel prix ?

— N'importe quel prix. »

Le capitaine avait parlé d'un ton qui n'admettait pas de réplique.

« Mais les armateurs de l'*Henrietta* .. reprit Phileas Fogg.

— Les armateurs, c'est moi, repondit le capitaine. Le navire m'appartient.

— Je vous l'affrète.

— Non.

— Je vous l'achète.

— Non. »

Phileas Fogg ne sourcilla pas. Cependant la situation était grave. Il n'en était pas de New York comme de Hong-Kong, ni du capitaine de l'*Henrietta* comme du patron de la *Tankadère*. Jusqu'ici l'argent du gentleman avait toujours eu raison des obstacles. Cette fois-ci, l'argent échouait.

Cependant, il fallait trouver le moyen de traverser l'Atlantique en bateau — à moins de le traverser en ballon —, ce qui eût été fort aventureux, et ce qui, d'ailleurs, n'était pas réalisable.

Il paraît, pourtant, que Phileas Fogg eut une idée, car il dit au capitaine :

« Eh bien, voulez-vous me mener à Bordeaux ?

— Non, quand même vous me paieriez deux cents dollars !

— Je vous en offre deux mille (10 000 F).

— Par personne ?

— Par personne.

— Et vous êtes quatre ?

— Quatre. »

Le capitaine Speedy commença à se gratter le front, comme s'il eût voulu en arracher l'épiderme. Huit mille dollars à gagner, sans modifier son voyage, cela valait bien la peine qu'il mît de côté son anti-

pathie prononcée pour toute espèce de passager.
Des passagers à deux mille dollars, d'ailleurs, ce ne sont
plus des passagers, c'est de la marchandise précieuse.

« Je pars à neuf heures, dit simplement le capitaine
Speedy, et si vous et les vôtres, vous êtes là ?...

— A neuf heures, nous serons à bord ! » répondit
non moins simplement Mr. Fogg.

Il était huit heures et demie. Débarquer de l'*Henrietta*, monter dans une voiture, se rendre à l'hôtel
Saint-Nicolas, en ramener Mrs. Aouda, Passepartout,
et même l'inséparable Fix, auquel il offrait gracieusement le passage, cela fut fait par le gentleman
avec ce calme qui ne l'abandonnait en aucune
circonstance.

Au moment où l'*Henrietta* appareillait, tous quatre
étaient à bord.

Lorsque Passepartout apprit ce que coûterait
cette dernière traversée, il poussa un de ces « Oh ! »
prolongés, qui parcourent tous les intervalles de la
gamme chromatique descendante !

Quant à l'inspecteur Fix, il se dit que décidément
la Banque d'Angleterre ne sortirait pas indemne
de cette affaire. En effet, en arrivant et en admettant
que le sieur Fogg n'en jetât pas encore quelques
poignées à la mer, plus de sept mille livres (175 000 F)
manqueraient au sac à bank-notes !

XXXIII

OÙ PHILEAS FOGG SE MONTRE A LA HAUTEUR DES CIRCONSTANCES

Une heure après, le steamer *Henrietta* dépassait le Light-boat qui marque l'entrée de l'Hudson, tournait la pointe de Sandy-Hook et donnait en mer. Pendant la journée, il prolongea Long-Island, au large du feu de Fire-Island, et courut rapidement vers l'est.

Le lendemain, 13 décembre, à midi, un homme monta sur la passerelle pour faire le point. Certes, on doit croire que cet homme était le capitaine Speedy! Pas le moins du monde. C'était Phileas Fogg. esq.

Quant au capitaine Speedy, il était tout bonnement enfermé à clef dans sa cabine, et poussait des hurlements qui dénotaient une colère, bien pardonnable, poussée jusqu'au paroxysme.

Ce qui s'était passé était très simple. Phileas Fogg voulait aller à Liverpool, le capitaine ne voulait pas l'y conduire. Alors Phileas Fogg avait accepté de prendre passage pour Bordeaux, et, depuis trente heures qu'il était à bord, il avait si bien manœuvré à coups de bank-notes, que l'équipage, matelots et chauffeurs — équipage un peu interlope, qui était en assez mauvais termes avec le capitaine —, lui appartenait. Et voilà pourquoi Phileas Fogg commandait au lieu et place du capitaine Speedy, pourquoi le capitaine était enfermé dans sa cabine, et pourquoi enfin l'*Henrietta* se dirigeait vers Liverpool. Seulement, il était très clair, à voir manœuvrer Mr. Fogg, que Mr. Fogg avait été marin.

Maintenant, comment finirait l'aventure, on le saurait plus tard. Toutefois, Mrs. Aouda ne laissait pas d'être inquiète, sans en rien dire. Fix, lui, avait été abasourdi tout d'abord. Quant à Passepartout, il trouvait la chose tout simplement adorable.

« Entre onze et douze nœuds », avait dit le capitaine Speedy, et en effet l'*Henrietta* se maintenait dans cette moyenne de vitesse.

Si donc — que de « si » encore! — si donc la mer ne devenait pas trop mauvaise, si le vent ne sautait pas dans l'est, s'il ne survenait aucune avarie au bâtiment, aucun accident à la machine, l'*Henrietta*, dans les neuf jours comptés du 12 décembre au 2?, pouvait franchir les trois mille milles qui séparent New York de Liverpool. Il est vrai qu'une fois arrivé, l'affaire de l'*Henrietta* brochant sur l'affaire de la Banque, cela pouvait mener le gentleman un peu plus loin qu'il ne voudrait.

Pendant les premiers jours, la navigation se fit dans d'excellentes conditions. La mer n'était pas trop dure; le vent paraissait fixé au nord-est; les voiles furent établies, et, sous ses goélettes, l'*Henrietta* marcha comme un vrai transatlantique.

Passepartout était enchanté. Le dernier exploit de son maître, dont il ne voulait pas voir les conséquences, l'enthousiasmait. Jamais l'équipage n'avait vu un garçon plus gai, plus agile. Il faisait mille amitiés aux matelots et les étonnait par ses tours de voltige. Il leur prodiguait les meilleurs noms et les boissons les plus attrayantes. Pour lui, ils manœu-

vraient comme des gentlemen, et les chauffeurs
chauffaient comme des héros. Sa bonne humeur,
très communicative, s'imprégnait à tous. Il avait
oublié le passé, les ennuis, les périls. Il ne songeait
qu'à ce but, si près d'être atteint, et parfois il bouillait
d'impatience, comme s'il eût été chauffé par les
fourneaux de l'*Henrietta*. Souvent aussi, le digne
garçon tournait autour de Fix; il le regardait d'un
œil « qui en disait long »! mais il ne lui parlait pas,
car il n'existait plus aucune intimité entre les deux
anciens amis.

D'ailleurs Fix, il faut le dire, n'y comprenait plus
rien! La conquête de l'*Henrietta*, l'achat de son
équipage, ce Fogg manœuvrant comme un marin
consommé, tout cet ensemble de choses l'étourdissait.
Il ne savait plus que penser! Mais, après tout, un
gentleman qui commençait par voler cinquante-
cinq mille livres pouvait bien finir par voler un
bâtiment. Et Fix fut naturellement amené à croire
que l'*Henrietta*, dirigée par Fogg, n'allait point du
tout à Liverpool, mais dans quelque point du monde
où le voleur, devenu pirate, se mettrait tranquillement en sûreté! Cette hypothèse, il faut bien l'avouer,
était on ne peut plus plausible, et le détective commençait à regretter très sérieusement de s'être embarqué dans cette affaire.

Quant au capitaine Speedy, il continuait à hurler
dans sa cabine, et Passepartout, chargé de pourvoir
à sa nourriture, ne le faisait qu'en prenant les plus
grandes précautions, quelque vigoureux qu'il fût.
Mr. Fogg, lui, n'avait plus même l'air de se douter
qu'il y eût un capitaine à bord.

Le 13, on passe sur la queue du banc de Terre-
Neuve. Ce sont là de mauvais parages. Pendant

l'hiver surtout, les brumes y sont fréquentes, les
coups de vent redoutables. Depuis la veille, le baromètre, brusquement abaissé, faisait pressentir un
changement prochain dans l'atmosphère. En effet,
pendant la nuit, la température se modifia, le froid
devint plus vif, et en même temps le vent sauta dans
le sud-est.

C'était un contretemps. Mr. Fogg, afin de ne
point s'écarter de sa route, dut serrer ses voiles et
forcer de vapeur. Néanmoins, la marche du navire
fut ralentie, attendu l'état de la mer, dont les longues
lames brisaient contre son étrave. Il éprouva des
mouvements de tangage très violents, et cela au
détriment de sa vitesse. La brise tournait peu à peu
à l'ouragan, et l'on prévoyait déjà le cas où l'*Henriette*
ne pourrait plus se maintenir debout à la lame. Or,
s'il fallait fuir, c'était l'inconnu avec toutes ses mauvaises chances.

Le visage de Passepartout se rembrunit en même
temps que le ciel, et, pendant deux jours, l'honnête
garçon éprouva de mortelles transes. Mais Phileas
Fogg était un marin hardi, qui savait tenir tête à
la mer, et il fit toujours route, même sans se mettre
sous petite vapeur. L'*Henrietta*, quand elle ne pouvait
s'élever à la lame, passait au travers, et son pont
était balayé en grand, mais elle passait. Quelquefois
aussi l'hélice émergeait, battant l'air de ses branches
affolées, lorsqu'une montagne d'eau soulevait l'arrière hors des flots, mais le navire allait toujours
de l'avant.

Toutefois le vent ne fraîchit pas autant qu'on
aurait pu le craindre. Ce ne fut pas un de ces ouragans
qui passent avec une vitesse de quatre-vingt-dix
milles à l'heure. Il se tint au grand frais, mais malheu-

reusement il souffla avec obstination de la partie
du sud-est et ne permit pas de faire de la toile. Et
cependant, ainsi qu'on va le voir, il eût été bien
utile de venir en aide à la vapeur !

Le 16 décembre, c'était le soixante-quinzième
jour écoulé depuis le départ de Londres. En somme,
l'*Henrietta* n'avait pas encore un retard inquiétant.
La moitié de la traversée était à peu près faite, et
les plus mauvais parages avaient été franchis. En
été, on eût répondu du succès. En hiver, on était à
la merci de la mauvaise saison Passepartout ne se
prononçait pas. Au fond, il avait espoir, et, si le
vent faisait défaut, du moins il comptait sur la
vapeur.

Or, ce jour-là, le mécanicien étant monté sur le
pont, rencontra Mr. Fogg et s'entretint assez vivement avec lui.

Sans savoir pourquoi — par un pressentiment
sans doute —, Passepartout éprouva comme une
vague inquiétude. Il eût donné une de ses oreilles
pour entendre de l'autre ce qui se disait là. Cependant, il put saisir quelques mots, ceux-ci entre autres,
prononcés par son maître :

« Vous êtes certain de ce que vous avancez ?

— Certain, monsieur, répondit le mécanicien.
N'oubliez pas que, depuis notre départ, nous chauf-
fons avec tous nos fourneaux allumés, et si nous
avions assez de charbon pour aller à petite vapeur
de New York à Bordeaux, nous n'en avons pas assez
pour aller à toute vapeur de New York à Liverpool !

— J'aviserai », répondit Mr. Fogg.

Passepartout avait compris. Il fut pris d'une inquiétude mortelle.

Le charbon allait manquer !

« Ah! si mon maître pare celle-là, se dit-il, décidément ce sera un fameux homme! »

Et ayant rencontré Fix, il ne put s'empêcher de le mettre au courant de la situation.

« Alors, lui répondit l'agent les dents serrées, vous croyez que nous allons à Liverpool!

— Parbleu!

— Imbécile! » répondit l'inspecteur, qui s'en alla, haussant les épaules.

Passepartout fut sur le point de relever vertement le qualificatif, dont il ne pouvait d'ailleurs comprendre la vraie signification; mais il se dit que l'infortuné Fix devait être très désappointé, très humilié dans son amour-propre, après avoir si maladroitement suivi une fausse piste autour du monde, et il passa condamnation.

Et maintenant quel parti allait prendre Phileas Fogg? Cela était difficile à imaginer. Cependant, il paraît que le flegmatique gentleman en prit un, car le soir même il fit venir le mécanicien et lui dit :

« Poussez les feux et faites route jusqu'à complet épuisement du combustible. »

Quelques instants après, la cheminée de l'*Henrietta* vomissait des torrents de fumée.

Le navire continua donc de marcher à toute vapeur; mais ainsi qu'il l'avait annoncé, deux jours plus tard, le 18, le mécanicien fit savoir que le charbon manquerait dans la journée.

« Que l'on ne laisse pas baisser les feux, répondit Mr. Fogg. Au contraire. Que l'on charge les soupapes.

Ce jour-là, vers midi, après avoir pris hauteur et calculé la position du navire, Phileas Fogg fit venir Passepartout, et il lui donna l'ordre d'aller chercher

le capitaine Speedy. C'était comme si on eût com-
mandé à ce brave garçon d'aller déchaîner un tigre,
et il descendit dans la dunette, se disant :

« Positivement il sera enragé! »

En effet, quelques minutes plus tard, au milieu
de cris et de jurons, une bombe arrivait sur la dunette.
Cette bombe, c'était le capitaine Speedy. Il était
évident qu'elle allait éclater.

« Où sommes-nous ? » telles furent les premières
paroles qu'il prononça au milieu des suffocations
de la colère, et certes, pour peu que le digne homme
eût été apoplectique, il n'en serait jamais revenu.

« Où sommes-nous ? répéta-t-il, la face conges-
tionnée.

— A sept cent soixante-dix milles de Liverpool
(300 lieues), répondit Mr. Fogg avec un calme
imperturbable.

— Pirate! s'écria Andrew Speedy.

— Je vous ai fait venir, monsieur...

— Écumeur de mer!

— ...monsieur, reprit Phileas Fogg, pour vous
prier de me vendre votre navire.

— Non! de par tous les diables, non!

— C'est que je vais être obligé de le brûler.

— Brûler mon navire!

— Oui, du moins dans ses hauts, car nous manquons
de combustible.

— Brûler mon navire! s'écria le capitaine Speedy,
qui ne pouvait même plus prononcer les syllabes.
Un navire qui vaut cinquante mille dollars (250 000F).

— En voici soixante mille (300 000 F)! » répondit
Phileas Fogg, en offrant au capitaine une liasse de
bank-notes.

Cela fit un effet prodigieux sur Andrew Speedy.

« Pirate ! » s'écria Andrew Speedy. (Page 301.)

On n'est pas Américain sans que la vue de soixante mille dollars vous cause une certaine émotion. Le capitaine oublia en un instant sa colère, son emprisonnement, tous ses griefs contre son passager. Son navire avait vingt ans. Cela pouvait devenir une affaire d'or!... La bombe ne pouvait déjà plus éclater. Mr. Fogg en avait arraché la mèche.

« Et la coque en fer me restera, dit-il d'un ton singulièrement radouci.

— La coque en fer et la machine, monsieur. Est-ce conclu?

— Conclu. »

Et Andrew Speedy, saisissant la liasse de bank-notes, les compta et les fit disparaître dans sa poche.

Pendant cette scène, Passepartout était blanc. Quant à Fix, il faillit avoir un coup de sang. Près de vingt mille livres dépensées, et encore ce Fogg qui abandonnait à son vendeur la coque et la machine, c'est-à-dire presque la valeur totale du navire! Il est vrai que la somme volée à la banque s'élevait à cinquante-cinq mille livres!

Quand Andrew Speedy eut empoché l'argent:

« Monsieur, lui dit Mr. Fogg, que tout ceci ne vous étonne pas. Sachez que je perds vingt mille livres, si je ne suis pas rendu à Londres le 21 décembre, à huit heures quarante-cinq du soir. Or, j'avais manqué le paquebot de New York, et comme vous refusiez de me conduire à Liverpool...

— Et j'ai bien fait, par les cinquante mille diables de l'enfer, s'écria Andrew Speedy, puisque j'y gagne au moins quarante mille dollars. »

Puis, plus posément:

« Savez-vous une chose, ajouta-t-il, capitaine?...

— Fogg.

— Capitaine Fogg, eh bien, il y a du Yankee en vous. »

Et après avoir fait à son passager ce qu'il croyait être un compliment, il s'en allait, quand Phileas Fogg lui dit :

« Maintenant ce navire m'appartient ?

— Certes, de la quille à la pomme des mâts, pour tout ce qui est « bois », s'entend !

— Bien. Faites démolir les aménagements intérieurs et chauffez avec ces débris. »

On juge ce qu'il fallut consommer de ce bois sec pour maintenir la vapeur en suffisante pression. Ce jour-là, la dunette, les rouffles, les cabines, les logements, le faux pont, tout y passa.

Le lendemain, 19 décembre, on brûla la mâture, les dromes, les esparres. On abattit les mâts, on les débita à coups de hache. L'équipage y mettait un zèle incroyable. Passepartout, taillant, coupant, sciant, faisait l'ouvrage de dix hommes. C'était une fureur de démolition.

Le lendemain, 20, les bastingages, les pavois, les œuvres-mortes, la plus grande partie du pont, furent dévorés. L'*Henrietta* n'était plus qu'un bâtiment rasé comme un ponton.

Mais, ce jour-là, on avait eu connaissance de la côte d'Irlande et du feu de Fastenet.

Toutefois, à dix heures du soir, le navire n'était encore que par le travers de Queenstown. Phileas Fogg n'avait plus que vingt-quatre heures pour atteindre Londres ! Or, c'était le temps qu'il fallait à l'*Henrietta* pour gagner Liverpool, — même en marchant à toute vapeur. Et la vapeur allait manquer enfin à l'audacieux gentleman !

« Monsieur, lui dit alors le capitaine Speedy, qui

L'équipage y mettait un zèle incroyable. (Page 304.)

avait fini par s'intéresser à ses projets, je vous plains vraiment. Tout est contre vous! Nous ne sommes encore que devant Queenstown.

— Ah! fit Mr. Fogg, c'est Queenstown, cette ville dont nous apercevons les feux?

— Oui.

— Pouvons-nous entrer dans le port?

— Pas avant trois heures. A pleine mer seulement.

— Attendons! » répondit tranquillement Phileas Fogg, sans laisser voir sur son visage que, par une suprême inspiration, il allait tenter de vaincre encore une fois la chance contraire!

En effet, Queenstown est un port de la côte d'Irlande dans lequel les transatlantiques qui viennent des États-Unis jettent en passant leur sac aux lettres. Ces lettres sont emportées à Dublin par des express toujours prêts à partir. De Dublin elles arrivent à Liverpool par des steamers de grande vitesse, — devançant ainsi de douze heures les marcheurs les plus rapides des compagnies maritimes.

Ces douze heures que gagnait ainsi le courrier d'Amérique, Phileas Fogg prétendait les gagner aussi. Au lieu d'arriver sur l'*Henrietta*, le lendemain soir, à Liverpool, il y serait à midi, et, par conséquent, il aurait le temps d'être à Londres avant huit heures quarante-cinq minutes du soir.

Vers une heure du matin, l'*Henrietta* entrait à haute mer dans le port de Queenstown, et Phileas Fogg, après avoir reçu une vigoureuse poignée de main du capitaine Speedy, le laissait sur la carcasse rasée de son navire, qui valait encore la moitié de ce qu'il l'avait vendue!

Les passagers débarquèrent aussitôt. Fix, à ce moment, eut une envie féroce d'arrêter le sieur Fogg.

Il ne le fit pas, pourtant! Pourquoi? Quel combat
se livrait donc en lui? Était-il revenu sur le compte
de Mr. Fogg? Comprenait-il enfin qu'il s'était
trompé? Toutefois, Fix n'abandonna pas Mr. Fogg.
Avec lui, avec Mrs. Aouda, avec Passepartout,
qui ne prenait plus le temps de respirer, il montait
dans le train de Queenstown à une heure et demie
du matin, arrivait à Dublin au jour naissant, et
s'embarquait aussitôt sur un de ces steamers —
vrais fuseaux d'acier, tout en machine — qui, dédai-
gnant de s'élever à la lame, passent invariablement
au travers.

A midi moins vingt, le 21 décembre, Phileas Fogg
débarquait enfin sur le quai de Liverpool. Il n'était
plus qu'à six heures de Londres.

Mais à ce moment, Fix s'approcha, lui mit la
main sur l'épaule, et, exhibant son mandat :

« Vous êtes bien le sieur Phileas Fogg? dit-il.

— Oui, monsieur.

— Au nom de la reine, je vous arrête! »

XXXIV

QUI PROCURE A PASSEPARTOUT L'OCCASION DE FAIRE UN JEU DE MOTS ATROCE, MAIS PEUT-ÊTRE INÉDIT

PHILEAS FOGG était en prison. On l'avait enfermé
dans le poste de Custom-house, la douane de Liverpool, et il devait y passer la nuit en attendant son
transfèrement à Londres.

Au moment de l'arrestation, Passepartout avait

« Au nom de la reine, je vous arrête ! » (Page 307.)

voulu se précipiter sur le détective. Des policemen le retinrent. Mrs. Aouda, épouvantée par la brutalité du fait, ne sachant rien, n'y pouvait rien comprendre. Passepartout lui expliqua la situation. Mr. Fogg, cet honnête et courageux gentleman, auquel elle devait la vie, était arrêté comme voleur. La jeune femme protesta contre une telle allégation, son cœur s'indigna, et des pleurs coulèrent de ses yeux, quand elle vit qu'elle ne pouvait rien faire, rien tenter, pour sauver son sauveur.

Quant à Fix, il avait arrêté le gentleman parce que son devoir lui commandait de l'arrêter, fût-il coupable ou non. La justice en déciderait.

Mais alors une pensée vint à Passepartout, cette pensée terrible qu'il était décidément la cause de tout ce malheur! En effet, pourquoi avait-il caché cette aventure à Mr. Fogg? Quand Fix avait révélé et sa qualité d'inspecteur de police et la mission dont il était chargé, pourquoi avait-il pris sur lui de ne point avertir son maître? Celui-ci, prévenu, aurait sans doute donné à Fix des preuves de son innocence; il lui aurait démontré son erreur; en tout cas, il n'eût pas véhiculé à ses frais et à ses trousses ce malencontreux agent, dont le premier soin avait été de l'arrêter, au moment où il mettait le pied sur le sol du Royaume-Uni. En songeant à ses fautes, à ses imprudences, le pauvre garçon était pris d'irrésistibles remords. Il pleurait, il faisait peine à voir. Il voulait se briser la tête!

Mrs. Aouda et lui étaient restés, malgré le froid, sous le péristyle de la douane. Ils ne voulaient ni l'un ni l'autre quitter la place. Ils voulaient revoir encore une fois Mr. Fogg.

Quant à ce gentleman, il était bien et dûment

ruiné, et cela au moment où il allait atteindre son but. Cette arrestation le perdait sans retour. Arrivé à midi moins vingt à Liverpool, le 21 décembre, il avait jusqu'à huit heures quarante-cinq minutes pour se présenter au Reform-Club, soit neuf heures quinze minutes, — et il ne lui en fallait que six pour atteindre Londres.

En ce moment, qui eût pénétré dans le poste de la douane eût trouvé Mr. Fogg, immobile, assis sur un banc de bois, sans colère, imperturbable. Résigné, on n'eût pu le dire, mais ce dernier coup n'avait pu l'émouvoir, au moins en apparence. S'était-il formé en lui une de ces rages secrètes, terribles parce qu'elles sont contenues, et qui n'éclatent qu'au dernier moment avec une force irrésistible? On ne sait. Mais Phileas Fogg était là, calme, attendant... quoi? Conservait-il quelque espoir? Croyait-il encore au succès, quand la porte de cette prison était fermée sur lui?

Quoi qu'il en soit, Mr. Fogg avait soigneusement posé sa montre sur une table et il en regardait les aiguilles marcher. Pas une parole ne s'échappait de ses lèvres, mais son regard avait une fixité singulière.

En tout cas, la situation était terrible, et, pour qui ne pouvait lire dans cette conscience, elle se résumait ainsi :

Honnête homme, Phileas Fogg était ruiné.

Malhonnête homme, il était pris.

Eut-il alors la pensée de se sauver? Songea-t-il à chercher si ce poste présentait une issue praticable? Pensa-t-il à fuir? On serait tenté de le croire, car, à un certain moment, il fit le tour de la chambre. Mais la porte était solidement fermée et la fenêtre garnie de barreaux de fer. Il vint donc se rasseoir, et il tira de son portefeuille l'itinéraire du voyage. Sur la ligne qui portait ces mots :

« 21 décembre, samedi, Liverpool »,

il ajouta :

« 80e jour, 11 h 40 du matin »,

et il attendit.

Une heure sonna à l'horloge de Custom-house. Mr. Fogg constata que sa montre avançait de deux minutes sur cette horloge.

Deux heures! En admettant qu'il montât en ce moment dans un express, il pouvait encore arriver à Londres et au Reform-Club avant huit heures quarante-cinq du soir. Son front se plissa légèrement...

A deux heures trente-trois minutes, un bruit retentit au-dehors, un vacarme de portes qui s'ouvraient. On entendait la voix de Passepartout, on entendait la voix de Fix.

Le regard de Phileas Fogg brilla un instant.

La porte du poste s'ouvrit, et il vit Mrs. Aouda, Passepartout, Fix, qui se précipitèrent vers lui.

Fix était hors d'haleine, les cheveux en désordre... Il ne pouvait parler!

« Monsieur, balbutia-t-il, monsieur... pardon... une ressemblance déplorable... Voleur arrêté depuis trois jours... vous... libre!... »

Phileas Fogg était libre! Il alla au détective. Il le regarda bien en face, et, faisant le seul mouvement rapide qu'il eût jamais fait et qu'il dût jamais faire de sa vie, il ramena ses deux bras en arrière, puis, avec la précision d'un automate, il frappa de ses deux poings le malheureux inspecteur.

« Bien tapé! » s'écria Passepartout, qui, se permettant un atroce jeu de mots, bien digne d'un

Français, ajouta : « Pardieu! voilà ce qu'on peut appeler une belle application de poings d'Angleterre! »

Fix, renversé, ne prononça pas un mot. Il n'avait que ce qu'il méritait. Mais aussitôt Mr. Fogg, Mrs. Acuda, Passepartout quittèrent la douane. Ils se jetèrent dans une voiture, et, en quelques minutes, ils arrivèrent à la gare de Liverpool.

Phileas Fogg demanda s'il y avait un express prêt à partir pour Londres...

Il était deux heures quarante... L'express était parti depuis trente-cinq minutes.

Phileas Fogg commanda alors un train spécial.

Il y avait plusieurs locomotives de grande vitesse en pression; mais, attendu les exigences du service, le train spécial ne put quitter la gare avant trois heures.

A trois heures, Phileas Fogg, après avoir dit quelques mots au mécanicien d'une certaine prime à gagner, filait dans la direction de Londres, en compagnie de la jeune femme et de son fidèle serviteur.

Il fallait franchir en cinq heures et demie la distance qui sépare Liverpool de Londres —, chose très faisable, quand la voie est libre sur tout le parcours. Mais il y eut des retards forcés, et, quand le gentleman arriva à la gare, neuf heures moins dix sonnaient à toutes les horloges de Londres.

Phileas Fogg, après avoir accompli ce voyage autour du monde, arrivait avec un retard de cinq minutes!...

Il avait perdu.

XXXV

Le lendemain, les habitants de Saville-row auraient été bien surpris, si on leur eût affirmé que Mr. Fogg avait réintégré son domicile. Portes et fenêtres, tout était clos. Aucun changement ne s'était produit à l'extérieur.

En effet, après avoir quitté la gare, Phileas Fogg avait donné à Passepartout l'ordre d'acheter quelques provisions, et il était rentré dans sa maison.

Ce gentleman avait reçu avec son impassibilité habituelle le coup qui le frappait. Ruiné! et par la faute de ce maladroit inspecteur de police! Après avoir marché d'un pas sûr pendant ce long parcours, après avoir renversé mille obstacles, bravé mille dangers, ayant encore trouvé le temps de faire quelque bien sur sa route, échouer au port devant un fait brutal, qu'il ne pouvait prévoir, et contre lequel il était désarmé : cela était terrible! De la somme considérable qu'il avait emportée au départ, il ne lui restait qu'un reliquat insignifiant. Sa fortune ne se composait plus que des vingt mille livres déposées chez Baring frères, et ces vingt mille livres, il les devait à ses collègues du Reform-Club. Après tant de dépenses faites, ce pari gagné ne l'eût pas enrichi sans doute, et il est probable qu'il n'avait pas cherché à s'enrichir — étant de ces hommes

qui parient pour l'honneur —, mais ce pari perdu
le ruinait totalement. Au surplus, le parti du gentleman était pris. Il savait ce qui lui restait à faire.

Une chambre de la maison de Saville-row avait
été réservée à Mrs. Aouda. La jeune femme était
désespérée. A certaines paroles prononcées par
Mr. Fogg, elle avait compris que celui-ci méditait
quelque projet funeste.

On sait, en effet, à quelles déplorables extrémités
se portent quelquefois ces Anglais monomanes sous
la pression d'une idée fixe. Aussi Passepartout, sans
en avoir l'air, surveillait-il son maître.

Mais, tout d'abord, l'honnête garçon était monté
dans sa chambre et avait éteint le bec qui brûlait
depuis quatre-vingts jours. Il avait trouvé dans la
boîte aux lettres une note de la Compagnie du gaz,
et il pensa qu'il était plus que temps d'arrêter ces
frais dont il était responsable.

La nuit se passa. Mr. Fogg s'était couché, mais
avait-il dormi ? Quant à Mrs. Aouda, elle ne put
prendre un seul instant de repos. Passepartout, lui,
avait veillé comme un chien à la porte de son maître.

Le lendemain, Mr. Fogg le fit venir et lui recommanda, en termes fort brefs, de s'occuper du déjeuner
de Mrs. Aouda. Pour lui, il se contenterait d'une
tasse de thé et d'une rôtie. Mrs. Aouda voudrait bien
l'excuser pour le déjeuner et le dîner, car tout son
temps était consacré à mettre ordre à ses affaires.
Il ne descendrait pas. Le soir seulement, il deman-
derait à Mrs. Aouda la permission de l'entretenir
pendant quelques instants.

Passepartout, ayant communication du programme
de la journée, n'avait plus qu'à s'y conformer. Il
regardait son maître toujours impassible, et il ne

Il avait trouvé une note de la Compagnie du gaz. (Page 314.)

pouvait se décider à quitter sa chambre. Son cœur
était gros, sa conscience bourrelée de remords, car
il s'accusait plus que jamais de cet irréparable dé-
sastre. Oui! s'il eût prévenu Mr. Fogg, s'il lui eût
dévoilé les projets de l'agent Fix, Mr. Fogg n'aurait
certainement pas traîné l'agent Fix jusqu'à Liverpool,
et alors...

Passepartout ne put plus y tenir.

« Mon maître! monsieur Fogg! s'écria-t-il, mau-
dissez-moi. C'est par ma faute que...

— Je n'accuse personne, répondit Phileas Fogg
du ton le plus calme. Allez. »

Passepartout quitta la chambre et vint trouver
la jeune femme, à laquelle il fit connaître les inten-
tions de son maître.

« Madame, ajouta-t-il, je ne puis rien par moi-
même, rien! Je n'ai aucune influence sur l'esprit
de mon maître. Vous, peut-être...

— Quelle influence aurais-je, répondit Mrs. Aouda.
Mr. Fogg n'en subit aucune! A-t-il jamais compris
que ma reconnaissance pour lui était prête à débor-
der! A-t-il jamais lu dans mon cœur!... Mon ami,
il ne faudra pas le quitter, pas un seul instant. Vous
dites qu'il a manifesté l'intention de me parler ce soir ?

— Oui, madame. Il s'agit sans doute de sauve-
garder votre situation en Angleterre.

— Attendons », répondit la jeune femme, qui
demeura toute pensive.

Ainsi, pendant cette journée du dimanche, la
maison de Saville-row fut comme si elle eût été
inhabitée, et, pour la première fois depuis qu'il
demeurait dans cette maison, Phileas Fogg n'alla
pas à son club, quand onze heures et demie sonnèrent
à la tour du Parlement.

Et pourquoi ce gentleman se fût-il présenté au
Reform-Club? Ses collègues ne l'y attendaient plus.
Puisque, la veille au soir, à cette date fatale du
samedi 21 décembre, à huit heures quarante-cinq,
Phileas Fogg n'avait pas paru dans le salon du
Reform-Club, son pari était perdu. Il n'était même
pas nécessaire qu'il allât chez son banquier pour
y prendre cette somme de vingt mille livres. Ses
adversaires avaient entre les mains un chèque signé
de lui, et il suffisait d'une simple écriture à passer
chez Baring frères, pour que les vingt mille livres
fussent portées à leur crédit.

Mr. Fogg n'avait donc pas à sortir, et il ne sortit
pas. Il demeura dans sa chambre et mit ordre à ses
affaires. Passepartout ne cessa de monter et de
descendre l'escalier de la maison de Saville-row.
Les heures ne marchaient pas pour ce pauvre garçon.
Il écoutait à la porte de la chambre de son maître,
et, ce faisant, il ne pensait pas commettre la moindre
indiscrétion! Il regardait par le trou de la serrure, et il
s'imaginait avoir ce droit! Passepartout redoutait à
chaque instant quelque catastrophe. Parfois, il
songeait à Fix, mais un revirement s'était fait dans
son esprit. Il n'en voulait plus à l'inspecteur de
police. Fix s'était trompé comme tout le monde à
l'égard de Phileas Fogg, et, en le filant, en l'arrêtant,
il n'avait fait que son devoir, tandis que lui... Cette
pensée l'accablait, et il se tenait pour le dernier des
misérables.

Quand, enfin, Passepartout se trouvait trop malheureux d'être seul, il frappait à la porte de Mrs.
Aouda, il entrait dans sa chambre, il s'asseyait dans
un coin sans mot dire, et il regardait la jeune femme,
toujours pensive.

Vers sept heures et demie du soir, Mr. Fogg fit demander à Mrs. Aouda si elle pouvait le recevoir, et quelques instants après, la jeune femme et lui étaient seuls dans cette chambre.

Phileas Fogg prit une chaise et s'assit près de la cheminée, en face de Mrs. Aouda. Son visage ne reflétait aucune émotion. Le Fogg du retour était exactement le Fogg du départ. Même calme, même impassibilité.

Il resta sans parler pendant cinq minutes. Puis, levant les yeux sur Mrs. Aouda :

« Madame, dit-il, me pardonnerez-vous de vous avoir amenée en Angleterre ?

— Moi, monsieur Fogg !... répondit Mrs. Aouda, en comprimant les battements de son cœur.

— Veuillez me permettre d'achever, reprit Mr. Fogg. Lorsque j'eus la pensée de vous entraîner loin de cette contrée, devenue si dangereuse pour vous, j'étais riche, et je comptais mettre une partie de ma fortune à votre disposition. Votre existence eût été heureuse et libre. Maintenant, je suis ruiné.

— Je le sais, monsieur Fogg, répondit la jeune femme, et je vous demanderai à mon tour : Me pardonnerez-vous de vous avoir suivi, et — qui sait ? — d'avoir peut-être, en vous retardant, contribué à votre ruine ?

— Madame, vous ne pouviez rester dans l'Inde, et votre salut n'était assuré que si vous vous éloigniez assez pour que ces fanatiques ne pussent vous reprendre.

— Ainsi, monsieur Fogg, reprit Mrs. Aouda, non content de m'arracher à une mort horrible, vous vous croyiez encore obligé d'assurer ma position à l'étranger ?

— Oui, madame, répondit Fogg, mais les événements ont tourné contre moi. Cependant, du peu qui me reste, je vous demande la permission de disposer en votre faveur.

— Mais, vous, monsieur Fogg, que deviendrez-vous? demanda Mrs. Aouda.

— Moi, madame, répondit froidement le gentleman, je n'ai besoin de rien.

— Mais comment, monsieur, envisagez-vous donc le sort qui vous attend?

— Comme il convient de le faire, répondit Mr. Fogg.

— En tout cas, reprit Mrs. Aouda, la misère ne saurait atteindre un homme tel que vous. Vos amis...

— Je n'ai point d'amis, madame.

— Vos parents...

— Je n'ai plus de parents.

— Je vous plains alors, monsieur Fogg, car l'isolement est une triste chose. Quoi! pas un cœur pour y verser vos peines. On dit cependant qu'à deux la misère elle-même est supportable encore!

— On le dit, madame.

— Monsieur Fogg, dit alors Mrs. Aouda, qui se leva et tendit sa main au gentleman, voulez-vous à la fois d'une parente et d'une amie? Voulez-vous de moi pour votre femme? »

Mr. Fogg, à cette parole, s'était levé à son tour. Il y avait comme un reflet inaccoutumé dans ses yeux, comme un tremblement sur ses lèvres. Mrs. Aouda le regardait. La sincérité, la droiture, la fermeté et la douceur de ce beau regard d'une noble femme qui ose tout pour sauver celui auquel elle doit tout, l'étonnèrent d'abord, puis le pénétrèrent. Il ferma les yeux un instant, comme pour éviter que ce regard ne s'enfonçât plus avant... Quand il les rouvrit :

« Je vous aime! dit-il simplement. Oui, en vérité, par tout ce qu'il y a de plus sacré au monde, je vous aime, et je suis tout à vous!

— Ah!... » s'écria Mrs. Aouda, en portant la main à son cœur.

Passepartout fut sonné. Il arriva aussitôt. Mr. Fogg tenait encore dans sa main la main de Mrs. Aouda. Passepartout comprit, et sa large face rayonna comme le soleil au zénith des régions tropicales.

Mr. Fogg lui demanda s'il ne serait pas trop tard pour aller prévenir le révérend Samuel Wilson, de la paroisse de Mary-le-Bone.

Passepartout sourit de son meilleur sourire.

« Jamais trop tard », dit-il.

Il n'était que huit heures cinq.

« Ce serait pour demain, lundi! dit-il.

— Pour demain lundi? demanda Mr. Fogg en regardant la jeune femme.

— Pour demain lundi! » répondit Mrs. Aouda.

Passepartout sortit, tout courant.

XXXVI

DANS LEQUEL PHILEAS FOGG FAIT DE NOUVEAU PRIME SUR LE MARCHÉ

Il est temps de dire ici quel revirement de l'opinion s'était produit dans le Royaume-Uni, quand on apprit l'arrestation du vrai voleur de la Banque — un certain James Strand — qui avait eu lieu le 17 décembre, à Edimbourg.

Trois jours avant, Phileas Fogg était un criminel que la police poursuivait à outrance, et maintenant c'était le plus honnête gentleman, qui accomplissait mathématiquement son excentrique voyage autour du monde.

Quel effet, quel bruit dans les journaux! Tous les parieurs pour ou contre, qui avaient déjà oublié cette affaire, ressuscitèrent comme par magie. Toutes les transactions redevenaient valables. Tous les engagements revivaient, et, il faut le dire, les paris reprirent avec une nouvelle énergie. Le nom de Phileas Fogg fit de nouveau prime sur le marché.

Les cinq collègues du gentleman, au Reform-Club, passèrent ces trois jours dans une certaine inquiétude. Ce Phileas Fogg qu'ils avaient oublié reparaissait à leurs yeux! Où était-il en ce moment? Le 17 décembre —, jour où James Strand fut arrêté —, il y avait soixante-seize jours que Phileas Fogg était parti, et pas une nouvelle de lui! Avait-il succombé? Avait-il renoncé à la lutte, ou continuait-il sa marche suivant l'itinéraire convenu? Et le samedi 21 décembre, à huit heures quarante-cinq du soir, allait-il apparaître, comme le dieu de l'exactitude, sur le seuil du salon du Reform-Club?

Il faut renoncer à peindre l'anxiété dans laquelle, pendant trois jours, vécut tout ce monde de la société anglaise. On lança des dépêches en Amérique, en Asie, pour avoir des nouvelles de Phileas Fogg! On envoya matin et soir observer la maison de Saville-row... Rien. La police elle-même ne savait plus ce qu'était devenu le détective Fix, qui s'était si malencontreusement jeté sur une fausse piste. Ce qui n'empêcha pas les paris de s'engager de nouveau sur une plus vaste échelle. Phileas Fogg, comme un cheval de course, arrivait au dernier tournant. On ne le cotait plus à cent, mais à vingt, mais à dix, mais à cinq, et le vieux paralytique, Lord Albermale, le prenait, lui, à égalité.

Aussi, le samedi soir, y avait-il foule dans Pall-Mall et dans les rues voisines. On eût dit un immense attroupement de courtiers, établis en permanence aux abords du Reform-Club. La circulation était empêchée. On discutait, on disputait, on criait les cours du « Phileas Fogg », comme ceux des fonds anglais. Les policemen avaient beaucoup de peine à contenir le populaire, et à mesure que s'avançait l'heure à laquelle devait arriver Phileas Fogg, l'émotion prenait des proportions invraisemblables.

Ce soir-là, les cinq collègues du gentleman étaient réunis depuis neuf heures dans le grand salon du Reform-Club. Les deux banquiers, John Sullivan et Samuel Fallentin, l'ingénieur Andrew Stuart, Gauthier Ralph, administrateur de la Banque d'Angleterre, le brasseur Thomas Flanagan, tous attendaient avec anxiété.

Au moment où l'horloge du grand salon marqua huit heures vingt-cinq, Andrew Stuart, se levant, dit :

« Messieurs, dans vingt minutes, le délai convenu entre Mr. Phileas Fogg et nous sera expiré.

— A quelle heure est arrivé le dernier train de Liverpool ? demanda Thomas Flanagan.

— A sept heures vingt-trois, répondit Gauthier Ralph, et le train suivant n'arrive qu'à minuit dix.

— Eh bien, messieurs, reprit Andrew Stuart, si Phileas Fogg était arrivé par le train de sept heures vingt-trois, il serait déjà ici. Nous pouvons donc considérer le pari comme gagné.

— Attendons, ne nous prononçons pas, répondit

Samuel Fallentin. Vous savez que notre collègue est un excentrique de premier ordre. Son exactitude en tout est bien connue. Il n'arrive jamais ni trop tard ni trop tôt, et il apparaîtrait ici à la dernière minute, que je n'en serais pas autrement surpris.

— Et moi, dit Andrew Stuart, qui était, comme toujours, très nerveux, je le verrais, je n'y croirais pas.

— En effet, reprit Thomas Flanagan, le projet de Phileas Fogg était insensé. Quelle que fût son exactitude, il ne pouvait empêcher des retards inévitables de se produire, et un retard de deux ou trois jours seulement suffisait à compromettre son voyage.

— Vous remarquerez, d'ailleurs, ajouta John Sullivan, que nous n'avons reçu aucune nouvelle de notre collègue, et, cependant, les fils télégraphiques ne manquaient pas sur son itinéraire.

— Il a perdu, messieurs, reprit Andrew Stuart, il a cent fois perdu ! Vous savez, d'ailleurs, que le *China* — le seul paquebot de New York qu'il pût prendre pour venir à Liverpool en temps utile — est arrivé hier. Or, voici la liste des passagers, publiée par la *Shipping Gazette*, et le nom de Phileas Fogg n'y figure pas. En admettant les chances les plus favorables, notre collègue est à peine en Amérique ! J'estime à vingt jours, au moins, le retard qu'il subira sur la date convenue, et le vieux Lord Albermale en sera, lui aussi, pour ses cinq mille livres !

— C'est évident, répondit Gauthier Ralph, et demain nous n'aurons qu'à présenter chez Baring frères le chèque de Mr. Fogg. »

En ce moment l'horloge du salon sonna huit heures quarante.

« Encore cinq minutes », dit Andrew Stuart.

Les cinq collègues se regardaient. On peut croire
que les battements de leur cœur avaient subi une
légère accélération, car enfin, même pour de beaux
joueurs, la partie était forte! Mais ils n'en voulaient
rien laisser paraître, car, sur la proposition de Samuel
Fallentin, ils prirent place à une table de jeu.

« Je ne donnerais pas ma part de quatre mille
livres dans le pari, dit Andrew Stuart en s'asseyant,
quand même on m'en offrirait trois mille neuf cent
quatre-vingt-dix-neuf! »

L'aiguille marquait, en ce moment, huit heures
quarante-deux minutes.

Les joueurs avaient pris les cartes, mais, à chaque
instant, leur regard se fixait sur l'horloge. On peut
affirmer que, quelle que fût leur sécurité, jamais
minutes ne leur avaient paru si longues!

« Huit heures quarante-trois », dit Thomas Flanagan, en coupant le jeu que lui présentait Gauthier
Ralph.

Puis un moment de silence se fit. Le vaste salon
du club était tranquille. Mais, au-dehors, on entendait le brouhaha de la foule, que dominaient parfois
des cris aigus. Le balancier de l'horloge battait la
seconde avec une régularité mathématique. Chaque
joueur pouvait compter les divisions sexagésimales
qui frappaient son oreille.

« Huit heures quarante-quatre! » dit John Sullivan
d'une voix dans laquelle on sentait une émotion
involontaire.

Plus qu'une minute, et le pari était gagné. Andrew
Stuart et ses collègues ne jouaient plus. Ils avaient
abandonné les cartes! Ils comptaient les secondes!

A la quarantième seconde, rien. A la cinquantième,
rien encore!

A la cinquante-cinquième, on entendit comme un tonnerre au-dehors, des applaudissements, des hurrahs, et même des imprécations, qui se propagèrent dans un roulement continu.

Les joueurs se levèrent.

A la cinquante-septième seconde, la porte du salon s'ouvrit, et le balancier n'avait pas battu la soixantième seconde, que Phileas Fogg apparaissait, suivi d'une foule en délire qui avait forcé l'entrée du club, et de sa voix calme :

« Me voici, messieurs », disait-il.

XXXVII

DANS LEQUEL IL EST PROUVÉ QUE PHILÉAS FOGG N'A RIEN GAGNÉ A FAIRE CE TOUR DU MONDE, SI CE N'EST LE BONHEUR

Oui! Phileas Fogg en personne.

On se rappelle qu'à huit heures cinq du soir — vingt-cinq heures environ après l'arrivée des voyageurs à Londres —, Passepartout avait été chargé par son maître de prévenir le révérend Samuel Wilson au sujet d'un certain mariage qui devait se conclure le lendemain même.

Passepartout était donc parti, enchanté. Il se rendit d'un pas rapide à la demeure du révérend Samuel Wilson, qui n'était pas encore rentré. Naturellement, Passepartout attendit, mais il attendit vingt bonnes minutes au moins.

Bref, il était huit heures trente-cinq quand il

« Me voici, Messieurs », disait-il. (Page 325.)

sortit de la maison du révérend. Mais dans quel
état! Les cheveux en désordre, sans chapeau, courant, courant, comme on n'a jamais vu courir de
mémoire d'homme, renversant les passants, se pré-
cipitant comme une trombe sur les trottoirs!

En trois minutes, il était de retour à la maison
de Saville-row, et il tombait, essoufflé, dans la chambre
de Mr. Fogg.

Il ne pouvait parler.

« Qu'y a-t-il? demanda Mr. Fogg.

— Mon maître... balbutia Passepartout... mariage...
impossible.

— Impossible?

— Impossible... pour demain.

— Pourquoi?

— Parce que demain... c'est dimanche!

— Lundi, répondit Mr. Fogg.

— Non... aujourd'hui... samedi.

— Samedi? impossible!

— Si, si, si, si! s'écria Passepartout. Vous vous
êtes trompé d'un jour! Nous sommes arrivés vingt-
quatre heures en avance... mais il ne reste plus que
dix minutes!... »

Passepartout avait saisi son maître au collet, et
il l'entraînait avec une force irrésistible!

Phileas Fogg, ainsi enlevé, sans avoir le temps de
réfléchir, quitta sa chambre, quitta sa maison, sauta
dans un cab, promit cent livres au cocher, et après
avoir écrasé deux chiens et accroché cinq voitures,
il arriva au Reform-Club.

L'horloge marquait huit heures quarante-cinq,
quand il parut dans le grand salon...

Phileas Fogg avait accompli ce tour du monde
en quatre-vingts jours!...

Les cheveux en désordre, sans chapeau, courant, courant...
(Page 327.)

Phileas Fogg avait gagné son pari de vingt mille livres!

Et maintenant, comment un homme si exact, si méticuleux, avait-il pu commettre cette erreur de jour? Comment se croyait-il au samedi soir, 21 décembre, quand il débarqua à Londres, alors qu'il n'était qu'au vendredi, 20 décembre, soixante-dix-neuf jours seulement après son départ?

Voici la raison de cette erreur. Elle est fort simple.

Phileas Fogg avait, « sans s'en douter », gagné un jour sur son itinéraire, — et cela uniquement parce qu'il avait fait le tour du monde en allant vers l'*est*, et il eût, au contraire, perdu ce jour en allant en sens inverse, soit vers l'*ouest*.

En effet, en marchant vers l'*est*, Phileas Fogg allait au-devant du soleil, et, par conséquent, les jours diminuaient pour lui d'autant de fois quatre minutes qu'il franchissait de degrés dans cette direction. Or, on compte trois cent soixante degrés sur la circonférence terrestre, et ces trois cent soixante degrés, multipliés par quatre minutes, donnent précisément vingt-quatre heures, — c'est-à-dire ce jour inconsciemment gagné. En d'autres termes, pendant que Phileas Fogg, marchant vers l'est, voyait le soleil passer *quatre-vingts fois* au méridien, ses collègues restés à Londres ne le voyaient passer que *soixante-dix-neuf fois*. C'est pourquoi, ce jour-là même, qui était le samedi et non le dimanche, comme le croyait Mr. Fogg, ceux-ci l'attendaient dans le salon du Reform-Club.

Et c'est ce que la fameuse montre de Passepartout — qui avait toujours conservé l'heure de Londres — eût constaté si, en même temps que les minutes et les heures, elle eût marqué les jours!

Phileas Fogg avait donc gagné les vingt mille livres. Mais comme il en avait dépensé en route environ dix-neuf mille, le résultat pécuniaire était médiocre. Toutefois, on l'a dit, l'excentrique gentleman n'avait, en ce pari, cherché que la lutte, non la fortune. Et même, les mille livres restant, il les partagea entre l'honnête Passepartout et le malheureux Fix, auquel il était incapable d'en vouloir. Seulement, et pour la régularité, il retint à son serviteur le prix des dix-neuf cent vingt heures de gaz dépensé par sa faute.

Ce soir-là même, Mr. Fogg, aussi impassible, aussi flegmatique, disait à Mrs. Aouda :

« Ce mariage vous convient-il toujours, madame ?

— Monsieur Fogg, répondit Mrs. Aouda, c'est à moi de vous faire cette question. Vous étiez ruiné, vous voici riche...

— Pardonnez-moi, madame, cette fortune vous appartient. Si vous n'aviez pas eu la pensée de ce mariage, mon domestique ne serait pas allé chez le révérend Samuel Wilson, je n'aurais pas été averti de mon erreur, et...

— Cher monsieur Fogg..., dit la jeune femme.

— Chère Aouda... », répondit Phileas Fogg.

On comprend bien que le mariage se fit quarante-huit heures plus tard, et Passepartout, superbe, resplendissant, éblouissant, y figura comme témoin de la jeune femme. Ne l'avait-il pas sauvée, et ne lui devait-on pas cet honneur ?

Seulement, le lendemain, dès l'aube, Passepartout frappait avec fracas à la porte de son maître.

La porte s'ouvrit, et l'impassible gentleman parut.

« Qu'y a-t-il, Passepartout ?

— Ce qu'il y a, monsieur! Il y a que je viens d'apprendre à l'instant...

— Quoi donc?

— Que nous pouvions faire le tour du monde en soixante-dix-huit jours seulement.

— Sans doute, répondit Mr. Fogg, en ne traversant pas l'Inde. Mais si je n'avais pas traversé l'Inde, je n'aurais pas sauvé Mrs. Aouda, elle ne serait pas ma femme, et... »

Et Mr. Fogg ferma tranquillement la porte.

Ainsi donc Phileas Fogg avait gagné son pari. Il avait accompli en quatre-vingts jours ce voyage autour du monde! Il avait employé pour ce faire tous les moyens de transport, paquebots, railways, voitures, yachts, bâtiments de commerce, traîneaux, éléphant. L'excentrique gentleman avait déployé dans cette affaire ses merveilleuses qualités de sang-froid et d'exactitude. Mais après? Qu'avait-il gagné à ce déplacement? Qu'avait-il rapporté de ce voyage?

Rien, dira-t-on? Rien, soit, si ce n'est une charmante femme, qui — quelque invraisemblable que cela puisse paraître — le rendit le plus heureux des hommes!

En vérité, ne ferait-on pas, pour moins que cela, le Tour du Monde?

FIN

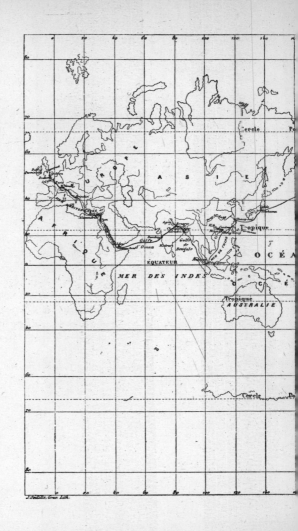

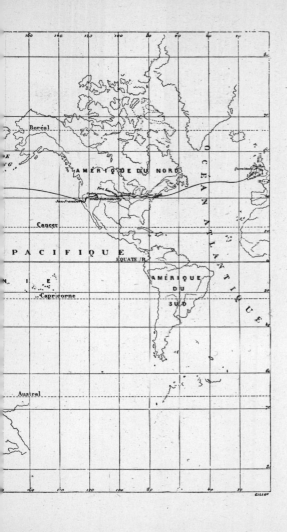

TABLE DES MATIÈRES

Table des matières

Table des matières

JULES VERNE

1828-1905

I

Jules Verne a écrit quatre-vingts romans (ou longues nouvelles), publié plusieurs grands ouvrages de vulgarisation comme *Géographie illustrée de la France et de ses colonies* (1868), *Histoire des grands voyages et des grands voyageurs* (1878), *Christophe Colomb* (1883) et fait représenter, seul ou en collaboration, une quinzaine de pièces de théâtre. Sa célébrité est centenaire puisqu'elle date des années 1863-1865 qui furent celles de la publication de : *Cinq semaines en ballon, Voyage au centre de la terre. De la terre à la lune,* ses trois premiers grands romans. Dans un siècle qui compte des génies comme Balzac, Dickens, Dumas père, Tolstoï, Dostoïevski, Tourguenief, Flaubert, Stendhal, George Éliot, Zola — pour ne citer que dix noms parmi ceux des grands maîtres de ce siècle du roman — il apparaît un peu en marge, comme un prodigieux artisan en matière de fictions, comme un enchanteur aux charmes inépuisables et, dans une certaine mesure, comme un voyant, capable d'imaginer, un demi-siècle (ou un siècle) avant leur naissance quelques-unes des plus étonnantes conquêtes de la science.

On a tout dit sur ce sujet et il est même arrivé qu'on mette du mystère là où il n'y en avait pas, qu'on auréole l'écrivain de pouvoirs surnaturels, qu'on en fasse un magicien. Il est plus véridique de le voir comme un homme de son temps, sensible à la richesse de découvertes scientifiques dont il s'informe avec un soin constant et scrupuleux; comme un travailleur infatigable, attelé quotidiennement pendant près d'un demi-siècle à *faire passer* dans le roman, en les prolongeant par une extrapolation foisonnante, les conquêtes et les découvertes des savants de son époque. Son extrapolation rejoint certes l'avenir, mais elle ne prévoit pas tous les cheminements de la science. Jules Verne est un poète du xixᵉ siècle, non pas un ingénieur du xxᵉ. La radio, les rayons X, le cinéma, l'automobile, qu'il a vus naître, ne jouent pas dans son œuvre un rôle important. Et on peut remarquer, par exemple, que le moteur même du *Nautilus*, et le canon qui envoie des astronautes vers la lune, sont des machines de théâtre. Mais un de ses plus beaux romans, *les Cinq Cents Millions de la Begum,* évoque le premier satellite artificiel, et le *Nautilus* précède de dix ans les sous-marins de l'ingénieur Laubeuf...

Jules Verne ne fournit pas les moyens techniques qui permettraient la réalisation des engins modernes : il évoque l'existence et les pouvoirs de ceux-ci. Il n'est pas un surhomme — mais Edison lui-même, « vrai » savant, n'a pas prévu l'avenir de ses propres découvertes... Les bouleversements que peut apporter la science pure échappent à la prévision, et nos auteurs de science-fiction, en 1965, ne sont sans doute pas plus proches de l'an 2100 que Jules Verne n'était proche, en 1875 ou 1880, du monde d'aujourd'hui travaillé par la science nucléaire...

Il était quelqu'un d'autre : un créateur qui ne fait pas concurrence à la science mais en incarne la poésie puissante, parfois terrible, dans des mythes fascinants; un créateur qui, aux écoutes d'un monde que les chemins de fer et les paquebots transforment, pressent des aventures où l'homme et la machine vont devenir un couple au destin fabuleux. Il est sur le seuil d'un monde.

D'un monde, non pas de l'univers dans sa totalité. Il n'est pas métaphysicien : ses astronautes n'emportent pas l'âme de Pascal dans leur voyage à travers le champ stellaire; ni sociologue : c'est déraison que de chercher dans *Michel Strogoff* une analyse « cachée » des forces révolutionnaires russes au xixe siècle. Mais, conteur, romancier-dramaturge, créateur de fictions, il relaie et développe, avec une verve et une santé inépuisables, un génie qu'eut aussi le grand Dumas père. Celui-ci nourrissait son œuvre en la conduisant dans le passé, Jules Verne vibre et crée à l'intersection du présent et de l'avenir.

II

Il naquit à Nantes le 8 février 1828. Son père, Pierre Verne, fils d'un magistrat de Provins, s'était rendu acquéreur en 1825 d'une étude d'avoué et avait épousé en 1827 Sophie Allotte de la Fuÿe, d'une famille nantaise aisée qui comptait des navigateurs et des armateurs. Jules Verne eut un frère : Paul (1829-1897) et trois sœurs : Anna, Mathilde et Marie. A six ans, il prend ses premières leçons de la veuve d'un capitaine au long cours et à huit entre avec son frère au petit séminaire de Saint-Donatien. En 1839, ayant acheté l'engagement d'un mousse, il s'embarque sur un long-courrier en partance pour les Indes. Rattrapé à Paimbœuf par son père il avoue être parti pour rapporter à sa cousine Caroline Tronson un collier de corail. Mais, rudement tancé, il promet : « Je ne voyagerai plus qu'en rêve. »

A la rentrée scolaire de 1844, il est inscrit au lycée de Nantes où il fera sa rhétorique et sa philosophie. Ses baccalauréats passés, et comme son père lui destine sa succession, il commence son droit. Sans cesser d'aimer Caroline, et tout en écrivant ses premières œuvres : des sonnets et une tragédie en vers; un théâtre... de marionnettes refuse la tragédie, que le cercle de famille n'applaudit pas, et dont on ignore tout, même le titre.

Caroline se marie en 1847, au grand désespoir de Jules Verne. Il passe son premier examen de droit à Paris où il ne demeure que le temps nécessaire. L'année suivante, il compose une autre œuvre dramatique, assez libre celle-là, qu'on lit en petit comité au *Cercle de la Cagnotte*, à Nantes. Le théâtre l'attire et le théâtre c'est Paris. Il obtient de son père l'autorisation d'aller terminer ses études de droit dans la capitale où il débarque, pour la seconde fois, le 12 novembre 1848. Il n'a pas oublié les dédains de Caroline et écrit à un de ses amis, le musicien Aristide Hignard (qui sera son collaborateur au théâtre) : « ... je pars puisqu'on n'a pas voulu de moi, mais les uns et les autres verront de quel bois était fait ce pauvre jeune homme qu'on appelle Jules Verne ».

A Paris il s'installe, avec un autre jeune Nantais en cours d'études, Édouard Bonamy, dans une maison meublée, rue de l'Ancienne-Comédie. Avide de tout savoir, mais bridé par une pension calculée au plus près du strict nécessaire, il joue au naturel, avec Bona-

my, *l'Habit vert* de Musset et Augier : ne
possédant à eux deux qu'une tenue de
soirée complète, les deux étudiants vont
dans le monde alternativement. Avide
de tout lire, Jules Verne jeûnera trois
jours pour s'acheter le théâtre de Sha-
kespeare...

Il écrit, et naturellement pour le
théâtre. Avec d'autant plus de confiance
qu'il a fait la connaissance de Dumas
père et assisté, au Théâtre-Historique[1]
dans la loge même de l'écrivain à l'une
des premières représentations de *La Jeunesse des Mousquetaires* (21 février 1849).

En 1849 il mène de front trois sujets,
dont deux semblent venir de Dumas lui-
même : *La Conspiration des Poudres*,
Drame sous la Régence, et une comédie
en vers en un acte : *Les Pailles rompues*.
C'est le troisième sujet qui plaît à Dumas : la pièce voit les feux de la rampe
au Théâtre-Historique le 12 juin 1850.
On la jouera douze fois — et elle sera
présentée le 7 novembre au théâtre
Graslin à Nantes. Succès d'estime que
suit la composition de deux pièces : *Les
Savants* et *Qui me rit* qui ne seront pas
représentées. Mais le droit n'est pas
oublié et Jules Verne passe sa thèse
(1850). Selon le vœu de son père il devrait alors s'inscrire au barreau de Nantes
ou prendre sa charge d'avoué. Ferme-
ment, l'écrivain refuse : la seule carrière
qui lui convienne est celle des lettres.

Il ne quitte pas Paris et, pour boucler
son budget, doit donner des leçons. Sans
cesser d'écrire : en 1852 il publie dans
Le Musée des Familles : *Les premiers
navires de la marine mexicaine* et *Un
Voyage en ballon* qui figurera plus tard
dans le volume *Le Docteur Ox* sous le
titre *Un drame dans les airs*, deux récits
où déjà se devine le futur auteur des
Voyages extraordinaires. La même année
il devient secrétaire d'Edmond Seveste[2]

qui en 1851 a installé, dans les murs du
Théâtre-Historique, l'*Opéra-National*, dé-
nommé en avril 1852 et pour dix ans le
Théâtre-Lyrique.

En avril 1852, Jules Verne publie dans
le Musée des Familles sa première longue
nouvelle : *Martin Paz*, récit historique où
la rivalité ethnique des Espagnols, des
Indiens et des métis au Pérou se mêle à
une intrigue sentimentale. L'écrivain de
vingt-quatre ans possède déjà cette ouverture historico-géographique qui fera
de lui un des visionnaires de son époque.

Le 20 avril 1853, sur la scène — qu'il
connaît bien maintenant — du Théâtre-
Lyrique, Jules Verne voit représenter
Le Colin Maillard, une opérette en un
acte dont il a écrit le livret avec Michel
Carré et dont son ami Aristide Hignard
a composé la musique. Quarante représentations : c'est presque un succès — et
la pièce est imprimée chez Michel-
Lévy. L'année suivante, peu après la
mort de Jules Seveste, il quitte le Théâtre-
Lyrique et se met au travail, dans son
petit logement du boulevard Bonne-
Nouvelle ; il publie la première version
de *Maître Zacharius* (1854) puis *Un
Hivernage dans les glaces* (1855) sans
cesser d'écrire pour le théâtre. En 1856

1. Fondé par Dumas, inauguré le 20 février 1847,
le Théâtre-Historique avait été construit sur le boulevard du Temple, à un emplacement qu'on peut aujourd'hui situer approximativement, place de la Répu-
blique, entre Les Magasins Réunis et le terre-plein
qui leur fait face. Déclaré en faillite le 20 décembre
1850, il sera exploité sous le nom de Théâtre-Lyrique
et détruit en 1863, un an après les autres théâtres du
boulevard du Crime, en application des plans du pré-
fet Haussmann.
2. Celui-ci mourut, en février 1852. Son frère cadet
Jules lui succéda, mais mourut en 1854 du choléra
apporté par les combattants de Crimée.

il fait la connaissance de celle qu'il épousera le 10 janvier 1857 : Honorine-Anne-Hébé Morel, née du Fraysne de Viane, veuve de vingt-six ans, mère de deux fillettes. Jules Verne, grâce aux relations de son beau-père et à un apport de Pierre Verne (50 000 francs) entre à la Bourse de Paris comme associé de l'agent de change Eggly. Il s'installe alors boulevard Montmartre puis rue de Sèvres. L'œuvre de sa vie continue de se nourrir d'immenses lectures et aussi de ses premiers grands voyages (Angleterre et Écosse 1859, Norvège et Scandinavie 1861) sans qu'il renonce pour autant à l'expression dramatique : il donne en 1860, aux Bouffes-Parisiens, dirigés par Offenbach, une opérette mise en musique par Hignard : *M. de Chimpanzé*, et en 1861 au Vaudeville, une comédie écrite en collaboration avec Charles Wallut : *Onze jours de siège*. La même année, le 3 août 1861, naît Michel Verne, qui sera son unique enfant.

1862 : il présente à l'éditeur Hetzel *Cinq semaines en ballon* et signe un contrat qui l'engage pour les vingt années suivantes. Sa vraie carrière va commencer : le roman, qui paraît en décembre 1862, remporte un succès triomphal, en France d'abord puis dans le monde. Jules Verne peut abandonner la Bourse sans inquiétude. Hetzel lui demande en effet une collaboration régulière à un nouveau magazine, le *Magasin d'Éducation et de Récréation*. C'est dans les colonnes de ce journal, et dès le premier numéro (20 mars 1864), que paraîtront *Les Aventures du Capitaine Hatteras*, avant leur publication en volume. La même année verra la sortie en librairie de *Voyage au centre de la terre* que suivra en 1865 *De la terre à la lune* (avec ce sous-titre pour nous savoureux : *Trajet direct en 97 heures 20 minutes*).

C'est le grave *Journal des Débats* qui a publié en feuilleton *De la Terre à la Lune* puis *Autour de la lune* : le public de Jules Verne, dès l'origine de sa carrière, est double ; un public d'adolescents qui fait le succès du *Magasin d'Éducation et Récréation* ; un public d'adultes que le « jeu » scientifique de l'écrivain passionne. Le physicien et astronome Jules Janssen, le mathématicien Joseph Ber-

trand refont les calculs de Jules Verne — et vérifient, dit-on (il serait sans doute imprudent de ne pas placer ci un point d'interrogation), l'exactitude des courbes, paraboles et hyperboles qui définissent le trajet du boulet-wagon de *De la Terre à la Lune*. Et ceux d'entre les lecteurs du *Journal des Débats* que l'astronomie ne passionne pas sont sensibles à la verve d'un Jules Verne, qui met dans son roman beaucoup de la légèreté aimable d'un vaudevilliste boulevardier... Il n'est pas superflu de noter, à ce moment où s'ouvre pour l'écrivain sa carrière véritable, qu'elle l'éclaire alors d'une lumière de gaieté et de fantaisie proche de celle qui règne et régnera chez ses confrères des théâtres — Labiche, Meilhac et Halévy, Gondinet et bien d'autres moins connus : Jules Verne, qu'on le considère comme un auteur dramatique (homme de théâtre plutôt) ou comme romancier, appartient au Second Empire d'Offenbach autant qu'au XIXe siècle de la science. Il est parisien (et même parisien) et cosmopolite ; il se plaît dans son époque et avec ses amis, manifestant dans sa vie comme dans ses livres une cordialité généreuse, à peine ironique, qui est, pour le fond, celle-là même des hommes de lettres et de théâtre dont les livres et les répliques ont coloré une part du Second Empire. Et il n'est pas douteux que le succès de Jules Verne trouve sa source dans cette bonne humeur railleuse, cette allégresse surveillée autant que dans le foisonnement de son imagination. A dix-sept ans, on le lit et on l'aime comme un guide fraternel, explorateur de contrées inconnues : on peut le retrouver plus tard sous les apparences, à peine désuètes, d'un camarade de cercle disert d'un conteur inlassable, à l'invention fertile, au jugement rapide, véridique, sagement ironique. Reconnaître ces deux Jules Verne, c'est comprendre une des raisons de sa durable présence. Son succès est populaire, dans ce sens qu'il se nourrit d'une approbation générale, voire d'une manière d'affection dont les racines sont profondes. On l'aime moins gravement que d'autres, sans doute : Balzac, Hugo, Tolstoï, Flaubert, Zola nous tiennent et nous gouvernent. Jules Verne est un compagnon d'une autre race, et sa voix est moins haute mais elle est pleine et juste.

Et surtout, peut-être, elle s'installe dans une durée, dans un monde. Il y a en effet un monde de Jules Verne, extraordinaire et fraternel, ouvert sur l'imaginaire et d'une puissante ressemblance avec le réel. Ce monde il l'explore avec une rigueur inlassable dans la série des *Voyages extraordinaires* que nous venons de voir naître, et qui se poursuivra durant quarante années. Les jalons sont des titres connus : *Les Enfants du capitaine Grant* (1867) *Vingt mille lieues sous les mers* (1869), *Le Tour du monde en quatre-vingts jours* (1873), *L'Ile mystérieuse* (1874), *Michel Strogoff* (1876), *Les Indes Noires* (1877), *Un Capitaine de quinze ans* (1878), *Les Tribulations d'un Chinois en Chine* (1879), *Les Cinq Cents millions de la Bégum* (1879), *Le Rayon vert* (1882), *Kéraban le têtu* (1883), *L'Archipel en feu* (1884), *Mathias Sandorf* (1885), *Robur le Conquérant* (1886), *Deux ans de vacances* (1888), *Le Château des Carpathes* (1892), *L'Ile à hélice* (1895), *Face au drapeau* (1896). *Le superbe Orénoque* (1898), *Un drame en Livonie* (1904), *Maître du Monde* (1904).

On ne peut citer toutes les œuvres; mais le rapprochement de vingt d'entre elles suffit à évoquer les grands moments d'une réussite quasi continue que l'écrivain, on le sait, avait préparée (sinon prévue) de longue main. Cette préparation explique sinon la fécondité de Jules Verne, du moins une solidité que l'abondance menacera rarement : s'il n'a pas écrit seulement des romans de premier ordre, il n'a rien publié d'indifférent. Il avait une conscience artisanale (on en a la preuve, maintes fois répétée, dans ses lettres) et une dure exigence envers lui-même. Ses années de grande production sont, pour l'essentiel, organisées selon le travail en cours. Voyages, lectures, composition, se succèdent et surtout s'enchaînent.

En 1866, après ses premiers succès, il loua une maison au Crotoy, dans l'estuaire de la Somme, et bientôt acheta son premier bateau baptisé du prénom de son fils : *le Saint-Michel*. C'est une simple chaloupe de pêche, que quelques aménagements rendront propre à la navigation de plaisance; un lieu de travail aussi; un instrument de travail et de connaissance concrète : croisières sur la Manche, descente et remontée de Seine, c'est dans ces petits voyages que naissent peu à peu les voyages extraordinaires. Jules Verne ne se contente pas longtemps des fleuves et des côtes. En avril 1867, il part pour les États-Unis avec son frère Paul à bord du *Great-Eastern,* grand navire à roues construit pour la pose du câble téléphonique transocéanien. Et au retour il se plonge dans *Vingt mille lieues sous les mers* dont il écrit une grande partie à bord du *Saint-Michel,* qu'il nomme son « cabinet de travail flottant ».

En 1870-1871, Jules Verne est mobilisé comme garde-côte au Crotoy, ce qui ne l'empêche pas d'écrire : quand la maison Hetzel reprendra son activité, il aura quatre livres devant lui. En 1872 il s'installe à Amiens, ville natale et familiale de sa femme. Deux ans plus tard il achètera un hôtel particulier et un vrai yacht : le *Saint-Michel II. Le Tour du monde en quatre-vingts jours* qu'il a porté

à la scène avec la collaboration d'Adolphe d'Ennery, remporte un triomphe à la Porte-Saint-Martin (8 novembre 1874) où il sera joué pendant deux ans. Livres, croisières, vie bourgeoise : c'est un équilibre où le travail joue le premier rôle.

Le travail et l'argent : Jules Verne sait fort bien gérer le patrimoine littéraire que représentent ses romans — et leurs « suites ». La période de 1872 à 1886, disent ceux qui furent les témoins de sa vie, fût l'apogée de sa gloire et de sa fortune.

Au calendrier des romans et des pièces. (*Le Docteur Ox*, musique d'Offenbach sur un livret de Philippe Gille et Arnold Mortier, 1877; *Les Enfants du Capitaine Grant*, avec Adolphe d'Ennery, 1878; *Michel Strogoff, id.* 1880; *Voyage à travers l'impossible, id.* 1882; *Mathias Sandorf*, de William Busnach et Georges Maurens, 1887), il faut épingler quelques dates. Le grand bal travesti donné à Amiens en 1877 au cours duquel l'astronaute-photographe Nadar — vieil ami de Jules Verne et modèle de Michel Ardan, auquel il a donné par anagramme son nom — jaillit de l'obus de *De la Terre à la Lune*... L'achat d'un nouveau yacht, le *Saint-Michel III*... La rencontre en 1878 du jeune Aristide Briand[1], élève au lycée de Nantes[1], ses croisières en Norvège, Irlande, Écosse (1880), dans la mer du Nord et la Baltique (1881), en Méditerranée (1884). Son élection au Conseil Municipal d'Amiens sur une liste radicale que quelques biographes baptisent abusivement « ultra-rouge » (1889). Il a perdu son père en 1871, sa mère en 1887. Son frère Paul disparaîtra en 1897[2]. En 1902, il est atteint de la cataracte...

« Ma vie est pleine, aucune place pour l'ennui. C'est à peu près tout ce que je demande », a-t-il écrit dans les années de gloire et de santé.

En 1886-1887, après un drame dont on connaît peu de choses[3] et la vente de son yacht, il renonce à sa vie libre et voyageuse, et jette l'ancre à Amiens où il prend très au sérieux ses fonctions municipales. Le romancier et l'administrateur sont satisfaits l'un de l'autre. « Paris ne me reverra plus », écrit-il en 1892 à l'une de ses sœurs. 1884-1905 : les biographes de Jules Verne le montrent mélancolique, silencieux et citent ces lignes d'une lettre à son frère (1er août 1894) : « Toute gaieté m'est devenue insupportable, mon caractère est profondément altéré, et j'ai reçu des coups dont je ne me remettrai jamais. » Mais à cette citation on pourrait en opposer d'autres, sans ombres. Et il est aventureux, pour le moins, de colorer tragiquement les dernières années de Jules Verne. Il travailla jusqu'à ce qu'il ne puisse plus tenir une plume. « Quand je ne travaille pas, je ne me sens plus vivre », dit-il en présence de l'écrivain italien De Amicis. Et il travaille, se passionnant pour les *Aventures d'Arthur Gordon Pym* d'Edgar Poe, l'un des auteurs qu'il admire le plus, depuis cinquante ans. Et il écrit la suite des aventures du héros américain : *Le Sphinx des Glaces*. Il écrira encore dix livres, avant de mourir le 24 mars 1905, dans sa maison d'Amiens.

---

1. Jules Verne a nommé Briant un des personnages de *Deux ans de vacances*. On a commenté cette ressemblance des noms. Cf. Marcel Moré : *Le très curieux Jules Verne*, Gallimard, 1960.

2. Il avait publié chez Hetzel un livre sur les croisières accomplies avec son frère à bord du *Saint-Michel III : De Rotterdam à Copenhague* (1881)

3. Il fut blessé de deux balles de revolver par un jeune homme qu'on a dit atteint de fièvre cérébrale (?).

IMPRIMÉ EN FRANCE PAR BRODARD ET TAUPIN
58, rue Jean Bleuzen - Vanves - Usine de La Flèche.
LIBRAIRIE GÉNÉRALE FRANÇAISE - 14, rue de l'Ancienne-Comédie - Paris.

ISBN : 2 - 253 - 01269 - 6   ◈ 30/2025/2